네가
마지막으로
남긴 노래

KIMI GA SAIGO NI NOKOSHITA UTA

ⓒ Misaki Ichijo 2020

First published in Japan in 2020 by KADOKAWA CORPORATION, Tokyo.
Korean translation rights arranged with KADOKAWA CORPORATION, Tokyo
through Danny Hong Agency.

네가
마지막으로
남긴 노래

이치조 미사키 지음 — 김윤경 옮김

차
례

서장

언젠가 아야네가 말했다.

내가 쓴 시는 계속 남을 거라고.

하지만 이제는 시를 쓴 나조차도 대회에서 상을 탄 그 시 내용이 어렴풋이 떠오를 뿐이다.

세월이 먼지처럼 쌓이는 동안 예전에 만든 것은 사라져 갔다.

시뿐만이 아니다. 아야네와 함께 만든 노래도, 부르는 사람이 떠나면 노랫소리처럼 사라져간다.

그렇게 모두, 분명 많은 걸 조금씩 잃어가면서 저마다 의 행복을 안고 살아간다.

죽을힘을 다해 지금 이 순간을 이어가면서, 지금 이 순 간을 느끼면서.

자동차는 평탄한 시골길을 익숙하게 달리고 있다.

벚꽃이 한창 흐드러진 3월이지만 오후의 하늘은 어둡다.

내 손은 지금 클래식 자동차의 핸들을 쥐고 있다. 몇 시간 후에는 핸들 대신 기타를 쥐고 난생처음 라이브 공연 무대에 오를 예정이다.

자동차 뒷좌석에는 케이스에 든 일렉트릭 어쿠스틱 기타(어쿠스틱 기타에 픽업을 달아 앰프 등을 통해 소리를 증폭시킬 수 있게 만든 기타)가 실려 있다. 전에 아야네가 치던 기타를 지금은 내가 관리하고 있다.

"그래서 진짜 두 사람은 어떻게 만난 거야?"

조수석에는 내가 사랑해마지않는 '그녀'가 있다. 다른 사람도 아닌 그녀가 아야네와 나의 과거를 물었다.

아야네와 나는 이곳 시골 마을 출신이다. 우리 세대에서 아야네를 모르는 사람은 거의 없다.

고등학교를 졸업하자마자 날개를 활짝 펴고 넓은 세계로 나가, 머지않아 누구나 다 아는 가수가 되었다. 그런 아야네와 나는 고등학생 시절에 한때 함께 노래를 만들었다. 세상에서 버림받기라도 한 듯 낡은 동아리 건물 안 문예부실에서.

"이젠 그 얘기 좀 해줘도 되지 않아?"

어슴푸레 메마른 빛을 받으며 자동차는 목적지를 향해 곧장 달려간다. 신호등이 빨간색으로 바뀌자 멈춰 서서 나는 조수석에 앉아 있는 그녀에게 시선을 돌렸다.

나는 그리 말이 많은 사람이 아니다. 사람들이 물어봐도 아야네에 관해 굳이 얘기하지 않는다. 그렇지만 조수석에 앉은 그녀만은 예외였다.

지금까지 그녀가 조를 때마다 아야네와의 추억을 몇 번이고 이야기했다.

그럴 만한 의미가 있기 때문이다.

하지만 아야네와 내가 처음 만난 시기가 감상적이고 민감한 고등학생 때였기에 말하기가 쑥스러워 생략하고 넘어간 얘기도 많았다.

일부 동급생들에게 오해를 받기도 했지만, 당시 아야네와 나는 사귀는 사이가 아니었다.

아야네는 예전부터 곡을 만들었다. 하지만 가사를 쓸수 없었다. 그래서 시를 쓰던 내가 약간 복잡한 경위로 가사를 써주게 되면서 함께 노래를 만들기 시작했다.

그게 다였다.

자동차는 예정보다 훨씬 빨리 목적지에 도착했다. 그곳은 아야네와 내가 고등학생 때 자주 드나들던 레스토랑이다. 아야네는 라이브하우스가 아닌 이 레스토랑에서 노래를 불렀다.

시동을 끈자 차내에 정적이 흘렀다. 조수석에 앉은 그녀는 아까 한 질문에 내가 대답하지 않자 뿌루퉁해 있었다. 그러나 포기하지 않았다.

"나는 분명히 이 얘기를 들을 권리가 있다고 생각해. 그러니까 제발. 이제 한동안 못 만날지도 모르는데."

못 만난다······.

멜로디와 가사처럼, 둘이 하나가 될 수밖에 없는 것이 있다. 생각해보면 사람의 만남과 이별도 이와 닮았다.

내 인생에는 아야네를 생각하거나 말할 때마다 상처받던 시기가 있었다. 그러나 지금은 아무렇지도 않게 과거의 일로 생각할 수 있게 되었다.

기억 속에서는 어떤 일이든 한순간이다.

나 자신과 마주하고, 마음을 굳히고서 입을 열었다.

"내가 아야네를 만나 처음 이야기를 나눈 건······."

아야네가 노래를 부를 때 그랬던 것처럼 나는 눈을 감고 당시의 일을 떠올렸다.

처음 만났던 날. 함께 웃던 날. 눈물을 억누르며 헤어지던 날의 기억을.

이제는 다시 돌아갈 수 없는, 아야네와의 날들을…….

제1장

철의 여인

1

"미즈시마, 너 시 써?"

반 아이들에게 '철의 여인'이라고 불리던 도사카 아야네와 처음 대화를 나눈 것은 여름방학이 끝난 지 얼마 안 된 어느 날의 점심시간이었다. 내가 아직 아야네를 이름이 아닌, 성으로 부르던 고등학교 2학년 2학기 때의 일이다 (일본에서는 가까운 사이에 이름을 부른다).

문예대회에 응모할 작품을 제출하러 교무실에 갔을 때, 도사카가 교무주임인 후지타 선생님과 이야기를 나누고 있었다. 후지타 선생님은 국어와 고전 과목을 담당하는 노년의 교사로, 문예대회와 관련해 교내 창구 역할을 맡고 있었다. 나중에 다시 와야겠다고 생각한 순간 후지타 선생님이 나를 알아보고는 웃으며 손짓했다.

선생님은 내게 잘해주셨다. 내가 쓴 시에 첨삭도 해주셨다. 모른 척 돌아갈 수 없어서 선생님께 다가갔다. 어쩌도사카와 선생님이 대화하는 중에 끼어든 모양새가 되었다.

"오오, 드디어 완성했군. 어떻게 달라졌는지 기대되는걸. 좀 읽어보마."

끼어든 걸 넘어 도사카를 한참 기다리게 만드는 모양새가 돼버렸다. 후지타 선생님이 그 자리에서 내 시를 소리내 읽기 시작했다.

교무실 에어컨은 시원하게 잘 돌아가고 있었지만 나는 부끄러움과 긴장으로 온몸에 열이 오르는 기분이었다. 선생님을 만류하려 했으나 뭐 어떠냐며 조금도 개의치 않는다.

슬쩍 도사카의 옆얼굴을 쳐다봤더니 짜증이 나는지 눈을 감고 있었다. 내 눈에 그녀, 도사카 아야네는 심기가 불편한 아름다운 생물로 비쳤다.

윤기 나는 검고 긴 생머리에 가느다란 팔, 가느다란 다리. 여자치고는 큰 키에 얼굴은 장난 아니게 작았다. 의지가 강해 보이는 눈빛에, 눈이 휘둥그레질 만큼 단정한 이목구비.

반 아이들은 고등학교 2학년생이라기엔 어른스러운 분위기가 감도는 그녀를 어려워했다. 듣기로는 1학년 때부터 그랬던 모양이다. 그녀는 늘 아무렇지도 않게 혼자 교실에 있었고 언제나 혼자 행동했다. 따돌림당하는 것도 아니고 다른 아이들과 어울리지 못해 외톨이가 된 것도 아니다.

그녀는 스스로 원해서 홀로 존재했다.

개중에는 독특한 아름다움을 지닌 그녀를 친구나 연인으로 삼고 싶다거나 액세서리처럼 옆에 두고 싶어 하는 아이들도 있었다. 하지만 그녀는 그런 아이들과도 어울리지 않았다.

"나 좀 내버려 둘래?"

누가 말을 걸면 그렇게 말했다.

"나한테 관심 두지 마. 마음에 안 들면 괴롭혀도 상관없지만 그러면 나도 너희도 성가시잖아. 그러니까 신경 꺼줘."

너무나도 딱 잘라 말해서 더 이상 받아치는 아이들은 없었다.

그렇게 그녀는 늘 혼자 있었다.

그런데 하필이면 그런 도사카 아야네 앞에서 내가 쓴 시가 공개되는 최악의 사태를 맞이하게 된 것이다. 시를 쓰고 있다는 건 비밀이었다. 예전부터 후지타 선생님에게도 그런 의사를 전했건만 내 의도를 이해하고 있었는지는 확실하지 않다.

스스로 생각해도 칙칙한 취미다. 하지만 내게는 그 취미가 필요했다.

시 쓰기는 내 숨통을 트여준다.

나를 옥죄는 공부, 가족 그리고 미래라는 강제적인 당위로부터.

우리 집은 보통 가정과는 조금 다르다. 나이가 일흔 살도 더 차이 나는 조부모님과 나, 이렇게 셋이서 살고 있다. 내가 초등학교 1학년 때부터였다. 부모님은 사고로 세상을 떠났다.

할아버지, 할머니와 결코 사이가 나쁜 건 아니었다. 다만 서로 지나치게 배려하고 마음 쓰느라 어떻게 대해야 할지 잘 몰랐다. 세대가 너무 동떨어져 있다 보니 다른 평범한 가족들처럼 편하게 대화를 나누거나 싸울 일도 없었고 사춘기에 겪는 이런저런 문제는 모두 스스로 고민하고 해결할 수밖에 없었다.

그런 사춘기를 보내며 나는 자연스럽게 시에 끌렸다. 아주 짧은 글이 복잡한 인간의 고뇌를 대변하고 있다. 그뿐만 아니라 풍경의 아름다움도 읊을 수 있고 한순간에 이곳이 아닌 어딘가로 데려가 주기도 한다. 그러한 감성에 빠져 있었다. 감동했다고 해도 좋다.

중학생 때는 마을 도서관에 있는 시집을 거의 다 읽어버렸고, 그러고도 갈증이 채워지지 않아 직접 시를 쓰기 시작했다. 고등학교 2학년인 지금은 시 쓰기가 습관이 되었다.

하지만 이런 사실이 아이들에게 알려지면 뭐라고 놀림을 당할지 알 수 없다.

"음, 좋은데? 올해 대회도 기대가 되는군."

그렇게 별 지적 없이 후지타 선생님은 문예대회에 출품할 내 시를 접수했다.

교무실을 나온 나는 문 근처에 서서 혼자 초조해하고 있었다.

도사카는 완벽히 고립되어 있다. 반 아이들에게 말을 퍼뜨릴 거라고는 생각하지 않았다. 그래도 다른 사람에게 말하지 말라고 단단히 일러두는 게 낫지 않을까, 고민하고 있는데 교무실에서 그녀가 나왔다.

"저……."

"왜?"

용기 내어 말을 걸자 그녀는 반듯하다 못해 날카로워 보이기까지 한 얼굴로 나를 돌아보았다. 내가 먼저 불러놓고 그만 주눅이 들어 말문이 막혀버렸다.

"미즈시마, 너 시 써?"

도사카가 이렇게 물은 건, 바로 그때였다.

"어, 으응. 그거 말인데."

"알리고 싶지 않았던 거야? 문예대회에도 낸다며?"

"가능하면 반 애들한테는 비밀로 해줄래?"

"말할 사람도 없어."

도사카는 쌀쌀맞게 말하고는 긴 머리를 찰랑거리며 뒤돌아갔다.

"아, 근데……."

그녀가 발걸음을 멈추고 돌아서서 말문을 열었다. 무언가 말하려 했다. 무언가 물어보려는 듯 멀뚱히 보다가 "아무것도 아냐" 하고는 그대로 가버렸다.

무슨 말을 하려고 했는지는 모르지만 '철의 여인'으로 불리는 도사카에게 나 같은 애는 말할 가치도 없는 하찮은 존재겠지.

철의 여인. 1학년 때부터 도사카에게 붙은 별명이다. 원래는 영국의 첫 여자 총리가 그렇게 불렸다고 사회 시간에 배운 적이 있다.

의지가 강하고 당당한 여성. 도사카 아야네.

도사카는 '가진 자' 쪽이었다. 외모를 보면 한눈에 알 수 있다. 반면에 나는 '갖지 못한 자' 쪽 인간이다. 그녀처럼 고고함을 관철하며 살아가기는 어렵다. 성실한 모범생을 연기하고 인간관계에 신경 쓰면서 답답하게 살고 있다.

점심시간이 끝나고 5교시 수업이 시작되었다. 문득 궁금해 창가 자리를 바라보니 도사카가 자리에 없다. 몸이 안 좋아 보이지는 않았으니 분명 땡땡이친 거겠지.

그것도 나는 할 수 없는 일이다. 나는 이뤄야 할 목적이 있어 품행이 단정한 태도를 계속 유지해야 한다. 문제를 일으키지 않고 성실하게 수업을 듣고 시험에서 좋은 점수를 받아야 한다.

어느 곳에나 있는 흔하고 시시한 학창 생활이다. 하지만 나 자신이 이런 생활을 원했다. 그런 생각을 하고 있는데 느닷없이 교실 앞문이 열렸다.

도사카였다. 모두 그녀를 쳐다봤다. 도사카는 수업 중인 선생님에게 "몸이 좀 아파서 쉬고 왔어요" 하고 또랑또

랑한 목소리로 말했다.

무리하지 말라는 선생님의 말을 들으며 도사카는 자기 자리로 걸어갔다. 그때, 그녀가 곧장 자리로 가지 않고 약간 돌아서 내 책상 앞을 지나갔다. 무언가가 톡 하고 책상 위에 떨어졌다.

어, 뭐지? 싶어서 들여다보니 둥글게 뭉친 종이가 놓여 있었다.

나 말고는 아무도 눈치챈 사람이 없는 듯했다. 무심코 종이를 펼치자 휘갈겨 쓴 듯한 글씨로 메시지 앱의 아이디 ID 같은 것이 적혀 있었다.

무슨 상황인지 얼른 파악되지 않아 자기 자리에 앉아 있는 도사카를 쳐다봤다. 내 시선을 느낀 그녀가 뒤돌아 나를 보았다. 그 갸름하고 예쁜 눈이 무언가 말하고 있었다.

나는 몰래 스마트폰을 꺼냈다. 메시지 앱을 열고 종이에 적힌 아이디를 친구로 추가했다. 도사카라는 계정이 화면에 나타났다. 잠시 후 그 계정에서 음악 파일이 전송되었다.

다시 그녀를 쳐다보자 이번에는 귀를 가리킨다.

무슨 뜻일까, 이 음악 파일을 들으라는 걸까.

당황스러웠지만 나는 팔꿈치를 세워 손으로 턱을 괸 뒤

오른쪽 귀를 가리고 이어폰을 꼈다. 그리고 음악 파일을 재생했다.

감미롭고 맑은 노랫소리가 흘러나왔다. 뜻밖에도 도사카가 아카펠라로 노래하고 있었다. 나도 모르게 눈이 번쩍 뜨였다. 아름다운 노랫소리에 놀랐지만, 그보다도······.

그녀가 노래하고 있는 가사는 교무실에서 의도치 않게 공개되었던, 내가 쓴 그 시였다.

틀림없다. '가만히 바라보고 귀를 기울이면 어디에나 시가 있다'라는 시적인 정취를 표현한 것이다.

나는 어리둥절한 채로 창가 자리에 앉아 있는 도사카의 옆모습을 바라보았다.

9월의 하늘은 푸르렀고, 태양은 영원할 듯 화려한 빛을 아낌없이 쏟아내고 있었다.

그것이 나와 그녀의 첫 만남이었다.

2

전국 고등학교 문예대회라는 행사가 있다. 아마 나 말고는 우리 반 그 누구도 모를 것이다. 어쩌면 학교 전체를 통틀어 상세한 내용을 아는 학생은 나 하나뿐일지 모른다.

고등학생을 대상으로 소설이나 시, 단카短歌(하이쿠俳句와 더불어 일본의 전통적 시가를 대표하는 정형시), 에세이 등 글로 표현된 문예 작품을 1년에 한 번 모집해 우수 작품을 선정하는 재단법인 주최 대회이다.

나는 1학년 때부터 이 대회의 시 부문에 응모하고 있다. 이렇게 문예대회에 참가하는 이유는 장래의 진로 희망과 관련이 있다. 예전부터 나는 고등학교를 졸업하면 대학교에 진학하지 않고 내가 사는 지역의 관공서에서 근무하겠다고 마음먹었다. 이 고등학교에 입학한 것도 그런 연유에서다. 우리 고장의 이름을 딴 이 공립 고등학교는 대학 진학률은 높지 않지만 이 지역 공무원 시험에 강하다며 중학교 때 담임선생님이 권해주셨다.

대학에 진학하면 돈도 많이 들고 할아버지, 할머니의 은혜에 보답할 시기도 늦어진다. 고등학교에 무사히 입학하고 나서도 졸업 후의 진로 희망은 바뀌지 않았다.

다만 연세 많은 조부모님을 대신해 장을 봐야 해서 귀가가 늦어지지 않도록 동아리 활동은 포기했다. 동아리 활동을 하지 않으면 관공서에 취직하는 데 불리하다. 그래서 1학년 때 담임선생님이 문예대회에 참가해보는 게 어떻겠냐고 권유한 것이다.

설령 입선하지 못한다 해도 끈기 있게 계속했다는 데 의미가 있다. 문예대회에 3년간 연속 참가하면 그 이력도 공무원 시험 면접에서 가산점이 된다고 했다.

담임선생님은 30대 초반으로 젊지만 학생들을 진심으로 위해주는 교사였다. 나는 곧바로 1학년 봄부터 문예대회에 출품할 시를 쓰기 시작했다. 1학년 때 참가한 대회에서는 운 좋게 입선을 했다. 그것은 우연이지 결코 내게 실력이 있어서가 아니다. 하지만 대회에 참가한 덕에 생각지 못한 수확이 있었다.

교무주임인 후지타 선생님과 가까워진 것이다. 지금은 폐부되었지만 문예부의 고문이었다는 후지타 선생님은 내가 대회에 참가한 일을 높이 평가하셨는지 자주 말을 걸어주셨다. 게다가 시집을 선물해주시기도 하고, 내 시를 첨삭해줄 정도로 나름 긴밀한 관계가 되었다.

대회 응모 시기는 매년 8월 하순부터 9월 초까지여서 여름방학과도 겹친다. 2학년 때는 입선보다 높은 단계인 장려상과 우수상을 목표로 하자고, 올해 여름방학에는 문예부 부실에서 후지타 선생님과 시를 쓰는 데 몰두했다. 열의가 대단한 선생님이다.

하지만 열의가 넘치다 못해 설마 내가 완성한 원고를 교무실에서 소리 내 읽으리라고는 생각도 하지 못했다.

게다가 다른 사람도 아닌 도사카가 들으리라고도…….

종례 시간이 끝나자 도사카는 여느 때처럼 재빨리 교실을 빠져나갔다. 아까 메시지를 보냈지만 읽음 표시로 바뀌기만 하고 답장은 오지 않았다. 교실에서 나가는 그녀를 곁눈으로 바라보면서 반 아이들의 대화에 끼어들었다.

얼마 있다가 스마트폰에서 메시지 도착을 알리는 알림음이 울렸다.

'옛 동아리 건물로 와.'

발신인은 도사카 아야네였다. 너무 당황스러워 자리에서 꼼짝도 할 수 없었다.

옛 동아리 건물……? 왜 그곳으로 오라는 거지? 단순히 우연일까?

의아해하면서도 친구들과 하던 이야기를 마무리하고 교실을 나섰다.

서둘러 건물 현관으로 향했다. 신발로 갈아 신고 교문과는 다른 방향으로 걸었다.

약속 장소는 학교 부지 내 구석에 있는, 예술 계열의 동아리방이 있는 건물로, 지금은 사용하지 않는 곳이었다.

예전에는 북적였다고 하는데 지금은 옛 모습을 상상할 수 없을 정도로 황량하다. 입학생이 해마다 줄어들다 보니 예술 계열 동아리는 거의 해체되었다. 시설도 낡아서 그나마 남아 있는 몇몇 동아리도 별관의 빈 교실을 사용하고 있다.

그런 낡은 건물 2층에는 꽤 오래전에 해체된 문예부가 활동하던 방이 있다. 문예부 고문이었던 후지타 선생님에게 나는 특별히 이 문예부실 열쇠를 건네받았다. 학교 도서관에서는 찾아볼 수 없는 진귀한 서적이 이곳에는 많이 있어서 가끔 찾아와 문예대회에 출품할 시를 쓰거나 책을 읽곤 했다.

옛 동아리 건물이 시야에 들어오자 2층 바깥 복도에 선 도사카가 보였다. 나는 두근거리는 가슴을 억누르며 빠른 걸음으로 계단을 올라갔다. 도사카는 문예부실 문에 등을 기대고 서 있었다. 그런 그녀와 눈이 마주쳤다.

"저기……."

묻고 싶은 말이 너무 많았다. 5교시 수업 중에 보내온 음악 파일도 그렇고 이 문예부실이 있는 건물에서 만나자고 한 이유도 궁금했다. 내가 말을 잇지 못하고 머뭇거리자 그녀가 아무렇지 않은 표정으로 말한다.

"일단 안으로 들어갈까?"

도사카의 제안에 고개를 끄덕이고 주머니에서 열쇠를 꺼내 문예부실 문을 열었다.

"아아, 안이 이렇게 되어 있구나."

그녀가 신기한 듯이 실내를 둘러본다.

아담한 부실 한가운데에 책상과 의자가 네 개 놓여 있다. 좌우에는 천장까지 닿은 책장이 있고 거기에 예전 문예부원들과 후지타 선생님이 모아놓은 책들이 꽂혀 있었다.

도사카가 아주 자연스럽게 의자에 앉았다. 나도 쭈뼛거리면서 대각선 맞은편 자리에 앉았다.

"그렇게 긴장할 필요 없어. 부탁을 좀 하고 싶을 뿐이니까."

"부탁?"

얼음장 같은 싸늘한 미모를 지닌 그녀와 '부탁'이라는 말이 어울리지 않아서 솔직히 당황했다.

다만 나는 작은 약점이 잡혀 있다. 시를 쓰고 대회에 응모하고 있다는……. 무슨 부탁인지 모르지만 불리한 입장인 것만은 확실하다.

이런 내가 쓴 시를 아까 그녀가 노래로 부르고 있었다. 대체 뭐가 어떻게 된 걸까.

"나, 삼촌이 하는 레스토랑에서 노래 부르고 있어. 둘째, 넷째 금요일에."

도사카가 긴 머리칼을 한쪽 귀 뒤로 넘기면서 뜬금없이 뭔지 모를 소리를 꺼냈다.

"노래를 부르다니…… 어, 무슨 소리야? 밴드 같은 걸 한다는 거야?"

"그래. 중학생 때부터 삼촌 친구들이랑 밴드를 하고 있어. 그래서 항상 커버곡을 불렀는데 멤버들이 이제 자작곡을 만들자고 여름방학 때 그러더라고."

교실에서는 거의 입을 열지 않는 그 도사카가 내게 말을 하고 있다. 그 사실만으로도 갑작스러운데, 내용이 더욱 놀라웠다.

원체 뛰어난 외모의 소유자라 도사카는 어떤 모습이든 폼이 난다. 하지만 마이크를 손에 들고 노래하는 모습이라니, 아무래도 잘 상상이 되질 않았다.

"의외라는 표정이네."

그런 속마음이 표정에 드러났는지 도사카가 콕 집어 말했다.

"아니, 뭐 그런 건 아니고……."

"괜찮아. 그렇게 안 보이는 거 나도 아니까. 하지만 전부 사실이야."

당연한 건지도 모르지만, 도사카는 자신이 남들 눈에 어떤 이미지로 비치는지를 잘 알고 있는 듯했다.

주변 일에 초연한 듯한 모습이어서 밴드를 결성하거나 노래를 부르는 이미지는 전혀 아니었다. 내가 그런 생각을 하는 사이에 도사카가 이야기를 본론으로 되돌렸다.

"그래서 만들고 있는 자작곡 말인데, 작곡은 마쳤지만 가사를 전혀 쓰지 못해서 고민 중이었거든. 마침 그런 때 미즈시마가 쓴 시를 교무실에서 듣고 좀 놀랐어. 충격이라고 해야 하나. 그저 대단하다는 생각이 들더라."

"충격?"

내가 교무실에서 도사카에게 느낀 인상과는 전혀 다른 이야기였다. 도사카는 분명, 견디기 힘든 시간을 인내하듯이 눈을 내리감고 있었다.

"그때 넌 마치 짜증 난다는 듯이 눈을 감고 있었잖아? 빨리 끝내라는 표정으로."

"아, 그건 내 버릇이야. 시각이 방해되니까 집중하고 싶을 때는 눈을 감아."

엉겁결에 물었는데 도사카는 내 추측을 깔끔하게 뒤엎었다.

"그래서 시 내용을 잊어버리기 전에 노래로 불러본 건데…… 들어봤지?"

어딘가 캐묻는 듯한 도사카의 질문에 나는 고개를 끄덕였다. 내가 쓴 시가 노래로 바뀌어 있다니 굉장히 기분이 묘했다. 짓궂은 장난 같은 건 아닌가 싶기도 했지만 그러기에는 너무 공을 들였다.

게다가 상대는 장난이나 농담을 굉장히 싫어할 것 같은, 그 '철의 여인' 도사카다.

그런 그녀가 밴드를 결성하고 자작곡을 만들려 한다는데…….

차츰 여러 가지 의문이 연결되었지만 여전히 알 수 없는 것도 많았다. 도사카가 말하는 '부탁'과 그 자작곡 제작은 뭔가 관련이 있는 걸까.

그래서 나는 큰맘 먹고 물어보았다.

"내 시에 도사카가 흥미를 느꼈다는 건 알겠어. 그런데 부탁이라니……"

그러자 도사카가 조심스러워하는 기색을 띤 채 미소 지었다. 처음 보는 그녀의 미소는 무척이나 우아해 보였다.

"미즈시마와 함께 노래를 만들면 어떨까 하고. 내가 작곡하고 미즈시마가 작사하는 거야."

3

시와 가사는 느낌도 분위기도 엄연히 다르다.

철의 여인 도사카가 지금 내게, 그런 가사를 써달라고 의뢰했다. 뭐가 어떻게 된 상황인지 아직도 혼란스럽기만 하다.

"아, 하지만 시를 쓴다고 해서 가사를 쓸 수 있는 건 아냐. 해본 적도 없고."

내가 난처한 표정으로 말하자 그녀는 별거 아니라는 듯이 대답했다.

"미즈시마라면 문제없어. 성적 때문에 종종 선생님한테 비교당하긴 하지만 머리도 무척 좋은 것 같고 말이야. 이 문예부실에도 일주일에 몇 번이나 와서 시를 쓰고 있잖아, 안 그래?"

"머리는 별로 좋지 않지만…… 그보다 아니, 여기서 만나자고 한 것도 그렇고 내가 이 부실에 자주 오는 걸 어떻게 알았어?"

"봤으니까."

"보다니, 어디서?"

"옥상에서."

얘기를 들어보니 옥상에서 땡땡이치면서 점심시간이나 방과 후에 내가 이 부실에 들어오는 모습을 예전부터 목격했다고 한다.

도사카가 보고 있었다니 상상도 하지 못했다.

"아니, 그래서…… 만일 부탁을 거절하면, 나는……."

"오해하지 마. 네가 시를 쓰는 거나 이곳에 드나드는 걸 소문낼 생각은 없으니까. 비밀로 하고 싶은 일쯤이야 누구에게나 있는 거고. 안 그래?"

역시 눈치가 빠르다. 하지만 그렇게 말하는데도 또 다른 꿍꿍이가 있는 건 아닐까 싶어 불안하다.

"같은 반 애랑 얘기해본 적이 거의 없어서 내가 멋대로 군 거라면 미안해. 대답은 지금 바로 하지 않아도 되니까 생각해보지 않을래?"

도사카의 용건은 그걸로 끝난 모양이다. 나는 망설이면서도 도사카의 말에 고개를 끄덕였다.

"아 참, 그리고 이거, 괜찮으면 들어줘."

그러더니 기타로 작곡했다는 음원을 메시지로 보내주었다. 당황스러운 일의 연속이다. 도사카는 노래를 부르기만 하는 게 아니라 정말로 작곡까지 할 수 있단 말인가.

"내일 방과 후에 다시 여기서 얘기할 수 있어?"

"어…… 으, 응. 괜찮긴 한데."

"그럼 내일 봐."

그런 약속을 남기고 도사카는 부실을 나갔다. 멍하니 그녀의 뒷모습을 바라보았다.

도사카에게 작사를 부탁받았다는 사실이 아직도 믿어지지 않았다. 조금 냉정을 되찾고 싶어서 신선한 공기를 들이마시려고 창문을 열었다.

창가에 서서 심호흡을 한 뒤 밖을 바라보았다. 학교 주변에는 눈에 띄는 것이 아무것도 없었다. 하늘과 산, 나무, 논밭 그리고 사람이 다니지 않는 길과 전봇대밖에 보이지 않았다.

정말 보잘것없는 시골 마을이다. 관광도 기대할 수 없고 제조업만이 유일한 버팀목이다. 이런 시골에서 공무원이 되어 평범하게 살다가 평범하게 죽는다.

나를 길러준 할아버지와 할머니 곁에서 쭉 살다가 두 분을 간병한다. 내 인생은 고등학교 2학년에 이미 어느 정도 정해져 있었다.

누가 강요한 것도 아니다. 내가 선택한, 진심으로 나아가고 싶은 길이다.

대학 입시와는 달리, 고졸을 대상으로 한 공무원 시험은 여름이 끝날 무렵에 필기시험을 실시한다. 딱 1년 남았다. 문예대회에 응모를 마쳤으니 이제 공무원 시험에 집중해야 한다.

하지만…….

'미즈시마와 함께 노래를 만들면 어떨까 하고. 내가 작곡하고 미즈시마가 작사하는 거야.'

도사카의 말이 떠올라 나는 스마트폰의 메시지 앱을 열고 조금 전에 받은 음원을 재생했다.

바람처럼 무언가가 내 가슴속을 훑고 지나갔다.

종이를 넘기고 연필을 움직이는 소리밖에 나지 않던 이 방에 부드러운 기타 음색이 울려 퍼졌다.

다음 날 수업이 끝날 때까지도 나는 망설였다. 도사카의 부탁을 들어줘야 할지 말지.

도사카는 교실에서는 나와 눈도 마주치지 않더니 방과 후 혼자 교실을 나갔다.

먼저 문예부실로 갔을 테지만 열쇠는 내가 갖고 있다. 너무 기다리게 하면 안 될 것 같아서 결심이 서지 않은 채 나도 교실을 나섰다. 신발을 갈아 신고 옛 동아리 건물로 향했다.

시골 학교인 만큼 우리 고등학교는 부지 면적이 무척 넓다. 부지 한구석에 낡은 동아리 건물이 있다는 사실조차 모르는 학생이 많을 것이다.

그런데 옛 동아리 건물이 보이는 데까지 오자 여학생 몇 명이 다투는 소리가 들렸다.

어…… 뭐지? 싸움이 났나?

스카프 색깔을 보니 상급생인가 보다. 여학생 세 명이 동아리 건물 근처의 나무 그늘에서 도사카를 몰아붙이고 있었다. 이 부근에 사람이 오가는 경우는 드물다. 도사카의 뒤를 밟았는지도 모른다. 언쟁을 벌이고 있었다. 아니, 도사카가 일방적으로 당하고 있었다.

"안 읽었다니, 너 뭐야? 제정신이야?"

나도 모르게 숨고 말았는데, 들리는 이야기로 짐작해보니 상급생인 남학생에게 받은 편지를 도사카가 읽지도 않고 무시한 모양이다. 그러자 그 남학생과 친한 여학생들이 어떻게 된 일인지 따지러 온 것이었다. 다들 청춘이구나,

싶다.

철의 여인이니 혼자 해결할 수 있을 거라고 생각했지만, 나도 계속 숨어 있을 수만은 없다. 할 수 없이 그들 앞에 나타나 도와주기로 했다.

"도사카, 여기 있었구나. 후지타 선생님이 찾으셔."

내가 말을 걸며 다가가자 도사카에게 따지고 있던 여학생이 인상을 쓰며 나를 쳐다봤다.

"넌 뭐야? 지금 얘기 중인 거 안 보여?"

다투는 건 영 내키지 않는다. 태연하게 대하려 했지만 무척 긴장이 되었다.

"도사카랑 같은 반 친구예요. 교무주임 후지타 선생님이 도사카를 불러오라고 하셔서요. 근데 무슨 일 있나요? 선생님을 오시라고 할까요?"

내가 그렇게 말하자 상급생 세 명이 눈짓을 주고받더니 하나같이 성가시다는 표정을 지었다.

"용건은 끝났으니까 이제 됐어" 하고 한 사람이 말하자 도사카에게 따져 묻던 여학생이 한숨을 쉬었다. 마지막으로 그 여학생이 도사카를 한 번 흘겨보고는 다른 두 사람을 데리고 사라졌다.

도사카와 둘만 남았다. 쓸데없이 참견했다는 자각은 있

었다.

난리 법석이 따로 없네.

그런 말을 하려고 했는데 도사카의 손이 약간 떨리는 것을 알아차렸다.

의외였다. 철의 여인인 도사카가 떨기도 하는구나.

내 시선을 느꼈는지 도사카가 손을 뒤로 감추고는 민망한 듯 시선을 떨궜다.

"……일단, 부실로 갈까?"

그렇게 권하자 잠자코 따라왔다.

각자 어제와 같은 자리에 앉았다. 작사 얘기를 꺼낼 분위기가 아니었다.

"미안. 주제넘은 참견일지 모르지만 말이야."

내가 마음먹고 말을 꺼내자 도사카가 반듯한 얼굴을 들었다.

"다음부터 편지 정도는 읽어주는 게 어때? 도사카는 그런 거 익숙할지도 모르지만, 요즘 시대에 편지를 쓴다는 건 대단한 정성이잖아."

내 맘대로 그녀를 강하다고 생각했지만 도사카도 여자아이다. 싸움 같은 거 하고 싶지 않겠지. 하지만 역시 주제넘다고 생각했는지 도사카가 미간을 찌푸렸다.

가만 좀 내버려 둘래?

이렇게 대화를 차단할 거라고 생각했다. 실제로 그녀는 지금까지 누구에게나 그렇게 말해왔다.

"……도와줬다고 해서 그렇게 쉽게 말하지 말아줘."

하지만 예상과 달리 도사카는 뭔가 분하다는 듯 작은 목소리로 중얼거렸다.

예상치 못한 반응에 놀랐다. 아니 그보다 '쉽게 말하지 말아줘'라니 무슨 뜻일까.

"아…… 혹시 남자친구가 있는 거야? 그래서 편지를 읽는 게 껄끄러운 건가."

"아니, 남자친구 없는데."

"그럼 편지를 읽기만 하면 되는 거네? 어려운 일 아니잖아."

도사카가 말문이 막혔는지 갸름하고 예쁜 눈으로 나를 노려봤다. 이 이야기는 이제 그만이라고 말하는 것 같기도 했다.

"그보다 작사는 생각해봤어?"

약간 화난 목소리로 화제를 바꾸는 바람에 이번에는 내가 말문이 막혔다.

"미안, 아직 좀 고민하고 있어."

"하긴 어제 말한 거니 어쩔 수 없지. 이거, 일단 갖고 와 봤는데."

도사카가 가방에서 뭔가를 꺼내 내밀었다. 가사 교본 같았다.

"조금이라도 흥미가 생겼으면 싶어서."

자작곡을 완성하겠다는 자신의 목적을 위해 준비한 거 겠지만, 일부러 챙겨왔다는 사실이 기뻤다.

"오호, 이런 책도 있구나. 고마워. 빨리 읽고 돌려줄게."

"괜찮아. 줄게."

"그럴 순 없지. 맞다, 오늘 아직 시간 괜찮아? 그럼 지금 읽고 궁금한 게 있으면 물어보고 싶은데."

"시간은 괜찮은데…… 나도 이 책, 다 읽은 건 아니라서 물어봐도 잘 몰라."

다소 어색하기는 했지만 그때부터 부실에서 각자 시간 을 보냈다. 나는 가사 교본을 읽고 도사카는 이어폰을 귀 에 꽂고 스마트폰을 만지작거렸다.

뭐라 표현하기 힘든 묘한 기분이었다.

다른 사람도 아닌 도사카와 책으로 둘러싸인 이 부실에 서 함께 시간을 보내고 있다.

바로 조금 전까지 밖에서 선배들에게 매서운 시선을 받

고, 도사카와 편지를 두고 다소 언쟁을 벌였다고는 믿어지지 않는 느긋한 시간이 서서히 흘러갔다. 살짝 열린 창으로 9월의 미지근한 바람이 들어온다.

나는 가사 교본을 넘기던 손을 멈추고 무심코 말했다.

"꼭 동아리 활동 같네."

그러자 "뭐라고?" 하며 도사카가 이어폰을 뺐다.

"원래 여기는 문예부였는데, 만약 해체되지 않았다면 이런 분위기였을까 하는 생각이 들었어. 방과 후에 이렇게 모이는 거 좀 부러웠거든."

도사카에게 너무 친한 척 굴었나 싶었지만 막상 그녀는 별로 신경 쓰지 않는 듯 주위를 둘러보더니 말했다.

"뭐, 의외로 편하긴 하네. 와이파이랑 기타, 과자가 있으면 딱 좋겠지만."

"……도사카도 와이파이니 과자니 그런 말을 하는구나."

"그럼 하지. 나를 대체 어떻게 생각하는 거야?"

"으음, 철의 여인?"

나도 모르게 그만 내뱉고 말았다. 틀림없이 째려볼 거라고 생각했는데 도사카는 "아, 그거?" 하고 가볍게 받아넘겼다.

"미즈시마도 알고 있었구나."

"그렇지 뭐. 근데 화 안 내?"

"아니. 뭐라고 부르든 상관없어. 내가 바라던 바고."

"바라는 바라고? 응? 무슨 뜻이야?"

"……아저씨, 질문 금지!"

"아저씨라니, 저기요!"

"또 캐물으면 벌금이야."

하는 수 없이 얌전히 시선을 교본으로 돌리고 저녁이 될 때까지 도사카와 둘이서 시간을 보냈다. 도사카에게 나가자고 말하고는 문예부실을 열쇠로 잠갔다. 어색했지만 교문까지 함께 걸었다.

헤어지려는 순간, 전철로 통학한다는 도사카가 약간 머뭇거리며 말했다.

"……오늘 도와줘서 고마웠어. 그럼 내일 봐, 부실에서."

나는 어제처럼 또다시 멍하니 도사카의 뒷모습을 바라봤다.

무뚝뚝하기는 했지만 그녀가 고맙다고 말한 데 놀랐다.

……어쩌면 도사카는 생각보다 훨씬 더 평범한 소녀일지도 모른다. 상급생들에게 둘러싸여 손을 떨고 있던 도사카의 모습이 머릿속에 떠올랐다.

아니, 잠깐 같이 좀 있었다고 멋대로 생각하는 나라는

인간이 우스웠다.

자전거 보관소로 가서 자전거를 꺼내 혼자 귀갓길에 올랐다. 가는 도중에 농협에서 운영하는 슈퍼마켓에 들러 저녁거리와 일용품을 샀다. 집에 돌아와 할머니와 함께 서둘러 음식을 만들었다. 저녁을 먹고 목욕을 하고 나서 숙제를 마친 뒤에 공무원 시험공부를 했다. 공부를 끝내자 밤 10시 반이 되어 있었다. 잠자기 전에 시라도 쓸까 했지만 가방으로 신경이 쏠렸다. 도사카에게 빌려온 교본을 꺼내 읽던 부분을 펼쳐 들었다.

다음 날도 여느 때와 같이 학교에 가서 수업을 들었다. 오전 중에는 솔직히 졸렸다.

어제는 잠자리에 들기 전에 교본의 나머지 부분을 읽기 시작했다가 끝까지 다 보고 말았다. 고개를 들어 시간을 확인하니 밤 12시가 넘어 있었다. 그대로 잠들었으면 좋았으련만 생각지도 않게 작사 작업에 몰두했다.

작사는 시 쓰기와 통하는 면이 많아서 꽤 흥미가 생겼다. 교본 예제에 따라 두 편을 다 썼을 무렵에는 이미 새벽 2시가 지나 있었다.

수업이 끝나면 시험 삼아 만든 가사를 도사카에게 보여

줘야지. 그런 생각을 하면서 수업 중에 도사카에게로 시선을 돌렸다.

어제 상급생들과 부딪힌 일이 있어서 나도 가능하면 빨리 부실로 가야겠다고 생각했다. 그런데 건물 현관을 빠져나와 얼마 못 간 자리에서 도사카가 남학생에게 붙잡혀 있었다. 3학년으로 보였다. 도사카와 나란히 서도 손색없는 외모에 키도 크다. 미남미녀가 나란히 있는 모습을 지켜보는 학생도 많았다. 남들의 시선이 신경 쓰였는지 도사카와 그 남학생이 자리를 옮겼다. 어쩌면 도사카에게 편지를 건네준 인물일지도 모른다. 또 시비가 붙지나 않을까 걱정되었지만 당사자끼리라면 괜찮겠지.

나는 먼저 옛 동아리 건물로 향했다. 노트에 써두었던 가사를 고치고 있는데 도사카가 부실로 들어왔다.

"아까 현관 근처에서 보고 있었지?"

도사카의 질문에 시치미를 떼려고 했지만 한발 늦었다.

"시치미 떼도 소용없어. 내가 분명히 봤으니까."

"……어제 그 편지 줬다는 사람이야?"

"맞아. 거기서 기다리고 있을 줄은 생각지도 못했지만 확실하게 거절했으니까."

"아, 어, 그랬구나" 하고 말하는 사이에 도사카가 자리에 앉았다.

나는 문득 생각나 가방에서 가사 교본을 꺼냈다.

"아 참 이거, 고마워. 다 읽었으니 돌려줄게."

"벌써 다 읽은 거야? 빠르네."

"꽤 재미있더라고. 그래서 저기…… 가사도 시험 삼아 만들어봤는데 말이야."

그때 도사카가 교실에서는 보이지 않는 표정을 지었다. 눈썹을 치켜올리며 놀란 표정을 보였다.

"작사를 했단 말이야?"

"어디까지나 시험 삼아 써본 거야. 게다가 교본에 있는 예제대로 따라 쓴 거라서 전에 받은 음원에 맞출 수 있는 본격적인 건 아니야."

내가 가사를 적은 페이지를 내밀자 도사카의 몸이 살짝 굳었다.

갈 곳을 잃은 노트가 멋쩍게 공중에 떠 있다.

"미안. 가사 말인데, 메시지로 보내줄 수 있어?"

"응. 그렇게…… 근데 왜?"

내밀었던 노트를 무심결에 쳐다봤다. 글씨를 또박또박 썼기 때문에 알아보기 힘들진 않았다.

"가사는 읽을 때랑 들을 때의 느낌이 굉장히 다르거든.

음성 변환 앱을 써서 확인하려고."

그렇다면 할 수 없다. 도사카가 원하는 대로 가사를 메시지로 쳐서 보냈다.

도사카는 이어폰을 귀에 꽂고 확인했다.

"우와…… 굉장해. '세상이 빗소리라면'이라니 단어를 이렇게 조합해 표현할 수도 있구나."

시작은 삐걱거렸지만 이제는 꽤 흥미롭게 듣고 있는 것 같아서 안심했다.

도사카가 첫 번째 가사를 확인하는 동안 또 다른 가사를 메시지로 쳐서 보냈다. 그녀는 이번 가사도 감탄하며 들었다. 집중하느라 어느 순간부터 아무 말이 없었다.

그러다 갑자기 바스락바스락 소리를 내며 보냉백에서 무언가를 꺼냈다. 초콜릿 과자가 든 상자였다.

애써 녹지 않게 신경 써가며 학교에 가져온 걸 보니 도사카도 여자애구나 싶었다. 그녀는 막대 모양의 초콜릿 과자를 입에 넣고 먹기 시작했다.

"미즈시마. 이 첫 번째 가사의 표현 말인데."

"도사카, 진짜로 과자 갖고 왔네?"

"응? 안 돼?"

"안 되는 건 아니지만 이 건물이 꽤 낡아서, 나온다더라고."

"어…… 나온다니? 귀신? 난 뭐 그런 거 안 믿으니까 괜찮아."

"아니, 그건 아닌데. 좀 커서 실물을 보면 제법…… 아!"

이런 이야기를 하고 있는데 도사카의 등 뒤에 있는 책장에서 뭔가가 움직였다.

내 시선이 뒤쪽을 향한 걸 눈치챈 도사카가 불안한 기색으로 뒤를 돌아보았다.

쿨한 철의 여인 도사카라면 들쥐쯤이야 아무렇지도 않을지 모른다. 창피한 이야기지만 나는 처음 봤을 때 생각보다 너무 커서 당황해 어쩔 줄 몰랐다.

하지만 내 예상과는 전혀 다른 상황이 벌어졌다. 귀청이 찢어질 듯한 비명이 부실을 가득 채웠다. 목소리의 주인은, 설마하니 도사카였다.

반쯤 정신이 나간 도사카가 허둥대며 내 옆으로 달려왔다. 그 가느다란 손가락으로 내 어깨를 잡고 책장에 있는 검은 쥐에게서 멀찌감치 떨어지려 하고 있다.

"아, 아아악, 싫어! 미즈시마. 저거 어떻게 좀 해봐."

도사카가 당황하며 쩔쩔매는 모습에 놀라면서도 나는 고개를 끄덕였다.

"역시 나왔군. 기다려. 바로 쫓아낼 테니까."

"빨리! 빨리!"

뻔뻔하게 자란 녀석인지 전에도 음식 냄새를 맡고 나타난 적이 있다. 부실 문을 열어놓고 청소함에서 꺼낸 빗자루로 조심스럽게 쥐를 밖으로 유도했다. 잘 되어가나 싶은 순간, 갑자기 놈이 우리 쪽을 향해 다가왔다.

"아아, 싫어 싫어, 싫어! 안 돼! 오고 있어. 이리로 오고 있잖아, 꺄악!"

도사카가 신경질적으로 소리를 지르는 가운데, 나는 빗자루로 재빨리 놈이 오는 길을 막아 방향을 틀고는 밖으로 내몰았다. 무사히 성공하자 나도 모르게 안도의 한숨이 새어 나왔다. 빗자루를 청소함에 집어넣었다.

도사카는 쥐가 시야에서 사라진 뒤에도 진정이 되지 않는지 표정이 굳어 있었다. 조금 전의 반응도 그렇고, 이런 도사카의 모습은 처음이다. 어제 한 생각이 문득 다시 머리에 떠올랐다.

도사카는 정말로 우리가 생각하는 것보다 훨씬 평범한 소녀일지 모른다. 그 생각을 뒷받침이라도 하듯, 어제 주고받은 대화 속에서 신경 쓰이던 대목이 떠올랐다.

'으음, 철의 여인?'

'아, 그거?'

분명히 그때 도사카는 자신이 바라던 바라고 했다.

어쩌면 지금의 모습이 진짜 도사카이고 평소에는 이런 자신을 감추고 있는 것 아닐까.

"있잖아, 도사카."

"저기, 지금은 말 걸지 않았으면 좋겠는데."

"무뚝뚝한 이미지, 그거 일부러 만든 거야?"

그 한마디에 도사카는 눈을 크게 떴다. 조금 전의 자신을 감추려는 듯이 날카로운 시선으로 나를 쳐다봤다.

"자꾸 캐내려 들면 벌금이라고 말했을 텐데?"

"아, 응. 말했지."

그녀는 쌀쌀맞은 표정으로 째려봤지만 지금 내게는 얼버무리려고 연기하는 것으로밖에 보이지 않았다.

"가사를 써 왔으니까 이번만 특별히 용서해줄게. 하지만 다음엔 진짜 안 봐줄 거야."

"왜 감추려고 해?"

"미즈시마. 내 말 듣고 있는 거야? 화낸다!"

"도사카와 함께 노래를 만들면 즐거울 것 같다는 생각이 들었어. 그래서 저기…… 이런 말 하긴 쑥스럽지만 도사카에 대해서 더 알고 싶어."

그런 말은 예상하지 못했는지 도사카는 약간 당황한 표정을 보였다.

"작사 부탁한 거, 진지하게 생각해봤구나."

"그렇지 않으면 잠까지 줄여가면서 가사를 써 오지 않았지."

내가 솔직하게 대답하자 도사카는 아무 말도 하지 않았다. 무언가를 골똘히 생각하는 듯했다.

공무원 시험공부와 집안일까지 할 일이 많다. 다만 도사카와 노래를 만드는 일에도 흥미를 느끼기 시작했다.

둘 다 입을 다물고 있다가 도사카가 탄식하듯이 한숨을 내쉬었다.

"역시 사람과 가까이 지내면 감추는 데도 한계가 있네. 여러 가지로."

그 발언은 내가 확인차 물어본 말을 거의 인정한 거나 다름없었다.

"역시 감추고 있었구나, 도사카."

내가 묻자 도사카는 불만이 묻어난 얼굴로 흘끔 나를 바라봤다.

"기왕 이렇게 됐으니 말하는 건데, 여기 벌레랑 쥐 대책 좀 확실히 하자고. 깨끗하게 쓰고 있는 것 같긴 하지만 쥐가 나오다니 말도 안 돼."

"어, 알았어. 그보다 도사카, 상당히 돌직구 스타일이구나."

"그건 너도 그렇잖아. 어제는 느닷없이 편지를 읽으라고 하질 않나……."

도사카의 말투가 갑자기 바뀐 데 놀랐지만 한편으론 친근감도 느껴졌다.

어제의 일을 다시 따져 묻기에 나도 편한 말투로 대답했다.

"아니, 어제 그 소동은 편지가 원인이었으니까 그렇지. 근데 그 3학년 선배 엄청 잘생겼던데 거절한 거 후회 안 해?"

"외모야 거저 얻은 거잖아? 로또 맞은 거나 다름없는 그런 조건엔 관심 없어."

도사카가 머리칼을 쓸어올리며 시시하다는 듯이 대답했다.

"재능도 그렇고 뭐든지 원래 다 타고나는 거 아닌가?"

"그걸 노력해서 발전시키지 않으면 의미가 없잖아. 거기에 인성이 드러나는 거 같아."

"그건…… 도사카의 노래도 그렇다는 거야?"

"뭐, 나름은 그렇지. 이래 봬도 나 노력하거든. 발성 연습도 하고 조깅으로 몸도 단련하고 있어. 복근도 있다니까. 볼래?"

도사카가 교복을 열어젖히려고 하기에 나는 그만 당황해서 황급히 말렸다.

"안 볼 테니까 그만!"

"나에 대해서 더 알고 싶은 거 아니었어?"

"그런 말이 아니잖아. 그보다, 지금 나 놀린 거지?"

"눈치챘어?

그렇게 말하며 웃는 도사카는 역시나 철의 여인이 아니었다.

자신을 그대로 내보이기 시작한 도사카가 다시 나를 똑바로 쳐다본다.

"왜 진짜 내 모습을 감추고 있는가 하면 말이지, 반 아이들과 가깝게 지내봐야 좋을 게 없거든. 그래서 일부러 외톨이로 지내는 거야."

그게…… 무슨 의미일까.

하지만 그 말이 진심이라면 지금 이 상황도 원치 않을지 모른다.

"그럼 나하고도 별로 가까이하고 싶지 않다는 뜻?"

"그렇지."

도사카가 확실하게 대답하자 약간 서운했다. 그런 나를 그녀가 물끄러미 바라봤다.

"하지만 함께 뭔가를 만들려면 가까이 지내지 않을 수가 없겠지? 오늘 확실히 실감했어. 너무 내 위주긴 하지만."

"……그럴지도. 하지만 적어도 난 도사카가 일부러 아이들과 거리를 두고 있다는 걸 소문낼 생각은 없어. 내가 시를 쓴다는 것도 비밀로 해줬고 말이야."

"그건 걱정하지 마. 다만……."

도사카가 다시 입을 다물었다. 마음에 걸리는 게 있었던 나는 냉큼 물었다.

"혹시 그거 말고도 비밀이 있는 거야?"

"응? 왜 그렇게 생각해?"

"어제 편지 일도 그렇고, 아까 가사를 적은 노트도 그렇고 말이야. 그저 결벽증이 있어서 그런 거뿐일지도 모르지만 약간 평범하지 않은 구석이 있는 것 같아서."

"평범…… 말이지."

도사카는 시선을 돌리고 가만히 있었다. 뭐지? 왠지 상처받은 것처럼 보였다.

나도 지금까지 살아오면서 누군가와 그렇게까지 가까이 지내진 않았다. 하지만 그런 표정을 지으면 모른 척할 수가 없다.

"저, 괜찮다면 얘기해주지 않을래? 이제 같이 노래를 만들 건데. 동아리 친구 같은 거잖아? 뭐 노래 만드는 것도 한 번으로 끝날지 모르지만."

그 말에 도사카는 내 눈을 마주 바라봤다. 그녀는 틀림없이 망설이고 있었다.

"나, 중학교 때도 동아리는 땡땡이쳤어. 그래서 동아리 친구라 해도 어떤 느낌인지 잘 몰라."

"그럼 첫 동아리 친구네."

별일 아니라는 듯이 내가 대답하자 도사카는 고개를 떨구고 생각에 잠겼다.

잠시 후에 결심이 섰는지 얼굴을 들었다.

"있잖아. 내가 어떤 비밀을 갖고 있더라도 미즈시마는 동아리 친구로 있어 줄 수 있어?"

"어."

"진짜?"

"진짜."

"배신 안 할 거지?"

"약속할게."

"알았어. 그럼 얘기할게. 지금까지 이상하다고 느꼈을지도 모르겠는데."

그러고 나서 도사카가 해준 얘기는 내가 상상도 못 했던 일이었다.

하지만 이야기를 듣고 보니 모든 상황이 연결되면서 이해가 되었고, 앞으로 나아갈 수 있었다.

"나는 보통 사람들처럼 글씨를 읽지 못해. 그렇게 태어났어."

4

나는 발달성 난독증이라는 단어를 그날 처음 들었다.

지능에는 문제가 없고, 오직 글자를 읽고 쓰는 데만 특징적인 곤란을 겪는 증상이라고 한다. 글자를 글자로 인식하지 못하고 단순한 모양으로밖에 파악하지 못한다. 한마디로 말해 글자를 읽고 쓰기가 어렵다고 한다.

도사카가 그런 상태인 줄은 상상도 하지 못했고 이런 증상이 존재한다는 사실조차 몰랐다.

그래서 편지를 읽지 못했고 내가 쓴 가사도 음성으로 변환해서 확인했던 거구나.

거리낌 없이 물어보기가 망설여지기는 했지만, 그래도 나는 증상은 물론이고 치유될 가능성은 있는지, 학교에서는 어떻게 대처하고 있는지 구체적으로 물어보았다.

"완전히 낫기는 힘든 모양이야. 글자를 전혀 읽지 못하거나 쓰지 못하는 건 아니니까 조금이라도 좋아지려고 노력은 하고 있어."

학교에서도 담임선생님이 각 과목 선생님에게 설명하기는 했지만 사람들에게 잘 알려지지 않은 증상이라 교사 중에도 제대로 이해하지 못하는 사람이 많다고 한다. 개중에는 단순히 노력이 부족한 게 아니냐고 말하는 선생님도 있는 모양이다.

도사카는 난독 증상 때문에 수업 시간에 필기를 하지 못하고, 들은 내용을 기억하는 수밖에 없다고 한다. 시험을 볼 때도 문제를 한 글자 한 글자 확인해야 해서 마치 외국의 상형문자를 짜깁기하는 심정으로 답을 써야만 한다.

상당히 힘든 일이다. 수업을 빼먹고 싶은 심정도 알 것 같다.

내 머릿속에서 도사카의 증상과 상황이 어느 정도 정리

되자 다시 한번 물었다.

"교실에서 그런 이미지를 만들어 보인 건 그 사실을 애들한테 알리고 싶지 않아서야?"

"그렇지 뭐. 이 증상 탓에 나름대로 안 좋은 일도 겪었고. 혼자 있다 보면 다들 원래 그런 아이려니 하고 마음대로 생각해서 말을 안 걸거든."

도사카가 설핏 웃는다. 어딘가 슬퍼 보였다.

그 쓸쓸하고 애잔한 표정이 가슴을 파고들어서 더 깊은 이야기까지 꺼내고 말았다.

"외롭지 않아?"

"아니. 학교에 기대하는 것도 없는걸. 그러는 넌?"

"나?"

"응. 애들하고 잘 어울리는 것 같으면서도 실은 한 발 뒤로 물러나 있잖아. 남들에게 마음을 허락하지 않는다고 할까, 얘도 친구가 없겠구나 싶었어."

거침없는 발언에 당황해서 웃음이 나왔다. 그렇게 여겨지고 있었다니.

하지만 약이 오를 정도로 정곡을 찔렀다. 나는 언제나 다른 사람과 '다르다'고 느끼고 있었다.

"그럴지도 몰라."

내가 순순히 인정하자 도사카는 살짝 눈썹을 치켜올
렸다.

"좀 의외네."

"뭐가?"

"그렇게 자포자기하듯이 대답하는 거."

"그런 거 아냐. 지인이나 동급생은 있어도 친구는 없는
게 사실이니까."

내가 자조 섞인 어조로 대답하자 그와 반대로 도사카는
가볍게 웃으며 말했다.

"그래도 이제 동아리 친구가 생겼잖아. 방과 후에 한가
하면 매일 모이자고."

"응. 실은 그렇게 한가하진 않지만 될 수 있으면 그럴게."

"어라, 뭔가 일이 있는 거야? 동아리도 안 하는데 바로
집에 가는 거 아녔어?"

"고등학교를 졸업하면 관공서에 취직하려고. 필기시험
까지 이제 1년 남았거든."

그 자리의 편안한 분위기 때문일까. 반 친구들에게도
말한 적이 없는 진로 얘기를 아주 자연스럽게 꺼냈다.

"그래? 미래를 진지하게 생각하고 있구나. 대단해."

"뭐, 그렇게 대단한 일은 아니고……. 도사카는 졸업하

면 어떻게 할 거야?"

"일할 거야. 내 증상으로는 전문학교나 일반 대학교에 진학하기도 어렵고. 돈도 들 테니까."

무심코 물어본 건데 생각 이상으로 속 깊은 이야기까지 나누게 되었다.

글자를 제대로 인식하지 못한다는 것은 가능성과 미래가 제한되는 일이기도 했다.

잠깐 대화가 끊겼다. 그 침묵을 도사카가 채웠다.

"하지만 감사하게도 노래할 수 있는 환경이 되니까."

"노랠 좋아하는구나."

"좋아한다, 라기보다 뭐라고 하면 좋을까. 노래하고 있을 때만큼은 세상이 나를 사랑해주는 느낌이 들어. 미래라든지 과거라든지, 그런 것에서 벗어난 기분이 들거든."

미래와 과거. 미래는 학생인 우리를 항상 따라다니기 마련이며 과거도 때때로 기어 올라온다. 부모를 사고로 여의고 한때 의지할 데가 없었던 나도 과거의 괴로움을 안다.

특히나 난독증을 겪고 있는 도사카에게는 그 미래도 과거도 직시하고 싶지 않을 것이다. 그렇게 생각하자 또다시 그녀가 평범한 여자아이로 보였다.

만약 정말로 평범한 여자아이였다면 지금과는 전혀 다

른 인생을 걸어가고 있겠지.

철의 여인이 될 필요도 없이 밝은 성격과 어여쁜 외모로 누구에게나 사랑받았을지 모른다. 그러면 친구도 무척 많았을 텐데…….

나도 모르게 살짝 감정 이입을 하고 말았다. 아무런 위안도 되지 않을 말을 꺼냈다.

"도사카의 노래가, 듣고 싶어졌어."

"그럼 빨리, 같이 노래 만들자. 그땐 질리도록 들을 수 있을 테니까."

나는 무심코 노트에 적은 가사로 시선을 옮겼다.

이 가사를 만들 때는 도사카와 이렇게까지 마음을 터놓게 될 줄은 상상도 하지 못했다.

무언가가 천천히 시작되고 있음을 느끼며 나는 대답했다.

"……그렇네. 알았어."

다음 날부터 동아리 친구라는 명목으로 수업이 끝나면 곧장 도사카와 부실에서 노래를 만들기 시작했다.

"쉽게 말하면 음악은 코드와 멜로디, 이 두 가지로 이루어져."

우선은 구성과 같은 초보적인 설명을 들었다. 교본에 나온 내용은 이미 머릿속에 들어 있었기에 쉽게 이해됐다. 도사카는 조금 망설이는 기색을 보이면서도 스마트폰을 조작해 음악을 틀었다.

감미롭고 맑은 노래가 흘러나왔다. 도사카의 노랫소리였다.

예전에 내게 보내줬던 기타 소리에 맞춰 '라라라' 하고 그녀가 노래하고 있었다.

"아름다워."

"뭐?"

내가 감상을 중얼거리자, 부실에서는 철가면을 벗고 있는 도사카가 얼빠진 목소리로 반응했다.

"아니, 노랫소리가."

"알거든. 그치만 갑자기 이상한 소리 좀 하지 말아줄래?"

정신을 가다듬고 다시 도사카에게 작사에 관한 설명을 들었다. '라라라' 하고 흥얼거리는 것도 다 의미가 있으니 '라'의 개수에 맞춰 가사를 붙여야 한다고 했다.

그러고 나서 그녀가 복사해 온 악보를 받아들었다. 조금 놀랐다. 독특한 글씨체로 쓰인 메모와 색깔별로 구분해 표시한 부분이 많이 보였다. 난독증 증상은 악보를 읽고 쓰는 데도 영향을 미치는 모양이다. 아까 노래 부른 '라' 부분에도 동그라미가 표시되어 있었다.

악보 상태에 관해서는 별달리 따져 묻지 않고 내가 해야 할 일에만 집중했다.

교본의 예제를 따라 이미 가사를 몇 개 만들어봤지만 어디까지나 임시로 연습한 정도다. 본격적으로 작사를 하려면 무엇보다 주제가 중요하다.

도사카에게 원하는 주제를 물었더니 '특별히 없다'고 답했다. 그러고는 오히려 내게 질문을 던졌다.

"시는 보통 어떤 걸 써?"

"자연이라든가 뭔가 감동한 일 같은 거. 말하자면 평범한 거."

실은 내가 마음으로 느낀 감정이나 감상도 쓰고 있었지만 딱히 그 말은 하지 않았다.

"그렇구나. 교무실에서 들었던 그 시도 자연 경치를 아름다운 말로 표현했던데, 어떻게 그런 표현을 떠올리지? 어떻게 하는 거야?"

"시정詩情이라는 건데. 경치에는 시가 가득 차 있으니까 그걸 찾아낸다고 보면 돼."

"……치정? 안녕, 검색 박사님! 치정의 뜻을 알려줘."

내 말을 잘못 들은 도사카가 스마트폰의 음성 검색 기능을 사용해 단어의 의미를 물었다.

"네, 치정은 남녀 간의 사랑으로 생기는 온갖 어지러운 정입니다."

"도사카, 스마트폰한테 이상한 말 좀 시키지 마. 게다가 너 완전 잘못 들었거든."

내가 시에 관한 이야기를 끝내자 이번에는 도사카가 평소에 밴드에서 부르는 노래에 관해 이야기해주었다. 특별한 선정 기준은 없고 밴드 멤버가 유명한 곡을 적당히 고른다고 한다.

곰곰이 생각하던 도사카가 "아, 그럼 되겠다" 하며 환하게 웃었다.

"그 시로 하자. 교무실에서 들었던 시 말이야. 임시여도 상관없어."

"뭐? 그 시를?"

솔직히 말해 나는 그다지 내키지 않았다. 그건 어디까지나 문예대회에 내려고 쓴 시다. 하지만 가사를 만드는 요령을 빨리 익히고 싶기도 했고 도사카가 강력하게 원하기도 해서 어쩔 수 없이 그러기로 했다.

악보를 보며 글자 수를 확인하고 내용을 떠올리면서 시를 가사로 만들어나갔다. 표현을 다듬고 순서를 바꿔 글자 수를 조정하기도 하고 주어를 넣어야 하기도 했지만, 생각보다 순조롭게 진행되었다. 가사의 1절이 노트에 완성되었다.

일단 이런 느낌이야, 하며 도사카에게 노트를 건넸다. 그녀는 가사를 물끄러미 바라보았다.

"그러니까 읽어주는 게 빠르긴 한데."

"아 참, 그렇지. 미안. ……읽긴 쑥스러운데 메시지로 보내도 돼?"

전에도 그랬듯이 내가 가사를 보내면 앱을 이용해 확인한다.

"응, 괜찮을 거 같아."

그녀가 얼마 후 자신 있다는 듯이 고개를 끄덕였다.

"그래? 그럼 어떻게 할까? 음원이라도 틀어놓고 시험 삼아 노래를 한번……."

내가 그렇게 제안하려 할 때 갑자기 **그 일**이 일어났다.

그녀가 아주 자연스럽게 노래를 부르기 시작한 것이다. 방금 완성한 부분을 아카펠라로.

아름답고 맑은 그 노랫소리는 나를 어딘가 먼 곳으로

데리고 갔다. 시에 그린 풍경이 노래가 되어 전혀 다른 질
감으로 흘러나왔다.

도사카가 자아내던 선율이, 멈췄다.

"응, 느낌 좋아. 괜찮게 부른 것 같아."

그 시에 선율을 담은 도사카의 노래는 예전에 수업 중
에 받아서 들었었다. 하지만 시를 완전히 가사로 바꿔 멜
로디에 실었기 때문인지 그때와는 전혀 다르게 들렸다.

"정말 잘 부른다. 지난번 노래와는 느낌이 또 달라서 깜
짝 놀랐어."

감상을 말하자 도사카가 흥분한 표정으로 나를 바라본
다.

"역시 좋아. 미즈시마의 시, 진짜 훌륭해."

하얀 치아를 내보이며 도사카가 웃었다. 교실에서는 절
대 보여주지 않는 웃음이었다.

"솔직히 도사카의 목소리에 정신을 뺏겨서 가사가 어떤
지는 머릿속에 들어오지도 않았어."

"나는 반대로 내 노랫소리는 들리지도 않고 가사밖에
머릿속에 안 들어오던데. 시를 소리로 내는 게 즐거워. 이
렇게 표현할 수도 있다는 게 놀라워. 생각지도 못한 조합
으로 단어를 엮다니."

그것은 내가 시를 쓸 때 가장 중요하게 여기는 점이기도 했다. 다만 나는 나 자신을 잘 알고 있었다. 자신을 높게도 낮게도 평가하지 않는다.

재능이란 게 조금은 있어서 뭐든지 나름대로 소화하지만 그 정도의 재능은 대단하다고 할 만큼 특출나지도 않다.

많고 많은 사람 가운데 하나일 뿐이다.

하지만 지금 도사카에게서 그 웃음을 이끌어낸 것만으로도 조금은 가치가 있었을지도 모른다.

그런 생각을 하며 쳐다보고 있는데 내 시선을 알아챘는지 도사카가 영문을 알 수 없다는 듯 고개를 갸웃거렸다.

5

도사카와 함께 노래를 만들기 시작하면서 나의 일상이 달라졌다. 교실에서는 여전히 도사카와 눈을 마주치지도 말을 섞지도 않았지만 수업이 끝나면 부실에서 만나 작사에 관해 의견을 나눈다. 자작곡을 만들려는 자세한 경위도 도사카에게 들었다.

도사카의 삼촌은 이 시골 마을에서 레스토랑을 운영하

고 있다. 그녀는 매월 둘째와 넷째 금요일에 그곳에서 노래를 부른다고 한다. 이 공연이 무척 인기가 좋아서 레스토랑의 매출에도 도움이 되는 모양이다. 도사카는 중학생 때부터 삼촌 친구들과 밴드를 결성했다. 지금까지 그 밴드는 유명한 곡을 골라 커버곡만 연주해왔는데 이번 여름에 밴드 멤버들이 보컬인 그녀에게 곡과 가사를 써 노래를 만들라는 과제를 안겨줬다는 것이다.

그녀는 이 일에 관해 이렇게 설명했다.

"밴드를 같이 하는 분들은 모두 내 증상을 알고 있고 굉장히 자상하셔. 하지만 내가 노래로 도망치고 있는 게 걱정되나 봐. 그래서 하기 힘든 일에도 도전해보라고 그런 과제를 내준 것 같아. 그런데 작곡은 할 수 있어도 작사는 도저히 못 하겠는 거야. 책도 쉽게 읽질 못하니까 표현력이나 어휘력이 근본적으로 부족한 거지."

나는 당연하게 문자를 문자로 인식할 수 있다. 책도 아무 문제 없이 읽는다.

상상하기 어렵지만 그 당연한 일이 당연하지 않다면…….

시 쓰기도 분명 뜻대로 되지 않겠지. 머릿속에서 어느 정도는 정리가 될지 모르지만 완성하기는 어려울 것이다. 아니, 애초에 완성할 의욕이 생겨나지 않을지도 모른다.

도사카가 그런 상태에서 고등학교에 입학한 것은 참으로 대단하다. 사람들에게는 보여주지 않지만 생각보다 훨씬 노력파인지 모른다.

하지만 노력 면에서는 나도 지지 않는다. 옛날부터 뭔가를 꾸준히 하는 게 좋았다. 시도 기초부터 시작해 이제는 그나마 남들에게 보여줄 만한 수준이 됐다.

이렇게 해서 얼떨결에 가사를 맡게 되었지만, 기왕 하는 거 가사도 남들에게 자신 있게 내보일 만한 작품으로 써보겠다.

하지만 모든 게 순조롭게 진행될 리는 없었다.

도사카와 내가 추구하는 가사의 방향성이 달라 의견이 갈렸다.

"미즈시마는 유행하는 노래를 의식하는 것 같은데, 그냥 너다운 가사를 쓰는 게 좋지 않을까. 맨 처음에 시로 썼다가 가사로 만들었던 그거처럼."

지난주부터 작사를 시작해 주말 동안 세 개 정도 가사를 만들었다.

그 가사를 두고 도사카와 매일 의견을 나누었지만 좀처럼 이견이 좁혀지지 않았다.

"하지만 그 가사는 원래 문예대회에 내려고 만든 거라

좀 딱딱하기도 하고 어려운 느낌이 나지 않아?"

"그럼 그걸 본격적으로 가사답게 만들어보면 어때?"

좀 더 고민할 수밖에 없었다. 방향성은 중요한 요소였다.

나다운 가사라고 해도 기본 토대가 시이다 보니 아무래도 딱딱해지고 만다.

언젠가 노래로 선보일 거라면 누구나 듣기 편하고 이해하기 쉬운 가사를 쓰고 싶다.

하지만 내 기량이 그 포부를 따라가지 못했다.

내가 생각에 잠겨 있자 "아, 그렇다면 좋은 생각이 있어" 하고 도사카가 소리쳤다.

"지금부터 주말까지 가사를 두 가지 패턴으로 만들 수 있어? 완벽하지 않아도 괜찮으니까."

"못 할 건 없지만……. 두 개를 만들어서 어떻게 할 건데? 비교해서 들어보려고?"

왜 그러는 걸까. 뭔가 불길한 예감이 들어서 묻자 도사카가 씨익 웃었다.

드디어 토요일 아침, 나는 오랜만에 동네 전철역으로 향했다.

시간표에 맞춰 들어오는 상행선 전철에 올라탔다. 지역

노선이다 보니 차량이 적다.

옆 차량으로 이동하자 다른 역에서 먼저 탄, 약속한 사람이 바로 눈에 띄었다.

"안녕. 미즈시마."

"……안녕."

도사카가 기타 케이스를 바닥에 내려놓고 윗부분을 끌어안은 채 좌석에 앉아 있었다. 가사의 방향성을 정하지 못해서 도사카와 나는 다른 사람들에게 들려주고 판단하기로 했다. 하지만 밴드 멤버들에게는 미완성 곡을 들려줄 수 없어서 도사카가 거리 공연을 제안했다.

전철로 40분 정도 가면 나오는, 나름 꽤 번화한 역 앞에서 거리 공연이 열리고 있다는 건 알고 있었다. 하지만 거리 공연은 분명 불법이다. 가사는 어제 완성해서 도사카에게 보내놓았으나 각오는 아직도 서지 않았다.

그런데 가만히 생각해보니 휴일에 여학생과 둘이서 밖에 나가기도 처음이다.

도사카는 간편한 복장으로 나왔다. 폭이 좁은 바지가 긴 다리에 잘 어울렸다.

위에 입은 옷은 뭐라고 하더라. 어깨가 살짝 가려지는 시원한 파란 블라우스 같은 것을 입고 있었다.

"왜?"

내가 바라보고 있자 시선을 눈치챈 그녀가 물었다.

"어, 그런 옷은 어디서 사?"

"……인터넷 쇼핑."

"그렇구나. 근데 오늘은 웬일로 말수가 적네."

"동네를 지나는 노선이라 어디서 아는 사람을 만날지 모르니까."

"그건 철의 여인 모드란 말이군."

"그렇게 말하니까 내가 철로 만든 로봇이라도 되는 것 같잖아."

거리 공연이 빈번하게 열리는 역 앞 광장에 도착하니 10시가 조금 지나 있었다.

한여름과는 달리 피부에 닿는 강렬한 햇살은 한층 누그러졌지만 그래도 여전히 덥다.

휴일이라 역 앞에는 사람들이 많이 지나다니고 있었다. 광장에서는 대학생 정도로 보이는 청년이 어쿠스틱 기타를 어깨에 메고 노래를 부르고 있다.

나무 그늘이 드리워진 벤치가 비어 있어 둘이 나란히 앉았다.

도사카가 케이스에서 기타를 꺼냈다.

나뭇결무늬가 아름답고 표면이 거울처럼 반지르르하게 닦인 반투명한 갈색의 기타. 겉모습은 어쿠스틱 기타인데 아래쪽에 앰프 코드를 연결하는 부분이 보였다.

궁금해서 물어보니 도사카가 일렉트릭 어쿠스틱 기타라고 설명해주었다. 일렉트릭 기타처럼 앰프에 연결해 큰 소리를 내고 음을 가공할 수 있는 데다 그냥 치면 어쿠스틱 기타의 음색으로 연주할 수 있는 편리한 악기라고 한다. 도사카는 곧바로 일렉트릭 어쿠스틱 기타를 퉁기더니 유행을 의식해서 쓴 가사로 노래하기 시작했다.

거리의 소음에 묻지지 않는 편안하고 아름다운 목소리가 퍼져나갔다. 그녀의 노랫소리를 들은 몇 사람이 발걸음을 멈추고 우리를 보았다. 하지만 다시 가던 길을 갔다. 노래가 끝나가도록 흥미를 느끼며 들으러 오는 사람이 없었다.

"전혀 없네."

도사카의 말에 내 얄팍한 자존심이 욱신거렸다.

"아니, 모르는 노래니까 흥미를 끌기 어려운 것뿐이지. 사람이 너무 많이 모여들어도 좋지는 않겠지만, 우선은 다들 알 만한 노래를 부르자고."

내 말에 "네네" 하며 흔쾌히 대답한 도사카는 예전에 커버한 적이 있다는 국민적인 일본 록밴드의 곡을 연주하며 노래를 부르기 시작했다.

남자 가수의 노래인데도 전혀 어색하지 않다. 도사카는 완전히 자신의 노래로 소화하고 있었다. 로맨틱한 곡이었다. 한여름 동안 진심으로 누군가를 좋아하게 된 노래 속 주인공에게 감정 이입해 빠져들 것만 같다.

노래를 들은 사람들 몇몇이 이번에도 발걸음을 멈추고 우리 쪽을 바라보았다. 그뿐만 아니라 약간 망설이는 기색을 보이면서 천천히 다가오는 사람도 있었다.

또 한 곡, 조금 전 그 밴드가 부른 선명한 바다 풍경을 배경으로 실연을 노래한 곡을 다 불렀을 즈음에는 사람들이 조금 모여 있었다.

대학생 같은 여성부터 40대 초반으로 보이는 남성까지 다양했다. 누구나 알 만한 곡을 노래했다고는 해도 이렇게 많은 사람이 모이는 건 도사카의 가창력이 뛰어나서일 것이다.

"생각보다 많이 모였네. 그럼 이제 자작곡을 불러볼까?"

"오케이. 자, 소개 부탁해."

나는 마음을 굳게 먹고 모여든 사람들을 향해 "이번에는 자작곡을 부르겠습니다. 가사가 두 가지 버전이니 들어

보시고 마음에 드는 쪽에 박수를 쳐주시겠어요?" 하고 말했다.

도사카가 기타를 퉁기며 유행을 의식한 가사로 노래를 부르기 시작했다.

"아, 좋다!" "엄청 잘 부르는데?" 그런 소리가 들려왔다. 노래가 끝나자 의외로 큰 박수가 터져 나왔다. 역시 모두 이런 노래를 원하는 거야.

그렇게 생각하며 도사카를 보니 확실히 마뜩잖은 표정을 하고 있었다.

"잠깐 머리 좀 묶을게."

그녀는 재빨리 머리를 포니테일로 묶었다. 새하얀 목덜미가 드러났다.

"이번엔 시를 베이스로 한 곡이야. 진짜 실력을 보여주지."

그러더니 도사카는 눈을 감고 기타를 치며 노래하는, 곡예와 같은 기술을 선보였다.

아까보다 더 목소리에 힘이 들어가고 더 깊은 감정이 담겨 완전히 다르게 들렸다.

맑고 성량이 풍부한 목소리로 노래를 부르자 자작곡인데도 발길을 멈추는 사람이 늘어났다.

사람이 사람을 부른다. 점점 더 많은 사람이 모여들었다.

그런데 이러다 큰일 나는 거 아닐까. 도사카의 노랫소리에 이끌려 모여든 사람이 상상 이상으로 늘어나 있었다. 10여 명이었던 사람이 지금은 거의 두 배 가까이 많아졌다.

"도사카, 목소리를 좀 더 낮추는 게 좋지 않아?"

그런 내 제안에는 아랑곳하지 않고 그녀는 노래를 계속했다.

스마트폰을 들고 우리를 촬영하는 사람도 늘어났다.

노래가 끝나자 갈채라고 해도 좋을 정도로 힘찬 박수에 둘러싸였다. 그런 광경을 앞에 두고 도사카가 우쭐한 표정으로 내게 웃어 보였다. 그와는 반대로 나는 당황했다.

많은 사람이 모여 있어서일까, 멀리서 경찰관이 이쪽을 살피고 있었다.

우리를 둘러싼 사람들은 전혀 눈치채지 못한 채 앙코르를 외치고 있다.

"어때, 미즈시마. 역시 이쪽 가사가 훨씬 좋지?"

"아니, 지금 그게 중요한 게 아냐. 저기, 경찰이."

"어? 뭐라고?"

모여 있는 사람들의 목소리가 커서 내 말이 잘 들리지

않는 모양이었다. 그러는 동안에도 시야 끝에서 경찰관이 우리 쪽으로 걸어오고 있다.

나는 서둘러 기타 케이스를 집어 들고 다른 한 손으로 도사카의 가느다란 손목을 잡았다.

"왜 그래, 미즈시마!"

"경찰이 오고 있어. 저기 봐, 빨리 도망쳐야 해."

도사카의 손목을 끌고 나는 그대로 내달리기 시작했다. 그녀도 순간적으로 상황을 알아차렸는지 내가 이끄는 대로 따라왔다.

운 좋게도 역 앞 횡단보도의 신호등이 초록색이었다. 일단 뛰어서 도망쳤다. 지나던 사람들이 그런 우리를 놀란 눈으로 쳐다보았다. 건실한 우등생이었던 내가 어쩌다 이렇게 된 거지? 도중에 우스워서 그만 웃음이 터져 나왔다. 좁은 골목으로 숨어 들어갔다.

"뭐가 그렇게 우스워?"

기타를 들고 달리는 그녀가 물어보는데, 그 모습이 우스워서 또 웃음이 터졌다.

그녀도 웃고 있었다. 내가 손을 놓자, 도사카는 달리면서 큰 소리로 말했다.

"경찰한테서 도망치는 날이 올 줄은 생각도 못 해봤어."

"나도 그래."

경찰은 쫓아오지 않았지만 붙잡히면 훈계를 피할 수 없을 것이다.

하지만 우리는 다른 역 앞 광장에서도 노래를 선보였다. 주위에 피해를 주지 않도록 사람들이 너무 많이 모여들기 전에 해산했지만, 어쩌다 경찰의 눈에 띄면 둘이서 있는 힘껏 도망쳤다.

패스트푸드로 조금 늦은 점심을 간단히 때웠다. 도사카는 주문한 햄버거를 아무 말 없이 먹고 있었다. 노래를 부를 때처럼 눈을 감고 입을 오물거리고 있다.

"그렇게 음미하는 거야?"

"맛의 조화에 귀를 기울이는 거야. 그러니까 방해하지 마."

농담 삼아 묻자, 도사카는 농담인지 진담인지 알 수 없는 대답으로 나를 웃게 했다.

낮부터는 번화가에 있는 공원에서 노래했다. 많은 사람이 오가던 발길을 멈추고 그녀의 노래를 들었다.

전철이 붐비지 않을 때 돌아오려고 저녁이 되기 전에 하행선 전철에 올랐다.

내릴 역에 다다랐을 무렵에는 피곤했는지 도사카가 꾸벅꾸벅 졸았다. 그런 그녀와 어깨가 닿아, 마치 청춘 시절의 그림 한 폭에 섞여 들어간 것 같았다.

대체 난 뭘 하고 있는 걸까. 그런 생각이 들었다가 머쓱해져서 웃고 말았다.

그런 우리를 저물어가는 석양이 가만히 내려다보고 있었다.

결국 거리 공연에서는 시를 가사로 한 노래가 반응이 더 좋았다. 도사카가 노래를 어떤 마음으로 어떻게 부르느냐도 크게 영향을 미쳤겠지만, 반응이 더 좋은 가사를 본격적으로 완성하자고 약속했으니 어쩔 수 없다.

다만 내게도 거리 공연의 성과는 있었다. 사람들이 노래의 어느 부분에서 반응하는지를 피부로 느꼈기 때문이다. 이런 경험은 작사를 하는 데 굉장히 유용할 것 같았다.

스마트폰으로 촬영하는 사람들이 있었다는 게 좀 신경쓰이긴 했지만 별문제 없을 것이다. 세상에 그런 동영상은 차고 넘친다. 그리 특별한 일도 아니다.

방과 후 부실에서 도사카와 상의하면서 조금씩 곡을 완성해나갔다.

다음 토요일에는 둘이서 전철을 타고 장서가 많기로 유명한 근처 도서관으로 향했다. 가사는 어느 정도 형태가 잡혔다. 하지만 마지막 한 방, 뭔가가 부족했다.

힌트를 얻을 수 있을까 하고 작사에 관한 교본을 닥치는 대로 읽었다. 책 읽기가 힘든 도사카는 지루했는지 점심때가 지나자 기타를 치고 오겠다며 근처에 있는 공원으로 나갔다.

나도 잠깐 쉬려고 좋아하는 시인의 에세이를 찾아서 읽었다.

책은 쓰여 있는 내용 그 자체보다도, 읽고 난 느낌이 중요하다고 어디선가 본 적이 있었다.

그 에세이에서 생각지도 못한 힌트를 얻은 느낌이 들면서 나는 충격과 감동을 받았다.

서둘러 작사용 노트를 꺼내 들었다. 단어 몇 개만 매만졌는데 전혀 다른 작품인 것처럼 가사가 빛을 발했다. 아니, 어쩌면 흥분한 내가 느낀 단순한 착각일지도 모른다.

도사카에게도 보여주고 싶어 도서관을 나섰다. 노랫소리에 이끌리듯 공원으로 가자 그녀가 있었다. 나무 그늘이 진 벤치에 앉아 두 눈을 내리감고 기타를 치며 노래를 부르고 있다.

아이를 데리고 나온 부모들이 발길을 멈추고 그런 그녀의 노래를 지그시 듣고 있다.

나뭇잎 사이로 비치는 햇살이 닿아 그녀의 옆얼굴이 아름답게 빛났다.

예쁘다, 그렇게 느꼈다. 내가 지금까지 만난 그 어떤 여성보다도, 그녀는……

노래가 끝나자 도사카가 눈을 뜬다. 나를 보더니 약간 놀랐다.

"언제부터 듣고 있었어?"

"방금 전부터. 그보다도 가사, 완성된 것 같아."

"정말? 그럼 지금부터 부르면서 확인해볼까?"

돌이켜보면, 날짜로 따졌을 때 불과 2주 사이에 일어난 일이었다.

하지만 우리 두 사람의 인생이 서로 교차하고 엮이면서 생긴 일이기도 했다.

이렇게 나와 그녀가 처음으로 함께 만든 곡 〈너와 함께 찾아낸 노래〉가 완성되었다.

6

9월의 넷째 금요일 밤, 나는 그 건물 앞에 서 있었다.

같은 지역인데도 전철로 두 역을 더 와서 내린 순간, 모르는 동네처럼 느껴져 신기했다.

'뜨라또리아 마사Trattorìa MASA'

역에서 도보로 15분쯤 걸리는 곳에 그 가게가 있었다. 흰색으로 칠한 건물은 단층치고는 높은 편으로, 중후한 멋이 풍기는 나무문에서도 독특하고 세심하게 꾸몄음을 느낄 수 있었다. 주변에는 높은 나무들이 늘어서 녹음을 이루고 있었다. 미리 인터넷에서 주소를 알아봤더니 숨어 있는 아지트 같은 분위기의 이탈리안 레스토랑으로 입소문이 나 있었다. 오늘 도사카가 이곳에서 커버곡을 부른 뒤에 우리가 만든 창작곡을 선보이기로 되어 있다.

"고생했어."

그날 도서관에서 돌아오는 길에 그녀가 전철 안에서 내게 따뜻한 말을 건넸다.

가사를 완성하자 그다음은 빠르게 진행되었다.

도사카와 밴드 멤버들은 매주 일요일에 모여 연습을 하

고 있었다. 원래 자작곡은 가사 외에는 거의 다 만들어져 있었기에 파트별 조정도 이미 끝났다고 했다.

"내일 연습할 때 모두에게 들려주려고 해. 분명 잘될 거야."

"그렇구나."

연습에서 합격하면 레스토랑에서 발표하게 된다. 그 '다음'이 있는지 없는지 나는 묻지 못했다.

다음 날인 일요일에는 꽤 일찍 일어났다. 완성한 가사를 다시 들여다보기도 하고, 오랜만에 취미인 시를 쓰다가 잠깐 산책하러 나가기도 했다. 그러면서 도사카와 함께 노래를 만들던 날들을 떠올렸다. 정말 즐거웠다.

나의 내면에 있는 그 본심을 발견했을 때, 나도 모르게 발길을 멈추었다.

산책에서 돌아와서는 공부를 했다. 내년 이맘때쯤이면 공무원 임용 필기시험이 끝났을 것이다. 그때쯤 나는 무슨 생각을 하고 있을까. 도사카와는 여전히 함께 있을까.

저녁때 스마트폰 벨이 울렸다. 메시지가 아니라 착신 알림이었고 발신자는 도사카 아야네였다. 내가 긴장하고 있다는 사실을 깨닫고는 움찔했지만 용기 내어 받았다.

"여보세요."

"미즈시마? 전화 받아서 다행이다. 노래 말인데 괜찮았어. 가사가 너무 좋대."

전화기 너머로 울려오는 그녀의 목소리는 친근했으며 왠지 평소보다 더 어른스럽게 들렸다. 무엇보다 목소리가 무척 가깝다. 귓가에서 속삭이는 듯해서 부끄러워져 스마트폰을 귀에서 살짝 떼었다.

"그래서 바로 다음 금요일 밤에 그 곡을 연주하기로 했어."

내가 이런 부끄러운 기분인 줄도 모르고 그녀는 기뻐하며 계속 말했다.

"연습해야 해서 당분간 부실에는 못 가겠지만. 괜찮으면 미즈시마도—."

도사카의 삼촌이 경영하고 있다는 레스토랑 앞에 서서 문손잡이를 쥐었다.

가게 안은 생각보다 넓었다. 눈앞에 카운터석이 있고 왼쪽에는 2인용과 4인용 테이블이 여러 개 있다. 그리고 좌석 안쪽으로 피아노와 드럼, 대형 앰프가 설치된 나지막한 스테이지가 보였다.

주차장이 70퍼센트 정도 차 있기에 예상은 했지만, 손님이 많았다.

젊어 보이는 손님은 별로 없고 대부분 점잖은 어른들뿐이다. 최소한 10대는 나뿐인 것 같다. 재킷을 입고 오기는 했지만 이곳에 어울리지 않는다는 느낌을 지울 수 없었다.

내게 다가와 예약을 확인하는 여성 점원에게 이름을 대자 자리로 안내해주었다.

스테이지와 딱 붙어 있는, 송구할 정도로 좋은 자리였다.

간단한 요리도 나온다고 했는데 돈은 가져오지 않아도 좋다고 들었다. 이탈리안 요리라니 먹어본 적이 없다. 나이프와 포크를 제대로 사용할 수 있을지 걱정이었다.

진정되지 않는 기분으로 기다리고 있자니 셰프 복장을 한 남성이 자리로 다가왔다.

30대 후반쯤 되었을까. 깔끔하고 짧은 머리에 이목구비가 뚜렷했다.

수염을 기르고 있었지만 지저분한 느낌은 전혀 없다. 혹시 이분이…….

"미즈시마 군인가요?"

"아, 네."

이름을 불려 놀라기는 했지만 아주 자연스럽게 대답한 것 같다.

대답을 하고 나서야 처음 만난 이 남성이 나를 감격스러운 표정으로 보고 있다는 걸 알아차렸다. 남성이 웃으며 자신을 소개했다.

"반가워요. 아야네의 삼촌 도사카 마사후미입니다."

"안녕하세요. 처음 뵙겠습니다. 도사카와 같은 반 친구 미즈시마 하루토라고 합니다."

"이 먼 데까지 와줘서 정말 고마워요. 미즈시마 군 얘기는 아야네에게 들었어요. 요리도 간단히 준비했으니까 편히 연주를 즐겨요."

깊고 중후한 목소리를 듣고 나도 모르게 고개를 숙여 대답했다.

그는 또 웃음을 보이더니 "그럼 편히 즐겨요"라는 말을 남기고 자리를 떠났다.

직접 인사하러 와줄 거라고는 생각도 하지 못했기에 다시 긴장해서는 연주가 시작되기를 기다렸다.

이윽고 약속의 시각, 7시가 되었다. 레스토랑 전체 조명이 꺼지더니 곧이어 눈앞의 스테이지에만 불빛이 좌악 비쳤다. 객석 사이를 지나 연주자들이 스테이지에 모습을 드러냈다.

반듯한 얼굴에 머리를 길게 기른 남성이 일렉트릭 어쿠

스틱 기타로 보이는 악기를 손에 들고 있는 모습이 눈에 들어왔다. 기타와는 달리 네 줄의 현이 뻗어 있는 베이스를 든, 자상한 인상에 안경 쓴 남자도 있다.

중절모자를 쓴 남성은 드럼용 의자에 앉아 장비를 조정하고 있었다. 피아노를 담당하는 올백 머리 남성도 자리에 앉아 연주가 시작되기를 기다리고 있다.

네 사람은 모두 도사카의 삼촌과 비슷한 연배인 30대 후반에서 40대 초반으로 보였다.

그리고 마지막으로 도사카가 나타났다.

어깨를 드러낸 기품 있는 검정 드레스에, 똑같은 검은색 하이힐.

도사카 아야네가 객석에서 스테이지로 올라갔다.

그녀가 마이크 스탠드 앞에 서자 레스토랑이 조용해졌다.

인사도 없이 잠시 후 연주가 시작되었다. 도사카 아야네가 노래를 부르기 시작했다.

그녀의 노래는 여러 번 들었다. 거리에서 기타를 치며 커버곡을 부를 때마다 많은 사람의 발걸음을 멈추게 할 만큼 가창력이 뛰어나다는 것도 알고 있다.

하지만 스테이지에서 노래를 부르는 그녀는 그때와 비

할 바가 아니었다.

눈을 가만히 내리감고 노래와 하나가 된 듯 멜로디를 자아내고 있었다.

마치 현이 나라는 존재를 튕겨내기라도 한 듯 짜르르 몸이 떨렸다.

그녀의 노랫소리는 그 정도로 아름다웠다.

개인적인 감정 따위는 끼워 넣을 수 없을 만큼 하나의 아름다움으로 완성되어 있었다.

노래와 연주가 끝났다. 첫 번째 곡은 나도 잘 아는 국민적인 남성 그룹의 노래였다.

마음에 살포시 와닿는 섬세한 가사로, 밤하늘을 무심코 올려다보게 될 것만 같다.

어느새 그녀의 노래에만 온통 정신을 빼앗겼다. 하지만 연주도 산뜻하고 훌륭했다. 기타와 베이스를 치는 두 사람은 예전에 음반 회사에 소속되어 프로로 활동했었다고 언젠가 도사카가 말해준 적이 있다. 그런 그들과 밴드를 결성할 정도면 드럼과 피아노를 맡은 멤버들도 상당한 실력자일 것이다.

인상적인 기타 소리로 전주가 시작되며 두 번째 곡이 연주되었다.

이번에는 남성 싱어송라이터가 부른 유명한 곡이다. 원곡은 약간 더 템포가 빨랐던 것 같은데 레스토랑의 분위기에 맞춰서인지 차분한 곡조로 흘러나왔다.

그들의 음악은 하나같이 무척 격조가 있었다. 노래의 속삭임에 이끌려 꿈속으로 가고 싶어진다. 그러고 나서 세 번째, 네 번째 커버곡으로 이어졌다.

다섯 번째 곡이 시작될 즈음에는 기대와 불안으로 바짝 긴장되었다.

지금까지 연주된 곡들은 모두 전문 작곡가와 작사가가 만든 노래다.

하지만 여섯 번째로 연주될 창작곡은 그렇지 않다.

과연 들어줄 만한 곡이 될까. 우리의 노래는 어떤 분위기로 이곳을 물들이게 될까.

그 순간을 지켜보고 싶었다. 설령…… 실패로 끝난다 해도.

다섯 번째 곡이 끝나고 도사카가 감았던 눈을 떴다.

그리고 그 눈동자로 나를 보며 입가에 살짝 웃음을 머금었다.

오늘 밤 공연이 시작된 이후, 그녀가 처음으로 노래가 아닌 목소리를 들려준다.

"이번이 마지막 곡입니다. 처음 도전한 자작곡이에요. 그럼 들어주세요."

다시 그녀의 눈동자에 막이 내렸다. 기타가 섬세한 음색으로 전주를 실어냈다.

우리의 노래가 시작된다.

…………전혀, 걱정할 필요 없었어.

노래 첫 소절부터, 달랐다.

지금까지 부른 그 어떤 커버곡도 도사카는 자신의 노래로 소화해왔다. 하지만 그것도 결국은 빌려온 노래였던 것이다.

작사한 내가 질투가 날 만큼 그 곡은, 이미 그녀의 노래였다.

수천, 수만 개의 노래가 이 세상에 넘쳐나는 가운데 그녀만의 유일한 노래가 되어 있었다.

'노래하고 있을 때만큼은 세상이 나를 사랑해주는 느낌이 들어.'

노래를 들으면서 언젠가 그녀가 한 말을 떠올렸다.

틀림없이 지금, 도사카는 그 사랑의 품 안에 있다.

하늘은 난독증이라는 고난만이 아니라 노래라는 귀한 재능 또한 확실히 도사카에게 내려주었다. 이제서야 그러한 그녀의 특별함을 깨달았다.

어쩌면 도사카 아야네라는 소녀의 미래를 바꾸어줄지도 모르는 재능이다.

도사카의 입에서 흘러나오는 선율은 언젠가 그녀를 먼 세계로 데려가 줄 것인가.

그런 생각을 하고 있는 자신을 깨닫고는 머쓱해져서 웃었다.

도사카가 내뿜는 열정에 영향을 받은 건지도 모른다.

다만…… 생각한다. 그녀의 앞날에 수없이 많은 기쁨이 넘쳐나기를.

그렇게 그날의 공연은 끝났다.

하지만 공연이 끝난 뒤에도 내 가슴속에서 그녀의 노랫소리는 사라지지 않았다.

밤하늘에 빛나는 별처럼 언제까지나, 언제까지나 마음속에서 반짝이고 있었다.

제2장

그의 거리,
그녀의 거리

1

10월도 중반으로 접어들면서 어느새 여름옷은 자취를 감추었고 계절은 가을로 착실히 옮겨갔다.

레스토랑에서 자작곡을 발표한 지 3주가 지났고 그사이에 공연이 한 번 더 있었다.

그 자리에서도 우리는 새로운 노래를 선보였다.

마음속 어딘가에서 간절히 바라던 '다음'이, 우리에게는 있었다.

"앞으로도 함께 노래를 만들지 않을래?"

내게는 첫 경험이었던 그 공연이 끝난 후였다. 도사카와 함께 직원용 식사라고 하기에는 상당히 공들여 요리한 파스타를 먹다가 그 말을 듣고 나는 고개를 끄덕였다.

그 이후 나는 꾸준히 도사카와 자작곡을 만들고 있다. 게다가 학교 밖에서의 인간관계도 조금 달라졌다. 도사카의 삼촌은 물론 밴드 멤버들과도 가까워진 것이다.

이탈리안 레스토랑 '뜨라또리아 마사'를 경영하는 도사카 마사후미 씨는 서른여덟 살로 독신이다. 원래는 도시에 있는 레스토랑에서 일하다가 8년 전쯤 고향으로 돌아와 가게를 열었다.

마사후미 씨는 고등학교 시절에 밴드를 결성했는데, 지금 도사카의 밴드 멤버 대부분이 그 당시 친구들이다. 기타를 담당하는 긴 머리 남성은 켄이라고 하며, 베이스를 치는 안경 쓴 남성은 요시라고 불렸다.

두 사람 다 가수들의 레코딩 작업 때 연주에 참여하는 스튜디오 뮤지션을 부업으로 하고 있다고 한다. 지금은 프리랜서로 일하지만 옛날에는 음반 회사에 소속되어 스튜디오 뮤지션으로 일하던 프로였다.

솔직히 밴드 멤버들이 조금 무서웠다. 재능이라는 도드라진 능력을 갖고 있는 사람들이다. 나이 차이가 많이 나는 데다 나 같은 애한테 관심을 가질 이유도 없겠지.

하지만 그렇지 않았다. 이야기를 나눠보니 모두 좋은

사람들이었다. 내 가사를 칭찬해주고 학교에서 도사카가 어떻게 지내는지 궁금해했다.

학교에서의 생활도 약간 달라졌다. 처음 함께 곡을 만들던 당시, 길거리에서 공연하는 모습을 촬영한 사람들이 있었다. 조회 수는 그리 많지 않았지만 그때의 동영상이 SNS에 올라와 확산되고 있었다. 고교생 두 명이 함께 노래를 만들고 있는 것 같다는 코멘트와 함께.

그 동영상을 같은 반 아이가 발견했는지 순식간에 퍼져버렸다.

도사카에게 직접 묻기는 어려웠던 듯 반 아이들 몇 명이 내게 그 일을 물어왔다. 나는 애매하게 웃으며 두 사람의 관계를 적당히 얼버무렸다.

"확실하게 말하지 그랬어?"

아이들과 주고받는 말을 들은 도사카가 방과 후 부실에서 그렇게 말했다.

"뭐라고?"

"아무도 없는 밀실에서 둘이, 해서는 안 되는 일을 하는 관계라고."

"하나도 안 웃기니까, 그런 이상한 소리 좀 하지 마."

소문은 빨라서 담임과 교무주임인 후지타 선생님의 귀

에도 그 이야기가 들어갔다.

어느 날 점심시간에 나는 두 선생님에게 불려갔다. 틀림없이 꾸지람을 들을 거라고 생각했다.

하지만 거리 공연에 대해서는 아무 질책도 하지 않으셨다. 그보다 두 분은 나와 도사카의 관계를 궁금해했다. 도사카의 증상에 관해서도 에둘러 물어보기에 나는 솔직히 대답했다.

부실에서 노래를 만들고 있다는 사실도 밝혔지만 다행히 이야기는 나쁜 방향으로 흘러가지 않았다. 도사카의 증상을 아는 학생이 있어 마음 든든하다고 하시며 부실 사용은 묵인해주셨다.

하지만 거리 공연 동영상의 여파는 생각지 못한 데까지 미쳤다.

10월도 셋째 주로 접어든 그 날, 어떤 애들이 점심시간에 도사카를 찾아왔다.

"안녕. 아야네, 노래 엄청 잘하던데? 그 영상 봤어."

다른 반에서 소위 잘나간다고 하는 애들로 나도 몇 번인가 본 적이 있다.

교복을 멋스럽게 입고 있고 대체로 키가 큰 훤칠한 애

들이 많다. 그중에서 키가 나와 비슷한 평균 키 남학생이 대표로 나서서 도사카에게 말을 붙였다.

갑작스러운 사태에 반 아이들의 시선이 도사카에게로 쏠렸다.

도사카는 철의 여인답게 대답하지 않고 그들을 차가운 눈빛으로 쳐다봤다.

"무서워라. 뭘 그렇게 노려보냐. 우리 다음 달 축제 때 라이브 공연을 할 건데 말이야, 아야네가 괜찮으면 깜짝 출연으로 무대에 올라오지 않을래? 다들 열광할 거 같은데."

우리 학교에서는 6월 말에 체육대회를 열고 11월 중순에 학생들끼리 문화 축제를 연다. 학급 수도 동아리 수도 적어서 사실 축제 자체는 심심한 편이었다.

그런 이유로 희망자들이 자원해서 하는 밴드 공연이 가장 주목받는 이벤트다.

"안 해. 돌아가."

대표로 말을 건 그 남학생의 제안을 도사카는 단칼에 거절했다.

"어, 왜? 거리 공연을 할 정도면 음악 좋아하는 거 아냐?"

"너희들하고 할 마음은 없으니까. 그뿐이야. 더 이상 말 걸지 마."

그렇게 말하고 나서 도사카는 시선을 창밖으로 돌렸다.

그 남학생은 그래도 단념하지 않고 끈질기게 졸랐다.

그러는 사이 그들 무리 중에서 유난히 키가 큰 한 녀석이 교실 안을 둘러봤다.

누군가를 발견했는지 "여어!" 하고 손을 들어 인사를 건넸다. 인사를 받은 애들은 우리 반에서 잘나가는 무리였다. 아까부터 가만히 상황을 지켜보고 있던 그 애들이 왠지 조심스럽게 인사했다. 힘의 상하 관계가 형성되어 있다는 것이 느껴졌다. 도사카를 자기네 밴드에 끌어들이려는 다른 반 녀석들은 우리 학년에서 영향력이 상당한 무리인지도 모른다.

얼마 안 가 그들 가운데 한 아이가 나를 발견했다. 좀 전의 그 유난히 키가 큰 남학생이다. 교실 안을 쭉 둘러보던 그가 어느새 나를 뚫어져라 쳐다보고 있다는 걸 알았다.

"야, 잠깐만. 저 녀석 말이야."

도사카를 끈질기게 꼬시고 있던 학생의 어깨를 툭툭 두드려 돌려세우더니 나를 가리켰다.

"저 녀석? 누구?"

"아야네랑 같이 동영상에 찍힌 녀석이잖아."

"진짜? 이 반이었네."

그들은 소리 없이 씨익 웃음을 주고받더니 내 책상으로 우르르 몰려왔다.

"어, 이름이 뭐더라? 너 아야네랑 같이 거리 공연했던 애 맞지?"

이번에도 그 무리를 대표해서 나와 키가 비슷한 남학생이 물었다.

아니라고 할까, 순간 망설였지만 어설프게 거짓말했다가 들키면 더 골치 아파질 수도 있다.

"으응. 뭐 그렇지."

"잘됐네. 아야네가 고집부려서 되게 난처한 상황이거든. 네가 말 좀 해봐."

"본인이 안 한다니까 내가 말해도 소용없을 거야."

"뭔 소리야, 친구잖아? 설득 좀 해봐. 아, 혹시……."

말을 걸어온 그 녀석이 등 뒤에 선 무리에게 의미심장한 시선을 보낸다.

작은 소리로 뭔가 속닥거리더니 눈앞의 그를 포함한 모두가 사람을 깔보는 듯한 태도로 웃었다. 내게로 시선을 돌리고는 실실거리면서 큰 소리로 물었다.

"설마 니들 사귀냐?"

교실 내의 모든 시선이 이번에는 내게로 쏠렸다. 그러

고 보니 도사카도 나를 보고 있다.

왜…… 굳이 그런 걸 묻는 걸까. 나처럼 눈에 띄지 않는 인간이 도사카와 친하게 지내는 게 못마땅한 건지도 모르겠다.

나도 내 주제는 안다. 그런 거, 말도 안 된다는 것쯤은.

"그런 거 아냐. 나랑 도사카는 다르니까."

확실하게 대답하자 눈앞에 선 녀석들이 서로서로 얼굴을 마주 본다. 나를 비웃었다.

"그치? 알고 있긴 하네. 너무 잘 아네. 미안, 괜히 창피 줘서."

내 어깨를 몇 번이고 퍽퍽 치며 그렇게 말하자, 그의 등 뒤에서 큭큭 웃는 소리가 났다.

"그래도 말이야, 아야네랑 친구인 건 맞잖아? 그니까 협조 좀 하라고."

"아…… 그건 좀."

"여기는 좀 그렇고. 복도로 갈까?"

억지로 나를 자리에서 일으켜 세우더니 진짜 복도로 데려갔다. 내 어깨에 팔을 두르고 있다.

그때 점심시간 종료를 알리는 종소리가 울렸다.

나는 순식간에 복도 구석에서 녀석들에게 둘러싸였다.

"3학년 녀석들한테 공연에서 밀리고 싶지 않아서 그러잖아, 진짜 부탁 좀 하자고."

나와 키가 비슷한 남학생이 내 어깨에 감은 팔에 힘을 주며 말했다.

도사카가 원한다면 라이브 공연에 깜짝 출연으로 참가해도 나쁘지 않다고 생각한다. 하지만 그녀가 원하지 않는다.

게다가 나는 그녀의 진짜 모습을 알고 있다. 이런 녀석들하고 어울리다가는 무슨 봉변을 당할지 몰라 두려워하고 있을 것이다.

지금부터 내가 하려는 일을 상상하자 등줄기가 서늘해졌다.

내가 남몰래 각오를 다지는 동안에도 눈앞에서 그가 눈살을 찌푸리며 위협하고 있었다.

"야, 알지? 아야네를 설득하지 못하면 말이야, 어떻게 되는지, 응?"

다행히도 지금까지 괴롭힘의 표적이 된 적은 없었다.

그렇게 되지 않으려고 눈에 띄지 않도록 약빠르게 처신해왔다. 싸움이란 걸 해본 적도 없다.

"저, 잠깐만."

각오를 했는데도 내 목소리는 떨리고 있었다.

"도사카도 싫다는데 이제 그만하는 게 어떨까? 그래도 못마땅하다면 날 괴롭혀도 좋아. 다만, 그때는, 그······."

"뭐야······?"

이런 대답이 나오리라고는 예상 못 했을 것이다. 녀석들이 어이없어했다.

이윽고 코웃음 치는 듯한 목소리가 들려왔다.

"아니. 뭐라는 거야, 이 자식. 응? 뭐라고?"

앞쪽에 있던 유난히 키 큰 녀석이 내 허벅지를 발로 찼다. 나와 키가 비슷한 녀석은 나를 매섭게 노려보고 있다.

"이 자식 아주 까불고 있네. 응? 까불면 어떻게 되는지 몰라?"

아, 이때의 기억은 사라지지 않고 남겠지? 일상에서 문득문득 떠올라 끔찍한 기분이 될 것이다. 나는 침착하게 그런 생각을 하고 있었다.

게다가 자칫하면 이대로 인기척이 없는 곳으로 끌려가게 생겼다.

뒤돌아보니 반 아이들이 교실 문과 창으로 몸을 내밀고서 이런 나를 쳐다보고 있었다.

도사카는 복도에 나와 있었다. 소리를 치려는 건지 입

을 벌리고…….

"너희들, 뭐 해!"

그때 남성의 커다란 목소리가 들려왔다. 그 소리에 나를 끌고 가려던 녀석들이 발걸음을 멈췄다.

복도 끝으로 시선을 돌렸다. 그곳에 후지타 선생님이 서 있었다.

몇 반인지 국어나 고전 시간이었던 모양이다. 언제나 수업 시작종이 치기 전에 오시는 후지타 선생님이 우리 쪽을 노려보고 있었다. 나를 알아보시고는 약간 놀란 표정을 지었다.

"으악, 후지타잖아."

나를 둘러싸고 있던 무리 가운데 한 녀석이 난감해하는 소리를 내자 내 어깨를 감싸고 있던 손이 풀렸다.

"미즈시마, 어떻게 된 거야? 무슨 일이지?"

선생님이 빠른 걸음으로 다가오며 물었다. 나는 무심코 그들을 쳐다봤다.

그들은 골치 아픈 장면을 골치 아픈 사람에게 들켜버렸다는 표정을 짓고 있었다.

"또 니들이냐? 미즈시마를 어쩌려는 거지? 말해봐라."

"아무 짓도 안 했는데요."

불쾌해하는 태도를 감추지 못하고 나와 키가 비슷한 그 녀석이 대답했다.

"진짜지? 괴롭히면 내가 용서 안 할 거다."

후지타 선생님과 녀석들이 말없이 대치했다.

바로 옆에서 혀를 차는 소리가 새어 나왔다. "됐어, 이제 가자고." 그런 소리가 들리는가 싶더니 그들은 어쩔 수 없다는 듯 자기네 교실 쪽으로 돌아갔다.

순간 온몸에서 힘이 빠져나갔다.

"미즈시마, 괜찮냐? 정말 뭔가 당한 건 아니고?"

"네, 괜찮습니다. 제가 말실수를 하기도 해서, 그게 원인이니까요. 어쨌든 선생님 덕분에 살았어요. 정말 감사합니다."

그걸로 일단 납득했는지 후지타 선생님은 수업이 있는 교실로 돌아갔다.

나도 교실로 들어갔다. 그러자 자리로 돌아와 있던 도사카와 반 아이들이 모두 나를 바라봤다. 기분 탓인지는 몰라도 도사카의 얼굴이 약간 슬퍼 보였다.

방과 후, 그 녀석들이 지켜보고 있는 건 아닌지 조심스럽게 살피며 도사카와 둘이서 부실로 향했다. 늘 앉는 자리에 각자 앉았다. 둘 다 아무 말도 하지 않았다.

"미안. 내가 괜히 거리 공연 같은 걸 하자고 해서."

얼마간 시간이 흐른 뒤 도사카가 고개를 떨군 채 사과했다.

"아냐. 나도 딱히 반대하지 않았고 둘 다 이런 일이 생길 거라고는 생각도 못 했으니까. 누가 잘못해서가 아니야. 게다가 운 좋게 마침 후지타 선생님 눈에 띄었으니, 이젠 괜찮아."

"그런가."

"응."

또다시 침묵이 찾아왔다. 잠시 뜸을 들이더니 도사카가 말했다.

"하지만 그 말에 약간 상처받았어."

"그 말?"

뜻밖의 말에 무심코 되물었다. 도사카는 말하기 쉽지 않은 듯 망설이다 입을 열었다.

"나랑 도사카는 다르니까, 라고 한 거."

"아아…… 그거?"

"뭐가 달라?"

도사카와 사귀는 거 아니냐고 녀석들이 물었을 때다.

아니라고 대답하면서 나는 약간 열등감이 밀려와 그렇게 말했다.

"그런 거, 말 안 해도 알잖아?"

"모르겠어. 확실히 말해봐."

도사카는 내 눈을 똑바로 쳐다봤다.

"도사카의 증상이라든가 그런 걸 말한 게 아니야."

"그건 아는데……. 그럼 뭐냐고?"

"그러니까, 알잖아?"

"모른다니까."

대화가 평행선을 달리고 있었다. 그 녀석들한테 그런 말을 들을 때까지는 나도 별로 신경 쓰지 않고 있었지만, 도사카는 정말로 모르는 걸까? 옆에 있으면서도 느끼지 못하는 걸까?

"겉모습, 외모. 그런 거."

내가 자조적인 웃음을 지으며 대답하자 도사카가 약간 놀랐다.

"뭐? 그게 신경 쓰이는 그런 거야?"

"……신경 쓰이지. 나는 갖고 있지 못한 인간이니까. 갖지 못한 인간은 계속 콤플렉스라 여기거든. 이런 말 하고 싶지 않았는데."

솔직히 말해 창피했다. 자신의 열등감만큼 객관적으로 드러났을 때 비참한 건 없다.

다만 도사카는 그 말이 답이 되었는지 "으음" 하고는 나를 말끄러미 바라봤다.

"왜?"

"아냐, 미즈시마는 그냥 생각이 너무 많아서 그런 것 같긴 한데. 그 콤플렉스, 나도 알아. 가끔 말이야, '난 머리가 나빠서 공부를 못해' 이런 말 하는 애들 있잖아."

"그런 말 하는 애가 있다고?"

"있지! 그치만 정말로 머리가 나쁘더라도 노력할 수 있으니 좋은 거 아닌가, 내 입장에선 그렇게 생각되거든. 나도 노력은 하고 있어. 그렇지만 시험 때 지문 독해라든지 저자의 심정을 쓰라는 문제가 나오면, 그렇게 글자를 많이 읽고 쓰는 건 도저히 못 하잖아."

도사카는 거기까지 말하고 자조하듯이 살짝 웃었다.

나는 무심코 말했다.

"전부터 생각한 건데, 고등학교에 입학한 거 대단해. 힘들지 않았어?"

"응, 뭐 조금. 그래도 눈으로 보고 기억하지 못하는 탓인지 몰라도 귀로 들은 건 거의 잊어버리지 않거든. 게다가

수학이라면 문제없이 풀 수 있고 시험문제도 긴 문장이 아니면 시간은 좀 걸려도 읽을 수 있으니까. 이 학교 정도면 말이야."

전에도 느꼈지만 역시 도사카는 노력파다.

하지만 노력에도 한계가 있다. 할 수 없는 일이 많을 것이다.

그래도…… 도사카에게는 음악이라는 재능이 있다.

그런 생각을 하고 있는데 "그러고 보니 말이야" 하고 도사카가 다른 얘기를 꺼냈다.

"미즈시마는 왜 이 학교에 왔어? 더 좋은 학교에 갈 수도 있었잖아? 전에 공무원이 목표라고 했는데 좋은 대학에 들어간 뒤에 도전해도 되고 말이지."

아주 잠깐 망설였다. 지금까지 내 입으로 말한 적도 없었고 무겁게 들릴 내용이기도 했기 때문이다.

"나, 부모님이 안 계시거든."

"응?"

나도 모르게 어느새 도사카에게 가족 이야기를 털어놓고 있었다.

스스럼없는 그녀와의 관계가 자연스럽게 그렇게 만들었는지 모른다.

"초등학생 때부터 연세가 꽤 많은 할아버지, 할머니랑 셋이 살았어. 대학에 가서 금전적으로 부담을 드리고 싶지도 않았고 두 분 다 옛날 사람들이라 공무원이라면 안심하셨거든. 그래서 중학교 때 담임선생님이 이 학교가 지역 공무원 시험에 강하다며 추천해주셨어."

가능한 한 가벼운 말투로 이야기했는데도 도사카는 한동안 아무 말이 없었다.

"그럼, 동지네."

느닷없이 그런 알 수 없는 말을 한다.

"동지?"

무슨 말인지 몰라 되물었더니 그녀가 갑자기 웃으며 자리에서 일어났다.

"오늘은 여기까지."

"아, 잠깐만. 동지라니?"

나는 곤혹스러워하면서, 돌아갈 채비를 하는 그녀에게 다시 물었다.

도사카가 부실을 나가다 말고 뒤를 돌아보며 말한다. 조심스러운 웃음을 띠고 있었다.

"나도 부모님이 안 계시거든. 삼촌이랑 둘이 살아."

2

다음 날 학교에 가니 나를 둘러싼 환경이 완전히 바뀌어 있었다.

교실에서 반 아이들에게 인사를 하면 다들 잠깐 주저하다가 못 본 척했다.

쉬는 시간과 점심시간에도 줄곧 그런 분위기였다. 어느 사이엔가 나는 없는 사람으로 취급받고 있었다. 직접 눈에 보이는 괴롭힘을 당하지는 않았지만 투명 인간 취급을 받고 멍해 있던 나에게 반에서 잘나가는 무리 중 한 아이가 다가와 말했다.

"미즈시마, 네가 잘못한 거야."

놀라서 그 무리를 쳐다보자 슬쩍 시선을 피한다. 다른 반 그 패거리가 나를 무시하라고 시킨 걸까?

충격을 받지 않았다고 하면 거짓말이다. 하지만 내가 자초한 일이다. 어느 정도 각오는 하고 있었고 솔직히 예상했던 것보다 심하지 않았다.

교실에서의 상황이 이렇다 보니, 방과 후 부실에 있을 때가 더 마음이 편했다.

주말이 지나고 월요일이 되었다. 도사카는 부실에서 처

음 보는 기타에 헤드폰까지 본격적으로 갖춰 낀 채 기타 줄을 튕기고 있다.

살충제 냄새 같은 것도 약간 나고, 낡은 소형 냉장고와 전기 케이블도 있었다.

내가 온 걸 알아차린 도사카가 웃음을 띠며 헤드폰을 벗었다.

"어제 필요한 물건을 옮겨왔어. 그리고 열쇠 고마웠어. 여벌로 하나 복사했으니까 네 열쇠는 돌려줄게."

들어보니 일요일에 연습이 끝나고 밴드 멤버들과 함께 학교에 몰래 들어와, 안 쓰는 앰프와 전기 장비를 부실로 옮겨놓은 모양이었다.

예비 기타를 갖고 왔으니 이제 이곳에서 작곡도 할 수 있다고 한다.

"참, 미즈시마는 평소에 어떤 시를 읽어?"

이곳은 그런 물리적인 면뿐만 아니라 정신적인 면에서도 예전보다 마음이 편해졌다. 기분 탓인지 모르지만 도사카가 전보다 더 마음을 열어준 느낌이다.

도사카의 질문에 나는 부실에 있던 시집을 집어 들고 "이런 느낌의 시집"이라며 건네줬다.

"아! 이런 거. 보통 책에 비하면 낫긴 하지만 역시 글자

뿐이군."

"그야 시집이니까."

그렇다고 부모가 없는 동지끼리 서로 상처를 보듬어준다거나 함께 의존하는 관계가 된 건 절대 아니다. 단지 한 층 더, 서로 눈치 보거나 배려하지 않아도 될 만큼 편해진 것뿐이다.

11월로 들어선 첫 주, 새로운 노래를 만들다 말고 도사카가 책상에 엎드려 말했다.

"아아, 왠지 어딘가 멀리 가고 싶네."

"어딘가라니, 이를테면?"

"오키나와나 홋카이도 같은 데. 어쨌든 여기가 아닌 먼 곳."

'뜨라또리아 마사'에서의 라이브 공연은 둘째, 넷째 주 금요일에 열린다. 매월 첫째, 셋째 주는 신곡을 만드는 데 집중하는 주이기도 했다.

도사카는 신곡 작업이 잘 진척되지 않아 약간 고전하고 있었다. 그래서 그런 말을 한 거겠지.

"그럼 그냥 여기저기 돌아다니면서 기타 치고 노래 부르며 살아갈까?"

내가 농담 삼아 말하자 그 말에 도사카가 냉큼 맞장구를 쳤다.

"그거 좋다. 초록색 고깔모자를 쓴 음유시인처럼 말이지. 그러고 보니 미즈시마, 그 캐릭터랑 닮았어."

북유럽 어딘가의 그 유명한 캐릭터를 말하는 건가 보다.

"눈을 반쯤 감은, 그런 데가?"

무심코 대답하자 도사카는 눈을 동그랗게 떴다. 그러더니 지금까지 본 적 없는 즐거운 표정으로 자지러지게 웃었다.

"아니, 분위기도 그렇고 시인이기도 해서 해본 말인데, 그러고 보니 눈도 닮은 것 같네."

다음 날 방과 후에 둘이 부실로 들어서자마자 도사카가 "짜잔!" 하며 가방을 들어 보였다.

"가방이네."

"아니, 사람이 갑자기 가방을 들어 보였으면 그럴 만한 이유가 있지 않겠어?"

"그냥 그러고 싶었던 거 아냐?"

"아니라니까, 잘 봐봐."

자세히 보니 가방에 뭔가가 매달려 있었다. 어제 이야기했던 초록색 캐릭터였다.

"분명히 갖고 있던 게 생각나서 찾아봤더니 나오지 뭐야. 웃길 것 같아서 가방에 달아봤어."

단순히 놀림일 뿐이라는 걸 알고 있지만 나를 닮은 캐릭터를 가방에 달고 다니다니 왠지 부끄러운 기분이 들었다.

11월 중순이 되어 예정대로 학교 축제가 열렸다.

준비 단계부터 축제 당일까지 반 아이들은 나를 없는 사람 취급했다. 나와 사정이 다르긴 하지만, 도사카도 비슷한 상황이었다.

문화제는 자율 참가라서 당일에는 도사카와 부실에서 자유롭게 보냈다.

라이브 공연이 열릴 시각이 다가와 그녀가 이끄는 대로 아무도 없는 옥상으로 향했다.

난간에 바짝 기대어 별생각 없이 체육관에서 들려오는 소음을 들었다.

분명 그 소음들 중 하나에는 도사카를 밴드에 끌어들이려 했던 그 무리가 내는 소리도 있을 것이다.

"이렇게 말하긴 좀 그렇지만, 별로네."

도사카가 불쑥 그런 감상을 흘렸다.

"도사카네 밴드랑 비교하면 대부분 그렇겠지."

"나도 뭐 고만고만하지만. 그래도 지금 내가 스테이지로 뛰어 올라가면 전설이 되려나."

"그땐 나도 기타를 들고 참전할게."

스스럼없는 말투로 맞장구치자 도사카가 즐거워하며 웃었다.

"그거 좋네. 쟤들 무대를 우리 둘이서 뺏어버릴까?"

"도사카 노래에 관객들이 놀라겠지? 처음에는 당황하겠지만 서서히 열광하면서 말이야."

"그럼 무대를 뺏긴 애들은 엄청 열받을지도 모르겠네."

"그리고 진행위원이 저지하려고 올라오겠지만 한번 달아오른 학생들을 멈출 수는 없을 거야. 방해조차 연출로 보일걸."

"선생님들도 말리려고 할까?"

"그렇지만 의외로 후지타 선생님이 잘 해결해주실지 모르지. 학교 내에서는 실력을 감추고 있던 베이시스트랑 드러머가 도사카의 노래에 매료되어 무대로 막 올라오고."

"그거 멋지다! 그럼 마지막에는 교가를 라이브 버전으로 편곡해서 부르자."

"그렇게 다 같이 노래하면서 그날 학교는 하나가 되는

거야."

거기까지 공상을 펼치다가 도사카가 느닷없이 물었다.

"아니 그나저나 미즈시마. 원래 기타 칠 줄 알았어?"

"켄 아저씨의 초절정 기교를 눈앞에서 여러 번 봤으니까 이미지라면 완벽하지."

"남자애들은 이미지 트레이닝 진짜 좋아하나 봐."

"그건 또 무슨 말이야?"

도사카가 장난스러운 웃음을 머금고 나를 바라본다.

조금 있다가 그녀가 시선을 앞으로 돌렸다.

"그러고 보니 켄 아저씨가 뭘 좀 부탁하더라고."

"엇, 뭘?"

"으음. 켄 아저씨 아는 분이 라이브 공연을 개최할 예정인데 출연자 중에 결원이 생겼대. 그 지인분이 지난달 우리가 레스토랑에서 공연할 때 왔었나 봐. 지방 음악업계 사람이라는데."

"……그런 사람도 오는구나. 그래서?"

"응. 그때 우리 공연을 보고 칭찬했었대. 그런데 얼마 전에 그분이 켄 아저씨를 통해서 내게 결원이 생긴 공연에 출연해달라고 부탁한 거야. 솔로로 말이야."

솔로로 나오라는 건 도사카만 출연 섭외를 받았다는 뜻

일까.

"잘된 일 아냐? 게다가 그거, 도사카의 가능성을 알아봤다는 거잖아?"

내가 묻자 도사카가 시선을 돌렸다.

"그 사람, 자작곡으로 실력을 평가하는 타입인 것 같아. 멜로디보다 가사를 더 칭찬했다고 해서 약간 질투 났어."

그 말에 나도 모르게 쓴웃음이 났다. 멜로디는 도사카 담당이고 가사는 내 담당이다.

"가사야 노래로 불리지 않으면 종이에 끄적여 있는 글자일 뿐이잖아. 모두의 연주와 도사카의 실력이 있으니까 빛이 나는 거지. 거기다 도사카의 노래야말로 칭찬하지 않았어? 그렇지 않으면 결원자 대신에 나와달라고 하지 않았겠지. 안 그래?"

"들켰네."

"뭘 부끄러워하고 그래."

내 말에 도사카는 미소를 띠더니 난간에 양팔을 걸쳤다. 팔 위로 얼굴을 가져갔다.

"지방이긴 하지만 음악업계 관계자에게 칭찬받았다니까…… 엄청 기쁘긴 하더라. 착실하게 자작곡을 만들어온 보람이 있었어."

그러고 보니 최근 두 달 동안 둘이서 자작곡을 네 곡이나 만들었다.

모르는 곳에서 그 성과를 인정받았다는 사실이 기쁠 수밖에 없다.

"근데 그 제안받았다는 라이브 공연은 사람이 얼마나 모인대?"

"백 명 이상."

"뭐? 진짜?"

상상도 못 한 규모에 깜짝 놀랐다. 도사카는 내 반응이 재미있는지 웃고 있다.

"애초에 그럴 만한 실력도 없고, 사람도 많이 모인다고 해서 거절할까 생각했거든. 그 공연에 나가려면 공연 외에 열심히 준비해야 할 것도 있을 테고."

하지만 출연하고 싶다는 마음이 도사카의 말투에 묻어났다.

도사카는 난독증이라는 장애로 여러 가지 가능성에 제약을 받고 있다. 그런 상황에서 그녀의 노래가 많은 사람에게 인정받는 것은 내 바람이기도 했다.

"모처럼의 기회인데 나가 보는 게 어때? 내가 도울 일있으면 협력할 테니까."

그렇게 말하자 도사카가 기대에 찬 눈으로 바라봤다.

"정말?"

"그럼 정말이지. 동아리 동지잖아. 맡겨봐."

"그럼 부탁해볼까. 미즈시마랑 같이하면 잘할 수 있을 것 같아."

과분한 평가지만 기뻤다. 뭐든지 해주고 싶은 마음이 들었다.

"공연 날은 미즈시마도 꼭 와야 해. 당일에는 꼭!"

그리고 도사카의 입에서 생각지도 못한 말이 나왔다.

"크리스마스이브니까."

3

축제가 끝나고 여느 때의 학교생활로 돌아왔다.

2주 후면 벌써 기말고사를 대비한 테스트 주간이 시작된다.

도사카의 학년 진급이 걸려 있어서 노래 만드는 작업은 잠시 중단하기로 했다.

'뜨라또리아 마사'에서 열리는 공연도 당분간은 도사카

를 빼고 하는 모양이다.

하지만 기말고사가 끝나면 도사카가 출연하기로 한 그 공연이 기다리고 있다.

신칸센도 다니는 도시의 역 앞에서 열리는데, 켄 아저씨의 지인이 매년 크리스마스이브에 개최하는 행사라고 한다.

그 지역에서 꽤 유명한 가수가 어쿠스틱 기타를 연주하며 크리스마스를 주제로 한 커버곡을 부르고, 도사카는 이 공연의 오프닝 무대에 15분간 출연한다.

그런데 이번 기말고사 결과에는 도사카의 학년 진급 문제뿐 아니라 공연 출연 여부가 달려 있었다. 만약 시험에서 낙제점을 받으면 겨울방학이 시작되는 23일과 24일에 보충수업을 들어야 한다. 크리스마스이브 라이브 공연은 저녁때 시작되는데 보충수업을 마치고 나서 출발하면 제시간에 도착할 수 있을지 애매했다. 그렇다고 보충수업을 빼먹으면 3학년 진급은 단념해야 한다.

테스트 주간에 앞서 나는 방과 후 부실에서 도사카의 공부를 봐주었다.

이과 과목은 낙제를 피할 수 있을 것 같았지만 국어와 고전, 영어가 아무래도 어려웠다. 그렇다고 대책이 아예 없는 것은 아니었다.

내가 교과서를 출제 범위 내에서 모조리 읽어주면 도사카가 그것을 스마트폰으로 녹음했다.

도사카가 글자를 전혀 못 읽는 건 아니어서, 긴 문장은 어렵지만 시험문제와 문제가 가리키는 해당 부분은 시간이 다소 걸리더라도 읽을 수 있다.

즉 교과서 내용을 통째로 암기해버리면 전후 관계를 포함해 문제를 파악할 수 있다. 반복해서 들을 수 있게 교과서 내용을 녹음하며 시험 대책을 세웠다.

"정말 고마워. 덕분에 살았어. 교과서가 전부 음성 변환이 되면 좋을 텐데."

내가 도와주기 전에는 교과서를 한 마디 한 마디 끊어 읽고 녹음하는 식으로, 말도 못 하게 힘든 작업을 했다고 한다. 마사후미 삼촌도 나서서 도와주긴 했지만, 레스토랑 일도 있으니 도사카가 미안해서 더 부탁하지 못했다는 것이다. 이과 과목 외에는 그냥 포기하기도 했던 모양이다.

이번에는 내가 도와서 다른 과목도 대비할 수 있었다.

나도 공부가 되었기에 부교재를 포함한 교과서 시험 범위를 읽어주면 도사카가 녹음했다.

도사카는 이어폰을 귀에 꽂고 진지한 표정으로 수없이

반복해서 들었다.

내 목소리를 집중해 듣고 있다는 쑥스러움은 사라졌고 이렇게 최선을 다해 현실과 마주하고 있는 도사카가 무척이나 눈부셔 보였다.

눈 깜짝할 사이에 기말고사가 시작되었다. 그다음 주에는 차례대로 시험 점수가 나왔다. 겨울방학과 크리스마스를 앞두고 학교 전체가 들뜨기 시작했다. 그 들뜬 분위기와는 달리 도사카는 방과 후 부실에서 고개를 떨구고 있었다.

"'공부 하나도 안 했는데'라면서 자랑하는 말을 들으면 우울해져."

고전 시험 점수가 나왔을 때 도사카의 표정을 보고 어느 정도 예감은 했다.

결과를 들어보니 아쉽게도 고전만 낙제점을 받았다고 한다. 게다가 단 한 문제 차이였던 모양이다. 부실에서 도사카가 분하다는 듯이 시험지를 보고 있다.

"그렇게 애썼는데 너무 속상해. 전부 헛수고였어."

슬픈 표정으로 고개를 떨구는 도사카에게 나는 말했다.

"헛수고라니 말도 안 돼. 정말 열심히 했잖아. 낙제도 한 과목뿐인걸."

"하지만 그 낙제점 때문에 크리스마스이브 공연에 나가지 못할 수도 있어. 만약 그런 일이 생기면 켄 아저씨가 대신 나가주겠다고는 했지만, 역시 거절할 걸 그랬어……."

한탄하듯이 말하더니 한쪽 손을 꽉 쥐었다.

"분해. 분하다고, 미즈시마."

옆에서 봐도 도사카는 정말 노력했다. 틀림없이 반 아이 그 누구보다도 열심히 했다.

그런데도…… 현실은 냉혹했다.

"물론 이번에는 한 과목 실패했는지 몰라도."

내 말에 고개를 숙이고 있던 도사카가 얼굴을 들었다.

"네가 기울인 노력은 헛수고가 아니야. 도사카가 얼마나 노력했는지 나는 알거든. 그건 절대 헛수고가 아니야. 더구나 이런 식으로 하면 진급은 문제없을 테니까."

도사카는 힘없이 나를 바라보더니 다시 고개를 떨구었다.

"헛수고가 아니라고 하지만, 진짜 그럴까?"

"그럼 진짜지. 지금까지 기말고사는 전부 낙제점 아니었어? 그런데 이번에는 한 과목뿐이잖아. 이번 공부 방법은 틀리지 않았어. 이제 겨울방학 때 보충수업에 참가하고 3학기(일본은 4월부터 학사 일정이 시작되며 1월부터 3월까지를 3학기라 한다) 수업 잘 듣고, 시험공부도 열심히 하면 3학년으로 올라갈 수 있어. 이번 경험은 절대 헛수고가 아니라고."

"하지만 그건 진급하고 졸업하는 것뿐이잖아. 왠지 허무해."

부실에서는 항상 활기찼던 그 도사카가 의기소침해 있다. 넌지시 자신에게는 미래가 없다고 말하는 것 같았다.

"도사카……."

"그렇잖아? 게다가 나랑 미즈시마는 다르니까."

애잔하게 내뱉은 도사카의 말이 언젠가 내가 한 말과 똑같았다.

"미즈시마는 글자도 완벽히 읽을 수 있고 머리도 좋잖아. 미래도 있고. 나랑은 다르니까."

도사카는 낙제점을 받은 충격으로 실의에 빠져 있다.

그래서 이런 말을 하는 거겠지.

하지만 나도 마냥 침착하게 받아들일 수만은 없었다. 무심결에 그녀를 쳐다봤다.

내 미래라고 해서 그리 대단할 것도 없다.

분명 평생을 이 시골 마을에서 보내겠지. 간병이라는

말은 별로 꺼내고 싶지 않지만, 할머니와 할아버지를 간병하고 보살피면서 한낱 평범한 시골 공무원으로 살아간다.

"글자를 읽지 못하는 게 뭐 어떻다는 거야!"

나도 모르게 큰 소리가 튀어나왔다.

"글씨를 못 읽어도 너한테는 노래가 있잖아. 그건 정말로 근사한 거야. 프로였던 켄 아저씨랑 요시 아저씨도 인정하고 있어. 너도 알잖아?"

내가 그렇게 말하리라고는 생각지 못했는지 도사카도 지지 않고 반박했다.

"노래를 잘 불러봐야 기껏 도망치는 데 사용할 뿐이라고."

"그렇지 않아. 도사카의 노래는 현실을 헤쳐나갈 수 있는 수단이야."

"아는 척 말하지 마."

"그럼 내가 뭐라고 말해야겠어? 지금까지 함께 노래를 만들어왔잖아! 가장 가까이서 들었다고. 도사카의 노래는 아름다워. 근사해. 도사카, 너는 정말 대단하다고!"

그때 도사카가 책상을 탕 하고 내려쳤다.

화난 것 같기도 하고 분한 것 같기도 한…… 그런 복잡한 표정을 짓고 있었다.

"오늘은 이만 돌아갈래."

그렇게 내뱉더니 자리에서 일어나 가방을 들고 부실을 나갔다.

그때 그녀의 가방에 달려 있는 초록색 캐릭터가 흔들리는 것이 보였다.

나는 아무 말 않고 그녀의 뒷모습을 바라보다가 크게 한숨을 토해냈다.

실수다. 그만 감정적이 되고 말았다. 글자를 똑바로 인식할 수 없는 도사카에게, 글자를 못 읽는 게 뭐 어떠냐니⋯⋯. 나는 형편없는 놈이다.

기운이 빠져 의자에 등을 대고 몸을 축 늘어뜨렸다.

지금이라도 쫓아가서 사과할까. 뭐라고 사과해야 하지?

넋 놓고 있다가 바닥에 떨어진 시험지를 발견했다. 도사카가 책상을 칠 때 떨어진 걸까. 낙제점을 받았다는 고전 시험지를 주워 가만히 들여다보았다.

단 한 문제, 이 시험에서 한 문제만 더 맞았더라면 지금 우리는 마주 보며 웃고 있을까.

도사카도 자신의 노력이 헛수고가 아니었다는 것을 인정했을까.

그런 생각을 하며 시험지를 들여다보는데 엑스가 표시

된 해답 가운데 한 문제가 어딘가 이상했다. 채점된 시험지를 받은 지 얼마 안 되었던 터라 내 시험지를 기억하고 있었다. 서둘러 내 시험지를 꺼내 대조해보았더니 역시 내가 잘못 본 게 아니었다.

그 사실을 알려주려고 도사카에게 전화를 걸었지만 받지 않았다.

지금 쫓아가면 아직 따라잡을 수 있을지 모른다. 부실을 뛰쳐나갔다.

숨을 헐떡거리며 교문까지 냅다 달렸다. 학교 안을 달리는데 저 앞쪽까지도 도사카의 모습이 보이지 않았다.

그런데 교문을 나가 역 쪽을 바라보자 저 멀리 도사카로 보이는 뒷모습이 시야에 들어왔다.

자전거를 가지러 가는 시간조차 아까워서 나는 다시 달리기 시작했다.

"도사카아아아!"

주변에 아무도 없는 것을 확인하고 거리를 좁혀가면서 있는 힘껏 소리를 질렀다.

도사카가 뒤를 돌아보았다. 어지간히도 얼굴을 보고 싶지 않았는지 그녀는 다시 앞을 향해 걸어갔다. 나는 죽을 힘을 다해 그 뒤를 쫓았다.

"도사카, 기다려. 기다리라고."

"안 기다릴 거야!"

솔직히, 쉽게 따라잡을 수 있을 거라 얕보고 있었다. 하지만 체력을 단련하고 있다는 도사카의 말은 거짓이 아니었는지 꼿꼿한 자세로 계속 앞서갔다. 좀처럼 거리가 좁혀지지 않는다. 둘이서 술래잡기를 하다가 마침내 내가 소리쳤다.

"청춘 영화 찍을 일 있어?"

"무슨 허튼소릴 해도, 난 절대 속도 안 늦춰!"

"그게 아냐, 시험!"

"뭐가 아냐!"

나는 거기서 발을 멈추고 주변에 사람이 없다는 걸 한 번 더 확인한 뒤 큰 소리로 외쳤다.

"시험, 낙제 아니라고. 채점이 잘못된 거였어!"

도사카에게 시험지 채점에 오류가 있었다고 말해주고는 확인하기 위해 함께 부실로 돌아왔다.

그러고 나서 시험지를 들고 교무실로 후지타 선생님을 찾아가 상황을 설명했다.

"아……정말 미안하네. 이건 분명히 내 실수구나."

단순히 객관식 문제의 답안을 잘못 채점한 것이었다. 후지타 선생님도 의도적으로 그러진 않았을 것이다. 선생님은 도사카에게 사과하고 점수를 정정했다. 이로써 낙제는 면했다.

몹시 감동한 듯 도사카가 시험지를 손에 들고 점수가 쓰인 부분을 바라보고 있다.

후지타 선생님은 진심으로 미안했는지 다시 한번 도사카에게 사과했다.

"도사카가 다른 과목도 열심히 하는 것 같아서 실수가 없도록 몇 번이나 확인한다고 했는데⋯⋯. 정말 미안하다."

일이 마무리되자 선생님께 고맙다고 인사하고 교무실을 나왔다. 도사카가 쳐다보는 시선이 느껴졌다. 일단 부실로 돌아가자고 말하자 고개를 끄덕인다.

신발을 갈아 신고 아무 말 없이 목적지까지 걸어갔다.

나중에 들어간 내가 부실 문을 닫는 순간 도사카가 소리쳤다.

"해냈어! 해냈다고오!!"

기뻐하는 모습에 나도 모르게 큭 웃음을 터뜨렸다. 그랬더니 도사카가 삐친 목소리로 말한다.

"앗, 지금 비웃었지? 기뻐하는 게 뭐 어때서!"

"그렇잖아. 조금 전까지 그렇게 화를 내더니. 게다가 뛰쳐나가는 바람에 술래잡기까지 하고 말이야."

"청춘 영화 찍느냐는 말에는 더 버틸 수가 없지 뭐야. 그거 비겁했어."

어느새 평소의 우리로 돌아와 있었다. 그와 동시에 문득 무언가가 떠올라 분위기를 바꿨다.

나는 진지하게 도사카를 마주 보고 사과했다.

"있잖아…… 아깐 감정적이 돼서 너무 심한 말을 했어. 미안해."

내가 머리를 숙이자 도사카가 당황하며 가슴 앞으로 손을 내저었다.

"나야말로 완전 비관적인 말이나 하고 정말 미안해. 고등학교에 들어온 이후로 제일 열심히 했거든. 그 결과가 이건가 싶어서 낙담했었어."

그렇게 노력한 끝에 받아든 결과였다. 당연히 낙담할 만도 하다.

"하지만 나중에 다시 생각해보니까 미즈시마, 그런 나를 격려해준 건데. 꽤 오글거리기는 했지만."

순간, 그런 말을 했었나 의아했다. 그런데 바로 떠올랐다.

'도사카의 노래는 아름다워. 근사해. 도사카, 너는 정말 대단하다고!'

분명히 그렇게 말했다. 도사카 말마따나 꽤나 오글거리는 말을.

"아, 그건…… 순간적으로 한 말이니까. 그니까, 창피하니까 잊어줘."

"미안하지만 귀로 들은 건 웬만해선 안 잊어버리는걸."

횡설수설하는 나를 도사카가 놀리며 웃었다.

4

12월도 후반으로 접어들어 종업식이 끝나고 크리스마스이브가 다가왔다.

그날은 몹시 추웠다. 일기예보에서도 눈이 내릴 거라고 했다.

이 지역에서 크리스마스이브에 눈이 오는 건 7년 만이라고 한다. 도사카가 모처럼 도시에 나가니까 쇼핑을 하고 싶다고 말해서 라이브 공연 당일에는 현지에서 만나기로 했다. 라이브 무대 앞에서 오후 4시에 보자고 약속했다.

기말고사가 끝난 지 얼마 안 되었지만 나는 외출하기 전까지 공무원 시험공부에 집중했다. 오후가 되자 아무래도 마음이 진정되지 않아 예정보다 한 시간쯤 일찍 집을 나섰다. 할머니와 할아버지에게는 미리 말씀드려놨다. 자전거를 타고 역으로 향했다. 도시로 나가는 전철은 한 시간에 두 번 운행된다. 2시 정도여서 그런지 전철 안은 텅비어 있었다.

그래도 목적한 역에 가까워질수록 평일치고는 제법 사람이 붐볐다.

전철 안에는 따뜻한 복장을 한 커플이 많았다. 우리 또래부터 조금 윗세대까지 연령층이 다양하다. 전철이 지연되지 않은 덕분에 목적한 역에는 약속 시간보다 한 시간 먼저 도착했다.

크리스마스 시즌에 이곳에 온 건 처음이었다. 화면 저편에 있는 세계처럼 화려하고 활기가 넘쳤다. 곳곳에 일루미네이션이 꾸며져 있고 가게 앞 대로변에서는 산타 복장을 한 점원들이 케이크를 홍보하고 있다.

따뜻한 음료라도 마실까 하고 근처 가게를 들여다보았지만 전부 사람들로 혼잡했다.

할 수 없이 역과 통로가 이어진 백화점을 구경하기로

했다. 에스컬레이터를 타고 올라가다가 선물 가게를 발견했다.

여자들이 주로 들어가는 가게라 평소 같으면 주저했겠지만 마침 남자 혼자 온 손님이 보였다. 연인이나 가까운 사람에게 줄 선물을 고르고 있는 걸까. 시간을 때우기에는 이 가게도 좋겠다 싶어 과감히 들어갔다.

매장 안을 둘러보다가 가지각색의 손수건이 진열되어 있는 코너가 눈에 띄었다.

손수건은 모두 고급스러워 보였고 가격도 적당했다.

'다정한 크리스마스 선물로, 고급 손수건을!'

이런 광고 문구가 있어 나도 모르게 바라보았다.

선물……이라. 도사카에게 크리스마스 선물을 주면, 이상한가?

부담스러워하려나 싶어 멋쩍게 웃었다. 그래도 그 자리를 떠날 결심이 서지 않아 계속 손수건을 들여다보다가 지나던 사람과 부딪혔다. 당황해서 머리를 조아리며 사과의 말을 건넸다.

"아, 죄송합니다."

"아니에요."

상대는 대학생쯤 되었을까. 언뜻 본 인상은 머리가 긴

여성이었다.

데이트하러 나왔는지 어른스럽고 낙낙한 스커트를 입고 있다.

그러고 보니 도사카가 사복으로 스커트를 입은 모습은 본 적이 없네.

"어라? 미즈시마?"

그런 생각을 하고 있는데 부딪혔던 상대가 내 성을 불렀다.

고개를 들자 눈앞에 스커트를 입고 한껏 멋을 낸 도사카가 기타 케이스를 둘러메고 서 있었다. 크리스마스이브의 분위기가 그렇게 만드는 걸까. 빛이 나 보였다.

"앗, 도사카? 왜 여기에."

"그거 내가 할 소린데? 나는 먼저 와서 쇼핑한다고 했잖아."

그랬다. 도사카가 여기 있는 건 조금도 이상하지 않다.

하지만 설마 같은 매장에 있을 거라고는 생각도 하지 못했다.

"미즈시마는 뭐 하고 있어? 크리스마스 선물이라도 사려고?"

도사카의 물음에 대답이 궁했다. 도사카에게 선물을 할

까 망설이고 있었다고 실토할 수는 없는 노릇이다.

"아, 응. 할머니께 드릴 만한 게 뭐 없나 하고. 도사카는?"

"으음, 나도 그래. 삼촌한테 선물할 만한 게 뭐 없을까 하고⋯⋯. 아, 맞다! 미즈시마, 같이 골라줘. 남자가 봐주면 좋겠네. 손수건이 괜찮을 것 같기는 한데."

그 바람에 나는 자연스럽게 도사카의 선물을 함께 골라 주게 되었고, 그 보답이라며 도사카도 내가 거짓말로 둘러 댄 선물을 골라주었다.

"아, 이거 이거! 할머니에게는 이게 딱이네."

그렇게 말하며 도사카가 손가락으로 가리킨 곳에는 낯 익은 캐릭터가 있었다. 초록색 고깔모자를 쓴 음유시인이 다. 그녀는 그 캐릭터가 수놓아져 있는 깔끔한 손수건을 골랐다.

"날 놀리고 싶어서 그러는 거지?"

"아니라니까. 분명히 마음에 들어 하실 거야."

결국 둘 다 손수건을 샀다. 점원이 선물용으로 포장까 지 해주었다.

그러는 사이 갈 시간이 되어 함께 라이브 공연이 예정 된 곳으로 향했다.

생각보다 눈에 잘 띄는 장소였다. 역 앞에 10미터가 넘는 크리스마스트리가 서 있고 그 옆에 작은 무대가 마련되어 있었다. 그곳에서 노래와 연주를 한다.

현장에서는 착착 준비가 진행되고 있었다. 미리 얘기를 듣긴 했지만, 켄 아저씨도 상황을 보러 온 듯 스태프들과 뭔가 이야기를 나누고 있다. 우리를 발견하고는 말을 걸어왔다.

"어라, 둘이 같이 왔네."

그러고 나서 스태프들과 오늘 공연의 주인공인 여성 가수를 소개해주었다.

바로 악기 조율과 리허설이 시작되었다. 행사 자체는 5시부터 6시 반까지 진행될 예정이며 본 공연에 앞서 오프닝 무대에 오를 출연자는 도사카 말고도 한 명이 더 있었다.

나는 켄 아저씨와 함께 출연자 세 명이 스테이지에 서서 마지막으로 점검하는 모습을 바라보았다.

리허설이 끝날 무렵, 이 이벤트를 주최한 남성이 모습을 나타냈다. 확실히 음악 관련 일을 하는 사람으로 보였다.

그 사람이 켄 아저씨를 불러서 나는 혼자 남았다. 내 시선 끝에 주최자가 출연자 세 사람과 인사하는 모습이 보였다.

공연이 시작될 5시가 다가오고 있다. 점점 추워졌다.

하늘을 올려다보니 솜털처럼 하얀 것이 너울너울 떨어지고 있다.

"눈이 내려."

인사가 끝났는지 도사카가 어느새 옆에 와 있었다.

"그러네. 춥지 않아?"

"응, 괜찮아. 그보다는, 생각했던 것보다 장소가 괜찮아서 놀랐어."

"그러게 말이야. 여기라면 많은 사람이 들을 것 같아. 어때, 긴장돼?"

"글쎄. 긴장 같은 거 별로 안 하는 편이라서. 그래도……."

"그래도?"

내가 다음 말을 기다리자 쑥스러운 듯, 그럼에도 기쁜 표정으로 그녀가 웃었다.

"설마 내가 크리스마스이브에, 그것도 이렇게 큰 트리 옆에서 노래를 부르다니 상상도 못 했어."

그 미소에 이끌려 나도 웃음을 지었다.

공연 시작 시간이 다가왔다. 도사카는 무대 뒤편으로 향했다.

첫 번째 출연자가 무대로 올라가 활기찬 목소리로 인사 말을 시작했다.

장소가 좋아서인지, 마이크에서 나오는 소리를 듣고 발걸음을 멈추는 사람이 많았다.

노래와 연주가 시작되었다. 리드미컬한 크리스마스 팝송이었다. 크리스마스 하면 떠오르는 대표적인 곡으로, 선물보다 당신을 원한다는 가사가 흘러나왔다.

무대 위에서 노래 부르는 여성은 대학생쯤 되었을까. 영어 발음이 매끄럽고 연주도 잘했다. 노랫소리에 이끌려서인지 사람들이 모여들고 있다. 나는 방해되지 않도록 약간 떨어진 곳에서 무대를 지켜보았다.

15분은 정말 순식간이었다. 유명한 크리스마스 팝송 세 곡을 다 부르고 나서, 첫 번째 출연자는 가볍게 인사하고 무대를 내려갔다.

큰 박수 소리가 역 앞에 울려 퍼졌다. 관객은 30명쯤 되어 보였다. 이 정도도 충분히 많지만, 나중에는 백 명 가까이 된다고 하니 이제 점점 늘어나겠지.

그대로 무대를 바라보고 있자니 첫 번째 출연자와 교체하듯 도사카가 모습을 드러냈다.

관객들이 도사카의 미모에 놀라는 모습이 멀리서도 보

였다.

도사카는 말도 없이 가볍게 고개 숙여 인사하고는 바로 기타를 연주했다.

섬세한 전주가 들려왔다. 눈꺼풀은 여느 때처럼 살포시 감겨 있었다.

일본 남자 가수가 부른 유명한 크리스마스 곡을 그녀가 자신의 음색으로 편곡해 부르기 시작했다.

가사처럼 밤이 이슥해졌을 때가 아니라, 오늘은 저녁 즈음부터 눈이 내리고 있다.

먼저 부른 출연자가 결코 노래를 못 부른 건 아니다. 다만 도사카의 맑은 노랫소리에는 사람들을 휘어잡는 존재감이 있었다. 추위도 한몫 거들었는지 소름이 쫙 돋았다.

수많은 사람이 오가는 크리스마스이브의 역 앞에 도사카의 노랫소리가 울려 퍼진다.

조금 떨어져 있기에 오히려 알 수 있는 것도 있다. 지나가는 사람들 대부분이 그녀의 노래를 의식하고 있었다. 발걸음을 멈추고 크리스마스트리 옆 공연장으로 모여드는 사람이 점점 늘어났다.

오늘의 주인공이 등장하기도 전에 백 명 가까운 관객이 순식간에 모여들었다.

'노래를 잘 불러봐야 기껏 도망치는 데 사용할 뿐이라고.'

지난번에 그녀는 내게 이렇게 말한 적이 있다.

눈을 내리감고 노래를 부르는 도사카는 알고 있을까.

지금 이렇게 많은 사람이 너의 노랫소리에 귀 기울이고 있다는 것을.

분명 모르겠지. 생각도 하지 못할 것이다. 하지만 너의 노래에는 이만한 힘이 있다.

한 곡을 마친 도사카가 천천히 눈을 떴다. 백 명이 넘는 사람들의 박수 소리가 그녀를 에워쌌다.

그때 나는 분명히 보았다. 도사카가 놀라는 모습을.

눈물이 날 듯, 기뻐하며 웃는 모습을.

도사카가 나머지 두 곡을 모두 끝마치자 메인 가수가 무대 위에 등장했다.

크리스마스이브의 라이브 공연은 성공적으로 막을 내렸다.

도사카에게 출연을 부탁한 주최자도 기뻐했다. 다른 출연자 두 명과 스태프들도 입을 모아 도사카의 노래를 칭찬했다. 그들은 무대 뒷정리를 마친 후 근처 레스토랑에서 뒤풀이를 할 예정이라고 했다. 괜찮으면 참가하지 않겠느냐고 도사카와 함께 권유받았으나 너무 늦어질 것 같아서 사양했다. 뒤풀이에 참가할 거라는 켄 아저씨가 말했다.

"오오, 아야네. 오늘 노래 아주 좋았어. 가끔은 이렇게 많은 사람 앞에서 노래하는 것도 나쁘지 않지?"

도사카는 망설이듯이 잠깐 뜸을 들이고 나서 "그렇네요" 하고 대답했다.

그 대답에 만족했는지 켄 아저씨가 씨익 웃었다. 그는 우리에게 손을 들어 인사하고는 기다리고 있던 사람들에게 갔다.

크리스마스트리 앞에 도사카와 나 둘만 남았다.

뒷정리가 다 끝나길 기다리다 보니 이래저래 벌써 7시가 되어 있었다. 동네로 돌아가면 8시가 넘을 것 같다.

"자, 이제 돌아갈까?"

하지만 내 말에 도사카는 약간 주저했다.

"일루미네이션 보고 가지 않을래? 여기 조명 장식 예쁘기로 유명하잖아."

그 제안에 약간 놀랐지만 도사카도 여자애구나 싶어 절로 미소가 나왔다.

함께 걷는 사람이 나여도 괜찮은 걸까 하는 생각이 들었지만, 도사카도 이렇게 커플 천지인 거리를 혼자 걷기는 쓸쓸할 테고 헌팅을 목적으로 접근하는 사람이 있을지도 모른다.

내가 고개를 끄덕이자 안심했는지 그녀가 살짝 웃었다.

둘이서 역 앞에 꾸며진 다양한 일루미네이션을 감상했다. 가로수길에는 반짝이는 불빛, 사람들의 웃는 얼굴과 함께 흔하지만 더없이 소중한 행복이 흘러넘치고 있었다.

"철가면 안 써도 돼?"

같은 반 아이들은 여기까지 나오지 않겠지만 그래도 누가 보고 있을지 알 수 없는 일이다. 조심하는 게 좋을 것 같아서 그렇게 물었더니 도사카가 멋쩍게 웃었다.

"오늘 같은 날은, 뭐 괜찮지 않을까."

"아, 그런 겁니까?"

"네, 그런 겁니다."

"그러고 보니 도사카, 첫 곡이 끝났을 때도 웃었지?"

"아하, 응. 그랬지."

"어때? 이렇게 많은 사람 앞에서 노래해보니까."

도사카는 바로 대답하지 않았다. 눈앞에 있는, 크리스마스 분위기가 한껏 담긴 가로수를 올려다보았다.

"생각보다 나도 단순하구나, 하는 생각이 들었어."

나는 의미를 묻듯이 그녀의 옆얼굴을 쳐다봤다.

"커버곡이지만 정말 많은 사람이 들어줘서 기뻤어. 삼촌 가게에서는 체험하지 못했던 일이고. 두 번째 곡부터는 노래 부르는 게 더 즐거워져서 두근두근했지 뭐야. 내가 이렇게 단순하구나 싶어서 좀 어이가 없더라."

도사카의 말처럼 그렇게 많은 사람에게 노래를 들려주는 건 그리 흔치 않은 경험이다.

프로 가수가 아닌 이상, 그런 기회는 좀처럼 찾아오지 않는다. 설령 기회가 왔다 해도 노래를 사람들의 마음에 스며들게 하느냐 아니냐는 또 다른 문제다.

오늘 새삼 확신했다. 도사카에게는 재능이 있다. 그리고 그 재능을 이 시골 마을에서 썩혀서는 안 된다. 틀림없이 그녀의 미래를 바꿀 수 있는 재능이다.

'미즈시마는 글자도 완벽히 읽을 수 있고 머리도 좋잖아. 미래도 있고. 나랑은 다르니까.'

'노래를 잘 불러봐야 기껏 도망치는 데 사용할 뿐이라고.'

언젠가 그녀가 한 말이 다시 뇌리를 스쳤다.

내 생각과는 정반대로 도사카는 조금도 그렇게 생각하지 않는 것 같다.

그렇게 대단한 재능이 있는 그녀가 내 옆에 있다는 게

신기해서 웃고 말았다.

시골에서 살 수밖에 없는 내 옆에, 시골에 있으면 안 되는 그녀가 있다.

뭘까, 이 대비는.

일루미네이션에 이끌리듯이 걸어가다가 이윽고 우리는 커다란 꽃송이를 만났다.

낮은 곳에 거대한 불꽃이 피어난 것처럼 일루미네이션으로 장식된 관람차가 반짝이고 있었다.

아마 중형 크기 정도겠지만 길거리에 관람차가 있으니 느낌이 색다르다.

"아무래도 저걸 타면 집에 못 가겠지?"

도사카도 같은 걸 보고 있었던 모양이다. 그녀의 물음에 나는 고개를 끄덕였다.

"그렇지. 오늘은 줄 서서 기다리는 것도 장난 아닐걸."

"관람차, 실은 나 타본 적 없어."

"그러고 보니, 나도 그러네."

"타버릴까?"

"안 된다니까. 전철 막차 시각에 못 맞출 수도 있어."

"새벽에 들어가면?"

"장난치지 말고."

"그치만 언젠가는 관람차 타자. 크리스마스 때라든지."

"언젠가라면서 크리스마스라고 콕 찍어 말하네."

내 말에 도사카가 즐거워하며 웃었다.

그러더니 내게로 돌아서서 부끄러운 듯한 미소를 띠고는 시선을 떨구었다.

잠시 후 고개를 들고 나를 보며 말했다.

"저기…… 항상 도와줘서 고마워. 미즈시마가 권해준 덕분에 오늘 새로운 나 자신을 알게 되었어. 함께 자작곡을 만들어주고 시험공부도 도와줘서 오늘 라이브 공연에도 참가할 수 있었어."

그녀의 눈동자는 그 어느 때보다 예쁘고, 빛났다.

나는 그녀에게 뭐라 해야 할지 몰라 머쓱하게 웃었다.

그러자 그녀는 "아, 맞다" 하며 기타 케이스에 달린 커다란 주머니에서 무언가를 꺼냈다. 낯익은 포장지가 시야에 들어와 놀랐다. 아까 선물 가게에서 도사카가 산 물건이다.

"이거, 사실은 미즈시마 주려고 산 거야. 삼촌한테는 이런 거 쑥스러워서 못 드려. 그러니까, 자!"

믿을 수 없어 하며 받아들었다. 도사카가 나 같은 사람을 위해서…….

굳게 마음먹고 나도 가방에서 같은 포장지에 싼 꾸러미를 꺼냈다.

"실은 나도 할머니가 아니라, 도사카에게 주면 어떨까 하고 선물을 보고 있었어. 아니, 뭐 깊은 의미가 있는 건 아니고."

그녀는 놀라면서도 내가 내민 선물을 받아주었다.

서로 내용물이 뭔지는 알고 있었다. 동시에 꺼냈다. 알고 있던 대로 손수건이었다.

어라……? 그런데 그것만이 아니다.

"이거, 시집이네?"

어느 틈에 함께 포장했는지, 손수건 말고도 시집이 한 권 들어 있었다. 20세기 초기에 활약한 유명 여성 시인의 시집으로, 개정판인지 장정이 무척 예뻤다.

"아, 응. 실은 미즈시마에게 영향을 받아서 나도 얼마 전부터 시집을 읽기 시작했어. 시는 글자도 많지 않고 읽기 훈련도 되니까. 그래서…… 같은 걸 갖고 있을지도 모르지만, 괜찮으면 미즈시마에게 한 권 선물하고 싶었어. 그 선물 가게에 가기 전에 서점에서 샀는데 손수건과 같이 포장해달라고 했지."

사람은 서로 어우러져 이 세상을 살아간다. 조금씩이나

마 서로 영향을 주고받으며 살아간다는 의미다. 내가, 나 같은 사람이 조금이나마 도사카에게 영향을 주고 있었다 니…….

고맙다고 말한 뒤 나는 받은 선물을 아무 말 없이 바라봤다.

도사카는 수줍은 듯 웃더니 내가 선물한 손수건을 쳐다보았다. 예의 그 캐릭터가 수놓아진 그것을, 그녀가 살짝 가슴에 껴안았다.

내 가슴이 고동쳤다. 그리고 어쩔 수 없이, 어떤 사실을 깨달았다. 깨닫고 말았다.

나는…… 도사카를 좋아하는지도 모른다.

검은 하늘에서 눈부시게 아름다운 지상의 세계로, 대기를 밀어내듯이 무언가가 떨어져 내렸다. 쌓이지 않는 도시의 눈이 하늘에서 천천히 내려오고 있다.

쌓여선 안 되는 나의 감정이 내면에서 천천히 솟구쳤다.

아마도 평생 잊을 수 없는, 도사카와의 크리스마스이브였다.

제3장

각자의 내일

1

겨울방학이 끝나고 고등학교 2학년 3학기가 시작됐다.

도사카와 나는 그때까지도 변함없이 노래를 만들었다. 크리스마스이브에 선물을 교환했다고 해서 두 사람 사이에 극적인 변화가 일어난 것은 아니다. 다만 3학기에 들어서 언제부터인가 도사카는 나를 하루토春人라고 이름으로 부르기 시작했다.

"계속 성으로 부르니까 왠지 거리감이 느껴져. 이름으로 부르는 게 자연스러울 것 같아서."

그렇게 말하니 거절할 이유가 없었다. 그래서 나도 그녀를 아야네綾音라고 이름으로 부르기 시작했다.

2월 초에 전국 고등학교 문예대회 결과가 발표되었다. 나는 시 부문에서 장려상을 받았다.

1학년 때는 입선, 2학년 때는 장려상이다. 한 단계 위인 우수상이나 더 높은 최우수상에 미치지 못했다는 점에서도 나다운 행보라 할 수 있었다.

문예대회 참가를 권했던 담임선생님은 결과에 놀라워했고 후지타 선생님도 흥분했다.

"축하해, 하루토. 자, 이거. 축하 선물이야."

아야네도 결과를 듣고 기뻐하더니 다음 날 부실에서 뭔가를 건네줬다.

포장을 풀자 직접 만든 듯한 초콜릿이 나왔다.

"응? 아, 그런가. 조금 있으면 그때구나."

"아니거든. 밸런타인데이랑은 상관없다고. 어디까지나 문예대회 축하 선물이야."

의리 초콜릿이라는 건 알고 있지만 애써 강하게 부정하는 그 모습에 그만 웃음이 나왔다.

"자 그럼, 화이트데이에 답례는 필요 없다는 뜻으로 이해해도 되는 거네?"

"…… 평소 고맙다는 의미로, 준다면 사양하지 않을게."

"네네, 그럼 항상 이것저것 고맙다는 의미에서, 뭐든 준비할게."

"우와, 기절할 만큼 무성의한 대답!"

여전히 둘 다 교실에서는 고립되어 있었지만 방과 후 부실에서는 이렇게 함께 웃을 수 있었다. 노래도 계속 만들고, 완성된 노래를 '뜨라또리아 마사'에서 꾸준히 선보였다.

언제까지나 아야네와 함께 이런 시간을 보낼 수 있으면 된다.

하지만 그렇게만 말할 수도 없다.

고등학교 2학년 후반에는 진로라는 문제가 우리 앞을 가로막아 선다.

3월이 되면 학년말시험이 시행되면서 진로 희망 조사도 함께 실시된다.

우리 학교는 명문대학 진학을 목표로 하는 고등학교는 아니지만 일반 대학교와 전문학교에 진학하는 사람이 대부분이다. 하지만 나는 달랐다. 졸업 후에는 동네 관공서에 취업하기를 희망하고 있다.

그렇다면 그녀는, 아야네는 어떨까.

부실에서 시험 대책을 세우며 물어보니 그녀는 예전과 똑같이 대답했다.

"나는 일할 생각이야. 빨리 삼촌한테 은혜를 갚고 싶어."

"그렇구나. 그럼 어디에 취직하고 싶은데?"

"그건 지금 여러 가지로 알아보고 있어. 글자로 업무를 봐야 하는 일자리는 안 되겠지만 그렇지 않은 직종이라면 어떻게든 되겠지."

아야네는 난독증이 있어 글자를 인식하기가 어렵다. 그것은 직업을 선택하는 데도 따라다니는 문제였다.

"하지만 그 진로 희망 조사란 거, 제3 희망까지 직종을 써야잖아? 그래서 고민이야. 내가 할 수 있는 일은 한정되어 있으니까. 세 가지씩이나 뭐 쓸 게 있어야지."

우리는 가방에서 진로 희망 조사서를 꺼내 바라봤다. 이 시기가 되면 내용도 상당히 구체적이어서 기재해야 하는 공란이 많았다.

똑같은 프린트물을 손에 들고 있는 아야네에게 나는 말해보기로 했다.

"그럼 희망 직종에 예능 계통이라고 적으면 어때?"

"예능? 그건⋯⋯."

"예능이라는 말이 애매하면 가수라고 써도 좋을 것 같아. 노래 부르는 걸 직업으로 하는."

아야네는 노래에 재능이 있다.

나는 언젠가 그녀에게 말한 적이 있다. 너의 노래는 현실을 헤쳐나갈 수 있는 수단이라고.

그 확신은 지금도 변함없다. 내가 바라는 일이고 그 바람은 점점 더 강해지고 있다.

하지만 아야네는 겸손해서인지 "무리라니까"라고 말하며 내 제안을 진지하게 들으려 하지 않았다.

"하지만 내일모레까지 써내야잖아?"

"그렇긴 한데…… 흐음. 우선 쓰기만 하는 거니까 그러지 뭐."

단순히 공백을 메우기 위해서인 듯 아야네는 제3 희망란에 찬찬히 '가수'라고 썼다.

"왠지 이것만 꼭 초등학생 장래 희망같이 돼버렸네. 순수하고 반짝반짝해."

이 사소한 일이 운명을 바꿀 거라고는 당시에는 나도 상상하지 못했다.

다만 그때부터 확실히 바뀌기 시작했다.

일주일 후, 그 진로 희망을 본 담임선생님이 방과 후에 아야네를 불렀다.

저녁이 다 되어 부실에 나타난 그녀가 나를 보자마자 투덜거렸다.

"아니, 장난으로 쓴 건데 일이 귀찮게 돼버렸어. 이게 다 하루토 책임이야."

"장난이라니…… 혹시, 가수 그거?"

"그래. 선생님이 너무 진지하게 생각하시지 뭐야. 하고 싶은 일을 찾은 건 좋은 일이라느니 기뻐하시면서 말이야. 오픈 캠퍼스(대학교에서 캠퍼스를 개방하고 견학과 입시설명회 등을 통해 학교를 소개하는 행사)도 알아보셨는지 음악 계열 전문학교에 아는 사람이 있으니 봄방학 때 가보라고 하셨어. 원하면 같이 가서 난독증에 관한 것도 상담해주신다고."

담임선생님의 열의와 자상한 마음 씀씀이는 나도 잘 알고 있다. 내게 문예대회에 참가하라고 권해준 분도 선생님이었고, 다음 주에 있을 학부모 면담도 조부모가 고령인 점을 배려해서 우리 집으로 오시기로 했다.

"가수가 되려면 전문학교에 가는 방법도 있구나."

"그런가 봐. 그치만 레코드 회사 오디션에 붙지 못하면 아무 소용 없는 거 같던데."

"그렇군. 오디션이란 게 있었어."

나는 그 순간 막연하게나마 뭔가를 붙잡은 것 같은 기분이 들었다.

오디션은 전문학교에 다니지 않아도 참가할 수 있다.

그렇다면 아야네가 오디션에 참가하면…….

그 제안을 하려는데 아야네가 크게 한숨을 쉬었다.

"그래서 담임과 같이 가는 건 거절했는데, 그럼 보기만 하고 오라고 하셔서 할 수 없이 오픈 캠퍼스에 참가하기로 했어. 혼자 가기도 좀 그렇고 하루토 책임도 있으니까 같이 가줘."

이렇게 해서 아야네와 나는 봄방학 때 전문학교에 견학을 가기로 했다.

2

고등학교 2학년 학기말시험을 둘이서 잘 치러내고 오픈 캠퍼스 견학일을 맞이했다.

아야네와 전철에서 만나 함께 도시로 향했다.

등 뒤로 따스한 봄날의 햇살을 받으며 옆에 앉은 아름다운 사람에게 언뜻 시선을 돌린다.

"뭔가 아야네…… 오늘 엄청 신경 썼네? 그렇게 하늘하늘한 스커트가 있었구나."

"특별한 날이니까."

봄방학이 시작되기 전까지도 아야네는 오픈 캠퍼스에 참가하는 상황에 대해 툭하면 불평했다. 하지만 막상 당일이 되자 약간 들떠 있는 듯했다.

"아, 맞다 하루토, 오늘 시간 있어? 3시쯤 끝나는 거 같던데 같이 쇼핑 가줘. 하루토 때문에 참가하게 된 거니까, 알았지?"

어쩌면 이 기회에 도시에서 쇼핑할 수 있다는 게 기쁜 건지도 모르겠다.

"네네, 알겠습니다. 원한다면 디저트라도 사드릴까요?"

"앗, 정말? 그러잖아도 가고 싶은 가게가 있어! 빨리 오픈 캠퍼스 마치고 둘이서 돌아다니자. 케이크도 먹고 크레이프도 먹어야지. 그리고 아이스크림도!"

"쿨하게 보이지만 역시 평범한 여학생 맞네."

음악 계열인 그 전문학교는 예전에 거리 공연을 했던 역 근처에 있었다.

접수를 마치자 넓은 교실로 안내되었다. 오전 중에는 그 교실에서 강사가 학교의 특징과 출신 뮤지션들에 대해 설명한 뒤, 특별 강연회가 열렸다. 유명한 레코드 회사에서 나온 남성 강연자는 프로가 갖춰야 할 자질에 관해 약간 지루하게 이야기했다.

"이 학교에서 전문적으로 배우면 오디션에서 1차 심사를 통과하기는 어렵지 않을 것입니다. 하지만 2차부터는 제작진이 직접 엄격하게 심사합니다. 그때 겁먹지 말고 실력을 충분히 발휘해야 합니다."

누구나 뻔히 아는 내용이었는데, 그것 말고 신경 쓰이는 일이 있었다. 초빙된 특별 강연자들 가운데 작년 크리스마스이브에 라이브 공연을 주최한 사람이 있었다.

이 지역 음악업계에서 나름 알아주는 사람이라고 하던데, 아야네가 여기에 온 걸 알아보고 놀라는 눈치다.

이윽고 강연은 실기 시간으로 바뀌어 그 자리에서 간단한 오디션이 이루어졌다.

희망자가 아카펠라로 노래하면 그 노래를 들은 레코드 회사 사람들이 그 자리에서 심사 소감을 말해주는 것이었다. 몇몇 사람이 적극적으로 참가했다.

"네, 잘 들었습니다. 노래방 가면 인기가 많겠는데요. 음정은 좋지만 자신의 노래로 만들지는 못하고 있으니 직접 연주에 맞춰 노래를 더 많이 불러보면 좋을 것 같아요."

참가자에게 상처가 되는 말을 삼가려고 배려했기 때문인지 무난한 평이 이어졌다.

그러던 중에 예의 그 지방 음악업계 사람이 레코드 회사 관계자에게 귀엣말을 했다.

"자, 어디 이번에는 저희가 지명해볼까요? 맨 뒤쪽에 머리 긴 여학생, 나오세요."

지명된 사람은 아야네였다. "어, 어떡해?" 당황해 나를 쳐다봤으나 지명되었으니 어쩔 수 없다. 쭈뼛거리며 일어나더니 마음을 먹었는지 노래를 부르기 시작했다.

노래가 끝나자 강의실이 조용해졌다. 모두 숨죽이고 있었다.

"학생은…… 지금 당장이라도 우리 쪽에서 데뷔하는 게 좋겠네."

레코드 회사 사람이 농담으로도 진담으로도 들을 수 있는 감상평을 내놓았다.

오전 프로그램이 끝났다. 아야네와 나는 점심을 먹으러 밖으로 나왔다.

조금 전 뭔가 엄청난 일이 일어난 것 같다. 레코드 회사 관계자가 아야네의 노래에 압도당했다. 오픈 캠퍼스 참가자들도 모두 말을 잃은 듯했다.

그런데도 지금 아야네는 그런 상황에는 신경도 쓰지 않

고 다른 일로 들떠 있다.

"있잖아, 하루토. 점심 말인데 근사한 카페에 가보지 않을래?"

나는 어이없어하면서도 일단 대답했다.

"나중에 디저트 먹으러 다닌다며? 그럼 지금은 칼로리를 자제하는 게 좋지 않겠어? 간단히 편의점에서 샌드위치 같은 걸 사 먹어도 되고."

"뭐야, 그건 너무해. 칼로리는 돌아가는 길에 노래방에 들러 소비하면 되지. 그 돈은 내가 낼 테니까."

아야네는 마냥 신난 어조로 말하더니 그 자리에서 스마트폰 음성 검색으로 카페를 찾기 시작했다. 혹시 아야네는 레코드 회사 사람의 소감을 농담이라고 여기는 걸까.

100퍼센트 진심은 아니라고 해도 아야네의 노래를 듣고 틀림없이 놀랐다. 재능을 느낀 거겠지. 오늘 오픈 캠퍼스에 오길 잘했다. 역시 아야네의 실력은 진짜다. 이 기회에 오디션 참가를 조금 더 적극적으로 권해봐도 좋을 것 같다.

"있잖아, 아야네."

전문학교 앞에 아야네와 둘이 서 있는데 누군가가 쳐다보는 시선이 느껴졌다. 눈을 돌려보니 믿을 수 없게도 아는 얼굴들이 흡족한 듯 웃고 있었다.

"역시 아야네였어. 이야, 사복 입은 모습도 귀엽네."

말을 걸어온 사람은 다른 반의 그 잘나가는 무리였다. 예전에 아야네를 억지로 축제 라이브 공연에 참가시키려 했던 녀석들이다.

"이런 데서 만날 줄이야. 우린 요 근처 학교 오픈 캠퍼스에 왔거든. 어쩐지 아침에 역에서 아야네 같아 보이는 사람이 있더니만. 아야네, 이 전문학교에 다닐 거야? 음악계던데."

이번에도 나와 키가 비슷한 녀석이 대표로 나서서 이야기했다. 나는 아예 없는 사람 취급이다.

"내 일에 관심 갖지 마. ……하루토, 가자."

아야네도 설마 이런 데서 녀석들을 만날 줄은 상상도 하지 못했을 것이다. 조금 놀라는 듯했지만 바로 철가면을 쓰고 차가운 눈빛과 쌀쌀맞은 말투로 대답했다.

우리는 그 자리에서 벗어나려 했으나 한번 말을 걸어온 녀석은 개의치 않고 떠들었다.

"여전히 쌀쌀맞네. 그건 그렇고 꿈이 아주 야무진데? 가수가 되려는 건가? 멋지군."

시비를 거는 듯한 말에도 아랑곳하지 않고 아야네는 잠

자코 발길을 옮겼다.

"근데 말이야, 그 소문 진짜야?"

하지만 뒤이어 신경 쓰이는 말이 들려왔다. 걸음을 멈추고 뒤돌아보았다.

"아아, 뭐 별로 중요한 건 아냐. 다만 아야네랑 같은 초등학교에 다녔다는 여자애한테 들었는데 말이지⋯⋯. 아야네, 글씨를 제대로 못 읽었다며?"

표정은 달라지지 않았지만 아야네는 어딘가 긴장하는 것처럼 보였다.

그 작은 입으로 뭔가 말하려는 듯 망설이다가 다시 입을 다물었다.

그런 아야네의 태도는 상대의 의심을 부추기기에 충분했다.

"⋯⋯그 반응은 뭐지? 아, 진짜였어? 예쁜 아야네를 질투해서 지어낸 말인가 했는데. 우와, 그랬군. 그랬어. 그거이상한 거잖아. 지금도 그래? 혹시 병이야? 나중에 어떻게 되는 거 아냐?"

아야네의 표정이 굳어지더니 이번에는 뒤돌아보지 않은 채 그 자리를 떠났다.

그런 아야네를 조롱하듯이 웃으며 녀석은 마지막까지

한마디를 더 나불거렸다.

"한 방에 인생 역전해서 가수가 되면 좋겠네. 응원할
게!"

나도 모르게 주먹에 힘을 주었다. 실실 웃는 무리에게
한 발 다가갔다.

"그렇게 사람을 비아냥거리면 즐거워?"

"우와, 공기가 말을 다 하네. 즐겁고 뭐고 간에, 아야네
가 먼저 우릴 망신 줬잖아? 모처럼 우리가 밴드 멤버로 초
청했는데 거절이나 하고 말이야."

"나가고 싶지 않으면 거절하는 게 당연하지. 아야네가
잘못한 게 아니잖아."

"넌 뭐야! 찌질이 주제에 재수 없네. 그만 됐어, 빨리 가
자고."

등을 돌려 멀어져가는 그들을 바라보다 아야네를 찾기
시작했다. 아야네는 금방 눈에 띄었다.

마음의 빗장을 닫아건 듯한 분위기로 길을 빠르게 걸어
가고 있었다.

"아야네, 저런 녀석들이 하는 말은 귀담아들을 필요 없
어."

그녀와 나란히 걸으면서 말을 꺼냈다. 세상에는 왜 아

무렇지도 않게 남을 상처입히는 사람이 있는 걸까. 그런 인간이 존재한다는 사실이 믿어지지 않는다.

게다가 녀석들은 거리 공연 동영상을 봤을 뿐 아야네의 진짜 실력은 알지도 못한다.

그런 생각에 분해서 견딜 수가 없었다. 나도 모르게 마음이 앞서서 또 오디션 얘기를 꺼냈다.

"근데 잠깐 내 말 좀 들어봐. 전부터 생각한 건데 말이야, 오디션에 참가해보는 것도 좋을 것 같아. 전문학교에 가지 않아도 참가는 할 수 있잖아? 그렇게 가수가 되는 길도 아야네에게는ㅡ."

내 말을 듣던 아야네가 걸음을 멈추고는 또렷한 목소리로 말한다.

"그 얘긴 이제 됐어."

아야네가 고개를 숙이고 있어서 표정은 확실히 알 수 없었다.

"아야네……."

무심결에 이름을 부르자 아야네는 약간 망설이더니 다른 데로 시선을 돌리며 말을 이었다.

"가수니 오디션이니 그런 거, 아까 걔가 말했듯이 내겐 터무니없는 꿈이야. 하루토가 고향을 떠날 수 없는 이유

도 잘 알고, 할아버지 할머니를 위해서라는 거 알기에 존
경스러워. 그렇지만 나한테 너무 큰 기대를 하니까……
솔직히 부담스러워. 나 정도 실력인 사람은 이 세상에 넘
쳐나니까."

아야네의 말은 정말 충격이었다.

솔직히 부담스럽다니. 그런 식으로 받아들이고 있었다
니…….

"나…… 오늘 정말 기대했었어. 오픈 캠퍼스가 끝나고
나면 하루토랑 쇼핑도 하고 카페도 갈 수 있을 거라고."

나 역시 전철 안에서 그 말을 듣고는 부풀어 있었다. 이
런 생각은 착각이겠지 싶으면서도, 마치 데이트 같다고 잠
깐 생각했다.

나는 오늘도, 그 전부터도 아야네에게 나 혼자 들떠 있
었던 것뿐일까.

"오늘은 이만 돌아갈래."

아야네는 우두커니 서 있는 내게 그렇게 말하고는 뒤도
돌아보지 않고 가버렸다.

나는 어찌할 바를 몰라 당황했지만 오픈 캠퍼스의 오
후 일정에 참가했다가 저녁이 되기 전에 혼자 집으로 돌
아왔다.

3

　봄방학이 계속되고 있다. 고민 끝에 나는 아야네에게 다시 얘기 좀 하자고 메시지를 보냈다. 시간이 지나도 답장이 없기에 용기를 내어 넷째 금요일에 '뜨라또리아 마사'에 가보기로 했다. 여느 때처럼 스테이지에 올라선 아야네가 눈을 감고 노래를 부른다. 내가 와 있다는 것을 알아차렸을 텐데 곡과 곡 사이에도 눈길을 주지 않았다.

　노래가 전부 끝나고 무대에서 내려온 아야네가 나를 가만히 바라본다.

　자리에 앉아 기다리고 있자 옷을 갈아입은 아야네가 항상 그랬듯이 맞은편 자리에 앉았다.

　"이야기라니, 뭔데?"

　어색한 듯이 말을 꺼내기에 나는 우선 사과부터 했다.

　"미안. 여기까지 찾아와서."

　"괜찮아, 가게니까 누가 와도 상관없어."

　"그런가, 어쨌든 고마워. 그리고 말이야…… 내가 부담을 줬다면 사과할게. 정말 미안해. 하지만 이 말은 꼭 하고 싶었어. 아야네는 자신을 너무 낮춰 생각하고 있어. 네 실력은 진짜야. 누구나 다 너처럼 노래 부를 수 있는 게 아니라고. 그 사실을 네가 꼭 알았으면 좋겠어."

주저하지 않고 확실히 말하자 아야네는 갸름하고 예쁜 눈으로 나를 보았다.

한참을 잠자코 있더니 물음을 던졌다.

"하루토는 글자를 제대로 읽지도 쓰지도 못하는 사람의 인생이 어떤 건지, 상상할 수 있어?"

노려볼 줄 알았는데 그렇지는 않았다. 아야네의 눈동자가 불안으로 흔들리고 있었다.

"모두가 평범하고 당연하게 할 수 있는 일을 나는 못 하는 거야. 비참하지. 그건 너무 괴로운 일이고. 그래서 최소한 취직 정도는 평범하게 하고 싶어. 가수라든가 그런 불확실한 거 말고. 평범한 사람들 속에서 평범한 일을 하고 싶다고. 남들과 똑같이."

그건 틀림없는 아야네의 진심이었다. 표정과 말투로 알 수 있다.

이제야 나는 아야네가 평범한 직업을 고집하는 이유를 들었다.

"그리고…… 나는 내 노래 실력을 그다지 믿지 않아. 그저 남들보다 약간 잘할 뿐이야. 동경하는 마음도 있지만 가수라니 나한테는 무리야. 이 레스토랑 정도가 딱 좋아."

아야네는 확고하다고 할 만큼 자신의 노래를 과소평가하고 있었다. 평범한 일을 할 수 없었던 괴로운 경험이 자신의 실력을 과소평가하는 원인으로 작용한 걸까.

그렇다면 동아리 친구로서 내가 그 생각을 바로잡아 줘야 한다.

취직만 해도 그렇다. 평범한 직종에 응시해도 꼭 붙는다는 보장은 없다. 그런 일이 있어서는 안 되겠지만 만약 난독증 때문에 불합격한다면 어떡할 것인가.

아야네가 그런 일로 상처받는 모습을 보고 싶지 않다.

그렇기에 더욱더 하나의 가능성으로서 제시하고 싶었다.

"아야네의 고민을 전부 다 이해한다는 거짓말은 하지 않을게. 하지만 상상은 할 수 있어. 얼마나 괴로울지, 평범한 일을 고집하는 이유도 잘 알았고. 하지만 그 전에 이것만은 믿어줬으면 좋겠어. 네게는 재능이 있어. 크리스마스이브 때처럼, 너의 노래로 많은 사람을 감동시킬 수 있어. 그건 너만이 할 수 있는 일이야. 꼭 가수 하나만을 보고 가지 않아도 좋으니까 그냥 3지망 정도로 한 번쯤은 진지하게 생각해줬으면 해."

"생각하다니, 뭘?"

"오디션을 보고 가수가 되는 거. 응모할 때는 나도 도울 테니까."

내 제안에 아야네가 망설이는 듯한 표정을 지었다. 우리는 아무 말 없이 서로 마주 보았다.

"어이, 아야네, 잠깐 좀 볼까?"

그때 뒤쪽에서 목소리가 들려왔다. 켄 아저씨가 웬일인지 난처한 표정으로 서 있었다.

"너 사사키 씨라고 기억나? 크리스마스이브에 역 앞에서 라이브 공연을 주최했던 사람 말이야. 오디션이라는 말이 들려서 얘기하는 건데, 너를 대형 오디션에 추천하고 싶다고 하더라고. 상당히 마음에 든 모양이야."

전문학교에서 있었던 일과 관련된 이야기인 걸까. 아야네는 "네?" 하고 놀라며 당황스러워했다.

"너도 작년에 사사키 씨에게 신세를 졌고 나쁘지 않은 제안이기도 해. 하루토가 말한 것처럼 한번 참가해보는 것도 좋지 않을까?"

아야네는 살짝 고개를 숙이더니 잠시 후 "좀 생각해볼게요" 하고 대답했다.

4월이 되어 아야네와 나는 3학년으로 올라갔다.

두 사람 다 취업반을 지원했기에 같은 반이 되었다. 오픈 캠퍼스 이후 노래를 만드는 일은 중지한 상태였다. 아야네가 부실에 오는 일도 없었다.

새 학급에서도 나는 계속 없는 사람으로 취급당했다. 그 잘나가는 무리가 손을 써놓은 걸까. 게다가 이번에는 나뿐만 아니라 아야네에 대해서도 떠들고 다녔다.

"도사카 아야네 말이야, 그 소문 진짜였어. 글자 못 읽는 걸 들키지 않으려고 축제 때도 우리 제안을 거절한 거 같아. 게다가 가수가 되려는가 보던데 그게 가능하겠냐."

녀석들이 그런 말을 퍼뜨리고 있는 모습을 목격하고 등줄기가 오싹해졌다.

대놓고 괴롭히는 것도 아니고 비열한 방법이다. 게다가 그 영향은 컸다.

그때까지 학교 아이들은 아야네를 빈틈이 없는 어려운 존재로 바라보았다. 그런데 이제 그런 시각이 약간 바뀌었다. 철의 여인인 아야네에게 틈이 생기고 만 것이다.

"도사카, 너 글자 못 읽는다는 거 진짜야? 게다가 가수를 지망한다며?"

어느 날 쉬는 시간에 화려한 차림새를 한 같은 반 여학생이 아야네에게 말을 걸었다.

"너하고는 관계없으니까, 관심 꺼줘."

"뭐야, 말투가 왜 그래? 물어본 거뿐이잖아. 아니, 그럼 글자를 못 읽는데 학교는 어떻게 들어왔지? 특대생? 예술 고도 아닌데?"

지금까지는 없던 일이었다. 여럿이서 깐죽거리며 아야 네를 비웃고 있었다.

듣고 있을 수가 없어 끼어들고 싶었지만 이를 악물고 말을 삼켰다.

내가 감싸고 나서면 나와의 관계를 들먹이며 아야네를 더 놀려댈 게 뻔했다.

"미안해, 아야네. 나 때문이야. 오픈 캠퍼스에 참가하지 만 않았어도……."

그날 방과 후, 마음이 아파 견딜 수 없었던 나는 복도 구 석에서 아야네를 불러세웠다.

아야네는 어딘가 슬픈 듯이 웃은 뒤에 "신경 안 써" 하 고 대답했다.

"그리고 이건 내가 지금까지 아이들한테 무뚝뚝하게 대 해서이기도 하니까. 너도 이제 나랑 엮이지 않는 게 좋아. 하루토까지 터무니없는 꿈에 맞장구친다고 놀림당할 거 야."

쓸쓸한 표정으로 그런 말을 하는 그녀를, 나는 내버려 둘 수가 없었다.

"내게 소중한 건 아야네니까. 남들이 나에 관해 뭐라든 상관없어."

"뭐?"

"아, 아냐. 미안. 또 부담스러운 소릴 했네."

나도 모르게 흥분해서 낯간지러운 말을 내뱉고 말았다. 또 아야네의 기분을 상하게 했을 거라 생각하자 어색해져서 얼굴을 볼 수가 없다.

하지만 어쩐 일일까. 아야네는 잠시 후 어처구니가 없다는 듯 피식 웃었다.

"하루토는 말이야, 좀 더 자신을 생각하라고. 미래가 분명히 있으니까."

그 반응이 의외여서 나는 애매하게 웃었다.

"나만 그런 게 아니라 아야네에게도 미래가 있다니까!"

"나한테…… 그런 대단한 일은 없어. 어쨌거나 어디든 상관없으니 이 동네에서 취직해야지."

아야네는 아무래도 가수가 될 마음은 없는 모양이다. 평범하게 일하고 싶다는 마음이 그렇게나 강한 걸까. 하지만 그 이유만이 아니었을지도 모른다.

"그리고 지금까지처럼 하루토랑 계속 노래를 만들 수 있다면, 그게 가장 좋아. 만에 하나라도 가수가 된다면 하루토와 함께 노래를 만들지 못하게 되니까."

아야네가 기쁜 듯이 덧붙인 말에 나는 약간 놀랐다.

이곳에서 나와 노래를 계속 만들고 싶다. 그 소망이 선택의 폭을 좁혔던 걸까. 아야네가 바라는 소망도 이해할 수 있다. 하지만 그것은 아야네가 지닌 가능성에 비해 너무나도 소박한 선택이다.

"아니, **겨우 그런** 이유로……."

사람의 행복은 제각각이다. 그 행복을 방해할 권리는 누구에게도 없다.

그런데도 나는 그만 이렇게 중얼거리고 말았다.

그 순간, 아야네의 얼굴에서 표정이 사라졌다. 놀람조차 넘어선 듯 그냥 가만히 있다.

움찔 입꼬리가 경련을 일으키듯 움직이더니 이윽고 싸늘한 표정이 되었다.

"**겨우 그런**이라니…… 무슨 말이야?"

나는 할 말을 잃었다.

"하루토에게는 **겨우 그런** 일인 거야?"

여기서 부정하면 어떻게 되는 걸까. 오히려 나는 침착

176

해졌다. 중대한 선택이 여기에 달렸다고 느끼자, 순간 나 자신이라는 존재가 사라졌다.

내가 한 말을 부정하고, 번복해서 나도 그러길 원한다고 말하면…… 우리는 이 시골 마을에서 함께 지낼 수 있을지도 모른다. 그건 그것대로 나쁘지 않다.

하지만 그 선택이 아야네의 행복으로 이어질 수 있을까.

"뭐라고 대답 좀 해봐, 하루토."

내 생각이 그녀에게는 부담스럽고 독선적일지도 모른다. 하지만 가수가 될 수 있다면 아야네가 고민의 근본 원인인 난독증으로 괴로워할 일도 없어질 테니까.

그래서, 그래서…….

"겨우 그런 일이야. 나한테는."

나는 아야네를 좋아하는 마음을 애써 누르고 분명하게 대답했다.

"그러니까 그런 하찮은 망상에 사로잡혀 있지 말고 오디션에 나가봐."

아야네와 쌓아온 것들이, 내 안에서 한순간에 무너져내리는 소리가 들렸다.

이쯤이야 하고 상상했던 것보다 훨씬 더, 아팠다.

아야네는 내 대답에 눈을 크게 떴다.

나는 태어나 처음으로, 확실히 사람에게 상처를 주었다. 그렇게 혐오해왔으면서.

"……그렇구나. 그랬……어. 나 혼자만의 생각이었네. 즐거웠거든."

잠깐 침묵하던 아야네가 중얼거리듯이 말했다. 그녀의 어깨가 가볍게 떨리고 있었다.

"이제 가줘. 얼굴 보고 싶지 않아."

그런 말을 듣고 말았지만, 이것도 내가 자초한 결과다.

"오디션, 볼 거지?"

"또 그 얘기야? 좋아, 알았어. 알았다고. 볼 테니까. 그러니까……."

아야네는 그날, 내 앞에서만은 벗고 있던 철가면을 다시 썼다.

"이젠 내 일에 상관하지 마."

4

다음 날부터 우리는 동아리 친구도, 아무것도 아닌 그저 같은 반 동급생으로 돌아갔다.

이제 아야네는 학교에서든 어디서든 조금도 표정을 바꾸지 않았다.

화려한 차림새를 한 그 여학생들에게 무슨 말을 듣든 완전히 무시했다. 그런 태도가 못마땅했는지 작은 다툼이 벌어졌다.

도가 지나칠 때는 내가 중재하려고 끼어들었고 그러면 일시적으로 표적이 나로 바뀌었다.

아야네와 나에 대한 험담이 칠판에 쓰여 있어 문제가 된 적도 있었다.

'아야네의 오디션, 너와 만든 자작곡을 부르기로 했어.'

그 무렵 켄 아저씨가 이렇게 경과를 알려주었다.

아야네는 아마도 나와의 약속을 지키려고 오디션 제의를 받아들인 모양이다.

다음 달에는 사진과 자작곡 악곡을 평가하는 1차 심사를 통과했다는 연락을 받았다.

하지만 아야네는 그런 소식도 전혀 말해주지 않았다.

당연하다면 당연한 일이었다. 우리는 이제 아무런 관계없는 타인이니까.

어느새 6월이 되고 계절은 여름으로 다가가고 있었다.

체육대회 준비가 본격적으로 시작되었다. 아야네는 다

른 여학생들에 의해 억지로 잡무를 떠맡게 되었다. 게다가 모두가 참가하기 싫어하는 800미터 이어달리기와 장애물 경주 선수로 떠밀려 나가게 되었다.

그런 그녀를 보고만 있을 수 없어서 나는 잡무를 도왔다. 저녁때부터 시작되는 뒷정리가 대부분이다. 체육대회와 관계없는 과자 봉지, 페트병 같은 쓰레기도 정리해야 했다.

"내가 맡은 일이니까 미즈시마와는 관계없어."

혼자서 하기에는 너무 양이 많았다. 교실에서 의상팀의 뒷정리도 해야 했고 바깥에서 이루어지는 응원단의 뒤치다꺼리도 떠안았다. 그것도 매일 해야 한다.

나는 아야네의 말에 개의치 않고 교실에서 쓰레기봉투를 잡고 벌려주었다.

"내 일에 상관하지 말라고 했을 텐데."

"내가 좋아서 하는 일이니까 신경 쓰지 마."

"⋯⋯미즈시마, 대체 뭘 원해? 어떻게 하고 싶어? 이제 상관하지 말라고."

대놓고 거절당해 마음이 아팠다. 하지만 이것도 내가 초래한 일이다.

묵묵히 뒷정리를 했다. 천 조각에 의상용 바늘이 꽂혀

있었는지 손가락을 찔릴 뻔했다.

"도사카, 바늘 조심해. 기타 못 치게 되면 큰일이니까 목장갑을 끼는 게 좋겠어."

"기타 심사는 아직 멀었으니까 괜찮아."

"그래도 상처 나면 지장 있을지 모르잖아. 근데 그……오디션은 어때? 잘 돼가?"

"이제 미즈시마랑은 동아리 친구도 뭣도 아니니까 말할 이유 없어."

"그렇네. 미안."

"사과하지 마. 전부 하루토가, 아니 미즈시마가 한 일이잖아."

동아리 친구도 아닌 지금, 그나마 대화할 기회는 잡무를 도울 때뿐이었다.

둘이서 밖으로 나가려는데 자꾸 지분거리는 다른 반의 그 녀석들과 마주쳤다.

"잡무 담당, 수고! 아 맞다, 올해 축제 때는 라이브 공연 같이하자고 조르지 않을 테니까 안심하라고!"

아야네에게 그런 말을 하더니 실실거리며 사라졌다.

학교 축제가 열리는 11월이 되면 분명 많은 것이 달라져 있을 것이다.

우리는 앞으로 어떻게 될까.

현관에서 신발을 갈아 신고 응원단이 만들고 있는 깃발과 패널을 정리하러 갔다.

우리 반 아이들은 없었지만 늦게까지 남아 열심히 패널을 만들고 있는 다른 반 아이들이 보였다. 페인트가 묻은 붓을 들고 여러 명이 하나의 완성품을 만들고 있었다.

"미즈시마는……."

그 광경을 같이 보고 있다가, 근래 들어 드물게 아야네가 먼저 입을 열었다.

"나와 함께 노래 만들던 거, 조금은 즐거웠니?"

망설이긴 했지만 나는 이 물음에 솔직하게 고개를 끄덕였다.

"응. 부실에 가는 시간을 매일 마음속으로 기다렸어."

대화가 조금 더 이어질 거라고 생각했지만 아야네는 아무 말 없이 도구만 정리했다.

'2차 심사도 붙었는데 하루토는 못 들었어?'

그날 밤 켄 아저씨가 아야네의 오디션이 순조롭게 진행되고 있다고 알려줬다.

이후로도 나는 매일 아야네를 도와 자질구레한 일들을 처리했다.

"이제 오지 마."

"혼자 감당할 수 있는 양이 아니라니까. 선생님께 말씀드려서 나도 잡무 담당이 됐어."

"······왜 이래? 정말 모르겠어. 미즈시마가 무슨 생각을 하는 건지 도통 모르겠다고. 나와의 일을 부정하고서, 그런데 왜······."

우리의 관계는 예전으로 돌아갈 수 없었지만, 그것은 그녀의 미래와는 아무런 관계도 없는 일이었다.

"너희들 무슨 일 있었니?"

체육대회를 며칠 앞둔 화요일, 처음으로 켄 아저씨에게 불려갔다. 라이브 공연을 하지 않는 날에 '뜨라또리아 마사'에 온 것도 처음이었다. 켄 아저씨는 카운터석에서 한잔하고 있었다. 나는 그 옆에 앉아 주문한 주스를 마셨다.

"아뇨, 별일 없어요."

"그럴 리가 있나. 오디션은 문제없어 보이지만 아야네가 통 기운이 없단 말이지. 하루토도 그렇고. 역시 무슨 일 있는 거지?"

적당히 얼버무릴까도 생각했지만 켄 아저씨는 진심으로 걱정하고 있었다. 그런 아저씨에게 거짓말을 할 수는 없다.

"······전부 제 잘못이에요. 아야네의 신뢰를 짓밟는 짓을 해서."

이 말이 다소 심각하게 들렸는지 켄 아저씨가 약간 눈을 크게 떴다. 술잔을 기울이면서 캐물었다.

"그게 무슨 말이지?"

"제 존재가 아야네가 가수가 되는 데 방해만 될 뿐이라는 걸 깨달았어요. 그래서 저 같은 건 신경 쓰지 않도록 해야겠다는 마음에······ 결과적으로는 심한 말을 했어요."

망설이기는 했지만 나는 아야네와 있었던 일을 다 털어놓았다.

아야네가 소중하게 생각하고 있던 추억을 '겨우 그런일'이라고 끊어낸 것이며 아야네의 취직에 관해서도 이야기했다.

"그래도 아야네를 정말 소중하게 생각하고 있어요. 하지만 저의 존재가 아야네의 가능성을 제한하는 건 원치 않아요. 아야네는 더 멋진 미래를 손에 넣을 수 있는걸요."

내 말을 다 듣고 난 켄 아저씨는 한동안 아무 말이 없었다.

"대충 상황은 알았다. 하지만 말이다, 그렇다면 네가 아야네를 얼마나 소중하게 여기는지 전하면 좋을 텐데. 그러면 아야네도 더 표정이 밝아질 테고."

그건 꽤 어려운 문제였다. 나는 지금, 아야네를 친구 이상으로 소중히 생각하고 있다. 말하다 보면, 자칫 이런 내 감정까지 전해질 수 있다.

아야네에게 중요한 것은 미래지, 내 감정이 아니다.

"어렵네요. 사람과의 커뮤니케이션은. 이럴 땐 편지가 제 마음을 조금 더 솔직히 전하는 데 도움이 될 것 같지만……."

"그런가? 뭐, 확실히 그럴지도 모르고."

"게다가 아야네와 화해하는 게 제 목적은 아니거든요. 설령 예전 같은 관계로 돌아갈 수 없다고 해도요. 아야네가 가수가 되어서 노래로 많은 사람을 기쁘게 하고 아야네도 기쁘다면……. 고민 같은 거 할 필요 없이 자신의 인생에 만족하며 웃을 수 있으면 좋겠어요."

거기까지 말하고 나서, 너무 말이 많아서 아저씨를 질리게 한 건 아닌가 자조했다.

"사랑이네."

그런 나를 켄 아저씨가 놀렸다. 한바탕 쭉 이야기하고 나니 두 사람 다 잔이 비었다. 켄 아저씨가 내 몫까지 마실 것을 주문했다.

잡담을 나누며 기다리는데 긴 머리의 점원이 카운터석에 잔을 놓아주었다.

"아니, 너!"

그 점원을 보더니 켄 아저씨가 놀랐다. 무심코 그쪽을 쳐다보았는데…… 검은 바지에 흰 와이셔츠를 입은 점원 차림의 아야네가 있었다.

"너…… 오늘은 쉬는 거 아니었어?"

"조금 피곤해서 늦게 온 거뿐이에요. 근데 왜 하루토가 여기 있어?"

아야네는 지금 이 상황이 불편하다는 듯 나를 바라봤다. 아야네가 평일에 가게 일을 돕고 있다는 건 전혀 몰랐다. 하지만 조금만 생각해보면 상상할 수 있었을지 모른다.

"내가 할 말이 있어서 불렀어. 그런데 아야네, 너…… 언제부터 거기 있었니?"

"……조금 아까부터요. 근데 왜요? 들으면 안 되는 얘기라도 했어요?"

"아니, 그런 건 아니지만."

켄 아저씨는 나를 보며 머쓱하게 웃더니 "오늘은 이것만 마시고 가야겠다" 하고 말했다. 켄 아저씨가 내가 마신

음료값까지 계산해주었다. 나는 조금 더 있다가 집으로 돌아왔다.

다음 날 방과 후에도 아야네와 나는 남아서 뒤치다꺼리를 맡아 했다. 다만 아야네가 어딘가 어색해했다. 내게 무슨 말인가 하려다가는 입을 다물었다. 그런 상황이 며칠 동안 계속되었다.

이윽고 체육대회가 열리는 토요일이 되었다. 대회 당일에는 잡무가 적었지만 그 대신 아야네는 오전에만 세 가지 종목에 참가해야 했다.

그런 아야네가…… 장애물 경주를 마쳤을 무렵부터 걷는 모습이 어딘가 이상했다.

"도사카, 괜찮아?"

아야네가 사람이 없는 쪽으로 가는 것을 보고 나도 모르게 따라가서 말을 걸었다. 아야네의 얼굴이 경직됐다. 발 언저리를 보니 발목 부위가 부어오른 것 같았다.

"괜찮으니까 그냥 내버려 둬."

"그럴 수 없다니까."

다행히 놀려댈 만한 녀석들이 주위에 없었기에 나는 아야네를 둘러업고 보건실로 향했다. 살짝 삔 모양이다. 보건 선생님은 처치해준 뒤 안정을 취하라고 말했다.

그때 아야네의 표정이 어두워져 있는 것을 알아차렸다.

"왜 그래? 얼굴색이 안 좋은데."

내 질문에 아야네는 주저하다가 체념했는지 대답했다.

"실은 내일 도쿄에서 3차 심사가 있어. 과제곡을 기타로 연주하면서 부르는 건데…… 발을 삐어서 좀 걱정이네."

아야네가 오디션에 관해 이야기해준 데 놀랐다. 나는 자동차로 집에 돌아가는 게 어떻겠냐고 권했다. 하지만 아야네가 삼촌에게 걱정을 끼치고 싶지 않다고 말해서 보건 선생님의 업무가 끝나는 방과 후까지 보건실에 있기로 했다.

오후에는 아야네가 출전하기로 한 800미터 이어달리기 경주가 열린다. 담당 진행위원을 찾아가 내가 대신 달리겠다고 말하고 있는데, 그새 누구에게 들었는지 같은 반의 화려하게 치장한 여학생 무리가 나타났다. 병문안을 왔다며 보건실로 우르르 몰려가더니 아야네에게 빈정거렸다.

"발 좀 삐었다고 못 달리냐? 혹시 꾀병 부리고 쉬는 거 아냐?"

내가 그 자리에서 그들을 말리려 들자 여느 때처럼 표적이 내게로 옮겨왔다.

여러 가지 힘든 일이 많았지만 어찌 되었든 무사히 체

육대회 일정을 마쳤다.

체육대회가 끝나고 보건 선생님이 퇴근길에 아야네를
집까지 태워다 주기로 했다. 아야네를 부축해서 조수석에
앉히고 배웅하려는데 조수석 창문이 열렸다.

"저기…… 음. 그러니까, 오늘 고마웠어."

2학년 때 상급생에게 둘러싸여 곤욕을 치르는 아야네
를 도와준 적이 있다. 이때도 아야네는 헤어질 때 이렇게
고맙다고 인사했다.

옛날 일을 아련히 떠올리다가 나도 모르게 이렇게 말
했다.

"내일 오디션, 잘될 거야."

이번에도 삐딱한 말투로 뭐라고 받아칠 줄 알았는데,
그녀는 가만히 나를 바라봤다.

"……응."

차창 유리가 올라가고 아야네를 태운 자동차가 떠났다.
내일 오디션이 무사히 끝나기를 바라면서 나는 어스름하
게 저녁노을이 물든 하늘을 흘끗 올려다보았다.

다음 날, 체육대회의 여파로 뻗어 있던 나는 전화벨 소
리에 눈을 떴다.

휴대폰 화면을 보고 깜짝 놀랐다. 상대는 설마하니, 아야네였다. 무슨 일인가 싶어 서둘러 전화를 받았다.

"어쩌면 좋아…… 하루토. 오디션 못 볼지도 몰라."

아야네의 목소리가 떨리고 있었다. 전화기 너머로 신칸센을 타고 이동하고 있는 듯한 소리가 들려왔다.

"응? 못 보다니, 무슨 일이야?"

"악보를, 아무래도 책상에 놓고 왔나 봐. 그래서, 음, 그러니까."

아야네는 약간 넋이 나가 있는 것 같았다. 상황을 확실하게 파악하려고 다시 차근차근 묻자, 오디션 심사용으로 받은 과제곡의 악보를 집에 빠뜨리고 온 것을 조금 전에야 알았다고 했다.

"음은 다 외우고 있지만 내 악보 없이 정확하게 기타를 칠 수 있을지 자신이 없어. 아아, 이젠…… 어제, 자기 전에 괜히 한 번 더 들여다보느라고. 오늘 아침에도 계획한 시간보다 늦게 일어나버렸어. 발을 삐어서 가는 데 시간이 더 걸릴 것 같아 서둘러 나오다가 그만……."

지금까지 여러 차례 봐왔는데, 아야네는 자신이 읽기 쉽게 악보에 색칠을 하거나 메모를 적어가며 나름대로 곡을 연구하곤 했다. 그 악보는 무엇으로도 대체할 수 없을 터였다. 그 때문인지 아야네는 굉장히 풀이 죽어 있었다. 일부러 전화까지 한 걸 보면 보통 다급한 상황이 아니다. 여기서 오디션은 끝이라고 예감하고 있을지도 모른다.

"애써 응원해줬는데, 미안해."

아야네의 목소리가 너무 기운이 없어서 나까지 슬퍼질 지경이었다.

다만 아직 포기하기엔 이르다. 서둘러 시각을 확인해보니 10시 반이었다.

"심사가 몇 시부터야?"

"심사? 오후 3시부터."

그렇다면 아직 방법은 있다. 악보를 찍어서 보내는 방법도 생각해봤지만 스마트폰으로 보기에는 화면이 너무 작다. 아야네와 계속 통화하면서 다른 방법을 생각해봤지만 결국 악보에 세세하게 메모를 해놓았기 때문에 실물이 없으면 곤란하다는 것을 확신했다.

그렇다면…… 직접 가져다주는 건 어떨까? 여기서 도쿄까지 네 시간 정도 걸린다. 그것도 환승 시간이 척척 맞아떨어질 경우의 이야기지만, 그래도 포기하면 모든 게 끝나고 만다.

"아야네, 삼촌에게 연락해서 악보를 '뜨라또리아 마사'

근처 역까지 가져다 달라고 해. 그럼 내가 받아서 도쿄까지 갖다줄게."

"여기까지 어떻게 와! 시간 내에 올 수 있을지도 모르는 일이고."

"해보지 않고는 모르지. 무엇보다 아야네는 그렇게 쉽게 포기할 수 있어? 내가 권하는 바람에 억지로 참가한 건지도 모르지만 지금까지 노력해왔잖아."

울부짖듯 외치는 내 목소리에 아야네의 말문이 잠시 끊겼다.

"……알았어. 그럼 지금 삼촌한테 연락해볼게."

나는 있는 돈을 다 챙겨 지갑에 넣고 서둘러 옷을 갈아입었다. 자전거를 타고 목적지 역까지 있는 힘껏 달렸다. 도착해서 자전거를 주차장에 세우고 있는데 부릉거리는 자동차 소리가 들려왔다.

검은 스포츠카가 역 앞에 멈춰 서더니 운전석에 있던 켄 아저씨가 얼굴을 내민다.

"어서 타, 하루토. 이 역에는 완행열차밖에 서지 않아서 시간 못 맞춰. 이 차로 큰 역까지 일단 가보자고."

그 말이 떨어지기가 무섭게 조수석에 올라탔다. 켄 아저씨가 차를 출발했다.

들어보니 운전이 능숙한 켄 아저씨가 아야네 삼촌에게 연락을 받고 나를 데려다주러 왔다고 한다. 켄 아저씨에게 아야네가 필요로 하는 악보도 건네받았다.

"지금 요시가 환승 시간표랑 세세한 것들을 알아보고 있으니까 전화가 오면 네가 받아."

시골길에서 국도를 향해 자동차를 달리고 있는데 켄 아저씨의 휴대폰이 울렸다.

내가 대신 받자, 베이시스트인 요시 아저씨가 느긋한 말투로 말했다.

"아, 하루토냐? 결론부터 말하면, 11시 30분에 출발하는 신칸센을 타야 제시간에 맞출 수 있어. 신칸센이 다니는 역까지 환승하면 시간이 애매해. 그러니까 켄에게 좀 더 태워다 달라고 해. 차로 신칸센이 다니는 역까지 가는 수밖에 없어."

요시 아저씨의 말을 들은 대로 전하자 켄 아저씨는 걱정 말고 자기한테 맡기라는 듯 미소를 지었다.

켄 아저씨의 애마는 오래된 차종이라 내비게이션이 달려 있지 않았다. 내가 스마트폰 앱으로 도로의 정체 정보를 알려주었고 켄 아저씨는 신칸센을 바로 탈 수 있는 역까지 날아갔다.

심장이 아플 정도로 요동쳤다. 앱이 알려주는 예상 도착 시각은 11시 30분이 지나 있다. 그래도 정체 구간을 피해 신호등이 적은 도로를 선택하자 다행히 예상 도착 시각이 당겨졌다.

드디어 신칸센 역 근처까지 왔지만 도시의 혼잡한 도로 사정에 발목이 잡히고 말았다. 나는 결심했다. 켄 아저씨에게 여기서부터는 뛰어가겠다고 말하고 차에서 급히 내렸다. 그리고 죽을힘을 다해 달렸다. 남들이 이상한 눈으로 쳐다보든 말든 신경 쓰지 않고 나는 도시의 거리를 내달렸다.

꼭 타야 하는 신칸센 발차까지 4분을 남겨놓고 간신히 역 구내로 들어섰다.

시간에 맞출 수 있을지 불안해서 한심하게도 손이 떨렸다.

게다가 나는 지금까지 혼자서 신칸센을 타본 적이 없다. 겨우 발매기를 발견하고 열차 안에서 정산할 생각으로 일단 버튼을 눌렀다.

개찰구를 빠져나와 또 달렸지만 출발 플랫폼이 몇 군데나 되는 바람에 머리가 혼란스러워 그만 발을 멈출 수밖에 없었다. 침착하자, 침착하면 문제없을 거야. 그렇게 스스로를 타일렀지만 머릿속이 새하얘졌다.

기껏 모두가 협력해줬는데…… 코앞에서 놓치고 마는 걸까?

"도쿄, 도쿄행이 어느 쪽인가요? 각 역마다 정차하는 열차 말고요."

주변에 있는 어른에게 물어보고, 타야 할 플랫폼이 어딘지 알아냈다. 정신없이 뛰었다.

내가 타야 할 신칸센은 다행히도 정차 중이었고 올라타자마자 문이 닫혔다.

몸에서는 땀이 쏟아지고 심장이 격하게 고동쳤다. 신칸센이 천천히 움직이기 시작했다.

해냈다. 제시간에 딱 맞췄어…… 나는.

퉁퉁 부어오른 장딴지가 몸을 끌어내리기라도 하듯 그 자리에 털썩 주저앉았다.

가방 안을 확인하니 악보가 분명히 들어 있다. 올라탄 신칸센도 틀림없다.

모두에게 이 사실을 알리려고 스마트폰을 열었더니 아야네에게 메시지가 잔뜩 와 있었다. 음성 입력 보조 기능을 사용해 힘들게 글자를 쳤겠구나.

'정말 미안해, 하루토.'

'계속 못되게 굴고, 그러고도 절박해지니까 부탁이나 하고.'

'오디션 안 본다고 버틴 주제에 말이지.'

'지금 나, 즐거워. 도전한다는 게. 노력하고 도전하면서, 그래서 노래밖에 잘하는 게 없는 나 자신을 점점 인정받는 것 같아서.'

'하지만 무리는 하지 마. 정말, 고마워.'

숨을 돌리면서 아야네가 보낸 메시지를 바라보았다.

신기하게 그것만으로도 보상받은 기분이 들었다.

설사 이 길을 선택한 결과 아야네와 서로 떨어져 살아야 한다고 해도…….

도쿄역에서 아야네를 만나 무사히 악보를 건네주었다.

"하루토, 정말 미안해. 신칸센 요금도 꼭 갚을게."

"아냐, 다들 도와주신 덕분에 시간에 맞출 수 있었던 거야. 난 도쿄 구경 좀 하고서 돌아갈까 해. 그러니까 신경 쓰지 마. 난 괜찮으니까 어서 가봐."

"응……. 정말로, 정말로 고마워."

사실은 관광할 여유도 없었고 신칸센 탈 돈도 모자라 일반 열차를 타야 했다. 그렇게 난 한참을 걸려 집으로 돌아왔다. 나중에 내가 한 거짓말이 아야네에게 들통나는 바람에 야단을 맞았다. 하지만 그때는 지금까지의 일을 서로 사과했다.

"하루토…… 저기, 여러 가지로 미안해. 너만 괜찮다면 화해하고 싶어."

"나야말로 심한 말 해서 미안해. 화해하자."

"자, 그럼…… 악수라도 할까?"

"아야네, 화해하는 방법이 서투네."

그렇게 웃고 나서야 겨우 오픈 캠퍼스 이전의 두 사람으로 돌아갈 수 있었다.

아야네는 3차 심사도 무사히 통과했다. 학교에서는 아야네에게 시비 거는 애들도 있었지만 그녀는 모두 적당히 받아넘겼다.

우리는 다시 부실을 찾아가게 되었고 함께 공부해 기말시험도 잘 넘겼다.

그리고 여름방학이 찾아왔다.

우리에게 이 여름은, 자신의 인생을 바꾸기 위한 여름이 되었다.

나에게는 여름방학이 끝나면 바로 공무원 시험이 기다리고 있었다. 그래서 나는 시험에 대비했다. 문예대회에도 참가해야 해서 올해는 빨리 작품을 제출했다.

한편, 아야네는 여름방학 중에 최종 심사에 참가했다.

최종 심사가 끝난 다음 주에 아야네가 바다에 가자고
제안했다.

그곳에서 나는 그녀에게…….

5

여름 저녁은 늦게까지도 환했다. 전철이 바닷가 역에
다다르자 나는 개찰구를 빠져나갔다.

먼 산에서 들려오는 매미 울음소리를 들으며, 밖에서
기다리고 있는 아야네와 합류했다.

"하루토. 공무원 시험공부로 바쁠 텐데 와줘서 고마워."

낮에는 더우니까 저녁때 만나기로 한 약속이었다. 해
질 녘 노을빛을 받아 아야네가 입은 원피스가 오렌지색으
로 물들었다.

내 손에는 양동이가 들려 있고 그 안에는 아야네가 하
고 싶다고 한 불꽃놀이 폭죽 세트가 들어 있다. 오늘의 목
적은 아야네와 함께 불꽃놀이를 하는 것이다. 그리고 최종

심사에 대한 이야기를 듣는 것이다.

"여름에 둘이서 바닷가에 가는 거, 왠지 커플 같아."

역에서 해변을 향해 걸어가며 아야네가 놀렸다. 오디션, 체육대회, 기말고사에 내 공무원 시험공부까지 최근 반년 동안 많은 일이 있었다.

아야네와 이렇게 여유로운 시간을 보내는 것도 꽤 오랜만인 듯했다.

해변에 도착했을 무렵에는 아직 해가 완전히 저물지 않았다. 산책하는 사람이 가끔 곁을 지나갈 뿐 시골 바닷가에는 사람이 거의 없었다.

수도꼭지를 찾았지만 근처에 보이지 않아서 양동이에 바닷물을 담아 불꽃놀이를 준비했다.

그사이에 아야네는 꺄아꺄아 소리 지르며 맨발로 모래와 파도의 감촉을 마음껏 즐기고 있었다.

"하루토도 해보라니까. 정말 기분 좋아."

"그러면 발이 더러워질 텐데. ……아, 알았어. 알았으니까 잡아당기지 말라고!"

신발을 신은 채로 끌려갈 것 같아서 나도 얼른 신발을 벗고 맨발로 파도를 느꼈다.

아야네가 내 쪽으로 바닷물을 차올리자 물보라가 방울

방울 흩날렸다. 나도 똑같이 바닷물을 차올리면서, 둘이 함께 웃었다. 정말로 아야네와 이렇게 느긋한 시간을 보내는 게 얼마 만인지. 주위가 어둑어둑해질 때까지 그렇게 놀다가 불꽃놀이를 시작했다.

우선 손에 들고 불꽃을 피울 수 있는 막대형 폭죽을 먼저 시작하려 했으나 갑자기 아야네가 설치형 대형 폭죽을 집어 들었다. 몇십 개의 작은 불꽃이 빗소리처럼 터지며 힘차게 뻗쳐올랐다.

"우와! 이게 불꽃놀이구나."

"엄청 좋아하네. 혹시 처음이야?"

"멀리서 쏘아 올려진 불꽃놀이는 본 적이 있는데 직접 하는 건 처음이야."

나도 그렇게 많이 해본 건 아니지만 간단히 설명해주었다.

이번에는 '스스키'라고 하는 불꽃 막대에 불을 붙였다. 이름 그대로 불꽃이 억새풀 이삭처럼 긴 꼬리 모양을 그리며 밤바다의 일부분을 노랗고 빨갛게 물들였다.

"이런 게 바로 운치지!"

"운치와는 꽤 거리가 먼 말투인데? 아까부터 왜 그래?"

아야네는 직접 불을 붙이는 불꽃놀이가 정말로 처음인

듯 무척 들떠 있었다.

다양한 모양의 불꽃을 쏘아 올리며 함께 즐거워했다. 불꽃의 아름다움보다도 그 놀이를 천진하게 즐기고 있는 아야네의 옆얼굴에 마음을 빼앗기기까지 시간은 얼마 걸리지 않았다.

아야네와 눈이 마주쳤다. "재밌어" 하고 말하며 그녀가 웃었다. 내 가슴은 행복하면서도 아팠다.

어쩔 수 없이, 사랑에 빠진 나 자신을 깨닫는다.

그 후에도 즐거운 시간은 계속되었다. 설치형 불꽃놀이부터, 절대 빠뜨릴 수 없는 선향 불꽃놀이까지 전부 마치고 나서 우리 두 사람은 바닷가에 앉아 바다를 바라보았다.

쏴아쏴아 파도가 모래를 씻어내는 소리가 두 사람 사이를 메우고 있다.

조금 전까지만 해도 신이 나서 놀던 것이 거짓인 것처럼 아야네가 차분한 목소리로 말했다.

"최종 심사…… 말인데, 다음 주에는 결과가 나온대."

나는 뭐라고 대답해야 할지 몰라서 가만히 그녀를 바라봤다.

"그래?"

내 눈에, 아야네는 어딘가 낙심해 있는 듯 보였다. 최종

오디션에서 실수라도 한 걸까? 하지만 그렇지는 않은가
보다.

"사실은 지금도 망설이고 있어……. 이렇게 말하면 하
루토 화내려나."

"망설이다니 뭘?"

"가수가 되어서 도쿄로 가는 거."

나는 신중하게 말을 골라야 했다. 입을 다물고 있자 아
야네가 말을 이었다.

"최종 심사 때, 다시 한번 이런 말을 들었어. 만약 이 심
사에 합격하면 고향을 떠나 혼자 살게 된다. 친구나 가족
도 한동안 만나지 못할 거고, 연애도 자유롭게 할 수 없
다……, 라고."

아야네가 참가한 오디션을 개최한 곳은 누구나 다 아는
대형 레코드 회사다. 그 오디션에서 뽑힌 신인 가수에게
스캔들은 당연히 금물일 터였다. 진즉부터 알고 있던 일이
기도 했다. 잠자코 있는데 나를 바라보는 아야네의 시선이
느껴졌다.

"하루토."

파도 소리를 들으며 아야네의 눈을 마주 보았다.

"내가 만약 합격해서 도쿄로 간다면…… 하루토는 어떡

할 거야?"

밤의 어둠은 나와 아야네 사이를 가로막는 장애물 따위는 아무것도 없다는 듯 착각하게 만들었다. 아야네가 자신의 재능을 살릴 수 있는 세상으로 나가는 것은 내가 바라던 바다.

더구나 그런 기회는 좀처럼 찾아오지 않는다.

말리다니, 있을 수 없다.

"어떡하긴 뭘 어떡해?"

내가 간결하게 대답하자 아야네는 잠시 말이 없었다.

"……하루토는 내가 도쿄로 가도 아무렇지 않구나."

"그런 거 아냐. 하지만 내가 할 수 있는 건, 너를 배웅해 주는 거, 그런 정도니까."

그러자 그녀는 생각지도 못한 말을 했다.

"가수 되는 거, 그만둘까 봐."

"무슨 소리야? 그렇게 노력하고선."

"그렇잖아, 그게…… 도쿄에는 하루토가 없으니까."

그 한마디에 나는, 내가 약간 싫어졌다. 나 같은 거 없었더라면 아야네는 아무 망설임 없이 도쿄로 갔을까.

아니, 그것도 자의식과잉이겠지. 지금까지 동아리 친구라는 명목으로 둘이서 많은 일을 함께해왔지만 앞으로는 혼자가 된다. 쓸쓸할지도 모른다.

"도쿄에는 내가 없어도 예능계라는 보통 사람이 체험할 수 없는 세계가 있어. 향수병이라고 하나? 아야네는 그런 걸 상상하고 쓸쓸해진 것뿐이야. 막상 가보면 의외로 아무 것도 아닐 거야. 너 자신을 감출 필요도 없고 분명히 친구도 생길 거야."

내가 차근차근 말하자 아야네가 고개를 떨궜다.

"향수병이나 친구, 그런 거 아니야."

그러더니 아야네는 한동안 아무 말도 하지 않는다. 나도 더 할 말이 떠오르지 않았다.

하지만 나는 이 상황에서 분명하게 말해둘 필요가 있었다.

"불안한 마음도 잘 알지만 괜찮을 거야. 아야네의 노래는 많은 사람의 마음에 다다를 거야. 심사에 붙으면 꼭 가수가 돼야 해. 응원할게. 나는 이 마을에서."

나는 그렇게 말하고는 일어서서 뒷정리를 하기 시작했다.

아야네는 곰곰이 생각에 잠겨 있다. 내가 정리를 마친 뒤에도 아직 무언가를 골똘히 생각하고 있었다. 그런 아야네 곁에 다시 앉았다. 그녀가 줄곧 숙이고 있던 얼굴을 들었다.

"알았어. 미안해…… 난처하게 해서. 그럼 대신 추억을 만들어줘."

"추억?"

아야네의 마음속에서 어떤 갈등이 있었는지는 모른다. 하지만 예상하지 못했던 말이기에 당황스러웠다.

"응. 도쿄에서 열심히 할 테니까. 그러니까……."

다시 눈을 마주 바라보자 아야네가 자그맣게 속삭였다.

"키스해줘."

나는 잠깐 말을 잃었다.

"왜?"

"왜라니……."

아야네가 부끄러운 듯이 미소를 띠고 있다. 그런 걸, 설마, 하지만.

"나, 하루토 좋아해."

사고가 멈춘 듯 머릿속이 새하얘졌다. 아야네가, 나를?

"거짓말!"

"거짓말 아냐."

"또 놀리는 거지?"

"이런 상황에서 그럴 리가 없잖아."

말처럼 진지한 표정으로 그녀는 나만을 바라보고 있었다.

밀려왔다 밀려가는 파도 소리와 눈앞에 있는 아름다운 사람만이, 내 세계의 전부가 되었다.

망설이듯이 아야네가 한 번 고개를 숙였다가 다시 얼굴을 들었다. 애써 웃고 있었다.

"하루토가 혹시, 나를 좋아하지 않는다 해도 괜찮아. 그래도 나는 좋아하니까. 가수가 되면 여러 가지 참고 노력해야 할 일이 많겠지. 그래도 오늘 일을 추억으로 간직하면서 노력할게. 그러니까, 제발!"

그렇게까지 말하자 거절할 수가 없었다. 아야네가 가만히 눈을 감았다. 노래를 부를 때처럼. 처음으로 맞닿은 그녀의 입술이 미세하게 떨렸던 것 같다.

그로부터 일주일 후에 아야네에게서 메시지를 받았다.

'최종 심사 붙었어. 내년 4월에 데뷔해.'

6

여름이 막바지에 다다르는 동시에 아야네와 나의 인생은 서서히 멀어지기 시작했다.

나는 코앞으로 다가온 공무원 시험에 대비해 공부에 집중했다. 아야네는 오디션에 합격한 사실을 학교에 알리고 레코드 회사 관계자와 함께 앞일을 의논했다. 미팅 때문에도 도쿄에 자주 다녀왔다.

아야네가 내년 봄에 데뷔한다는 건 아직 비밀이어서 나외에 다른 동급생들은 아무도 모른다.

나는 9월에 필기시험을 마치고 10월에 그룹토론과 논술시험을 치렀다. 지금까지 들인 노력이 결실을 맺어 11월에는 최종 관문인 면접까지 가게 되었다.

우리는 이 시기에, 이렇게 각자의 미래로 나아가기 위한 준비를 하고 있었다.

방과 후에 아야네와 부실에서 만나는 일도 없어졌다. 노래도 만들지 않고 있다.

반 아이들도 각자 취업 활동을 하느라 아야네를 더 이상 괴롭히지 않았다.

무엇보다 아야네가 바빠서 교실에 얼굴을 내미는 일이

드물었다.

취업반만 뻥 하고 구멍이 뚫린 것처럼 인원이 줄어들었다.

그래도 귀갓길에 서로 시간이 맞으면 나는 자전거를 끌고 아야네와 함께 역까지 걸었다.

아야네는 마치 여름 바닷가에서 아무 일도 없었던 듯이 즐거운 표정으로 말을 건네왔다.

나만 그녀의 입술을 의식하고 있었다.

서로의 앞에 놓인 여러 일들이 어느 정도 정리될 즈음에는 학교 축제도 끝나 있었다.

"있잖아, 하루토. 기말고사 끝나면 우리 어디든 놀러 가지 않을래?"

부실에서 함께 시험공부를 하다가 아야네가 놀러 가자고 말했다.

나는 그때까지도 내 감정에 매듭을 짓지 못하고 있었다.

분명 아야네는 내가 자신을 좋아한다는 사실을 눈치채지 못하고 있다. 나도 밤바다에서 확실하게 대답하지 않았다. 그래도 괜찮다고 아야네는 말했다.

내가 만약 내 감정을 그녀에게 전한다면……, 어떻게 될까.

그런 생각을 하면서도 나는 그녀의 제안에 고개를 끄덕

였다. 아야네는 유난히도 좋아했다.

12월이 되어 기말고사가 시작되었고 아야네는 낙제 과목 없이 시험을 통과했다.

그 무렵 공무원 시험의 최종 결과가 나왔다. 다행히도 합격이었다. 할머니와 할아버지는 물론, 주변 사람 모두 기뻐해주었다.

다음 토요일에는 내 공무원 시험 합격을 축하할 겸 아야네와 놀이공원에 가기로 했다. 겨울의 놀이공원은 독특한 분위기가 있었다. 추워서인지 붐비지 않았고 야외에 있는 놀이기구들은 대부분 줄 서서 기다리지 않고도 바로 탈 수 있었다.

아야네는 많이 웃었다. 부실에 있을 때보다 더 해맑은 표정으로 웃었다. 익스트림 놀이기구를 탈 때는 소리를 질러댔고 회전 커피잔에서도 힘껏 핸들을 돌려가며 신나했다.

놀이공원 안에 있는 식당에서 점심을 먹었다. 추워져서 오후에는 실내 놀이기구를 타기로 했다.

아야네가 원해서 귀신의 집에 들어갔지만 얼마 못 가 그녀가 발걸음을 멈췄다.

"뭔가 생각보다 무서운 것 같아. 귀신의 집이 이런 거였어?"

확실히 내부를 아주 공들여 꾸며놓았다. 단순히 컴컴한
데서 귀신이 튀어나오기만 하는 게 아니라 절묘하게 엮은
콘셉트로 하나의 스토리가 짜여 있었다.

"하루토. 손, 잡아도 돼?"

"응?"

"아니, 무섭기도 하고 그렇다고 되돌아가기는 분해서
말이지. 도와줘."

망설이기는 했지만, 정말로 아야네는 겁을 잔뜩 집어먹
고 있었다. 아야네가 원하는 대로 손을 잡았다.

그 감촉에 멍해져서 나는 귀신의 집에 집중할 수 없었다.

귀신의 집을 나와서도 여전히 아야네는 내 손을 꼭 붙
잡고 있었다.

아무 말 없이 그 손을 쳐다보고 있자 그녀가 부끄러운
듯 말했다.

"조금만 더…… 괜찮아? 거봐, 이런 계절에는 춥다니까."

마다하려면 할 수 있었다. 어떻게 할까 생각하는데 아
야네가 말을 이었다.

"하루토가 나랑 사귀지 못한다는 건 알아. 소속사에서
도 연애는 금지하고 있고. 하지만 말이야, 매번 이거 사용

하기도 비겁하지만, 추억으로."

아야네와 사귄다? 순간, 그 유혹에 질 것만 같았다.

하지만 그래서는 안 된다. 그것은 그녀의 미래를 방해하는 일이다.

나는 어떻게 해야 할까. 아야네에게 필요한 건 뭘까.

'미안해…… 난처하게 해서. 그럼 대신 추억을 만들어줘.'

'매번 이거 사용하기도 비겁하지만, 추억으로.'

이때 문득, 아야네가 했던 말들을 떠올렸다.

아야네가 미련 없이 도쿄에서 가수로 활동할 수 있게 고향에서 추억을 만든다.

하지만 결코, 나는 내 마음을 드러내지는 않을 거다.

지금까지 고민하던 일이 한순간에 깨끗이 정리되었다. 그래, 이걸로 된 거야.

이게 바로 아야네를 위한 일이다. 더도 덜도 말고.

"알았어. 자, 그럼 추억 만들기!"

내가 그렇게 응해주자 정말로 기뻐하며 아야네가 웃었다.

그러고 나서도 실내 놀이기구를 차례차례 타며 놀았다. 거울의 집에서는 손을 잡은 채 산책했고 나는 몇 번이나 벽에 부딪혔다. 그런 내 모습을 보고 아야네가 웃음을 터뜨렸다.

밤이 되자 공원 내의 조명이 하나씩 켜졌다. 장소는 다르지만 작년 크리스마스이브에 타지 못했던 관람차도 이 놀이공원에 있었다.

아야네가 작년의 아쉬움에 대한 복수전으로 관람차를 타자고 말하는데 휴대폰이 울렸다. 아야네의 전화였다. 아마도 레코드 회사에서 걸려온 것 같았다. 아야네는 존댓말로 대답했다. 남의 대화를 엿듣는 것도 좋지 않아 보여서 나는 살짝 자리를 비켜주었다.

공중을 올려다보자 관람차가 돌아가고 있었다. 지금이라는 시간을 멈출 수는 없지만, 적어도 이 관람차처럼 천천히 흘러가기를 바랐다.

통화를 끝낸 아야네가 나를 보더니 다시 손을 잡았다.

"관람차는 다음에 타자."

'다음'은 오지 않을 거라고 생각했지만 나는 그렇게 말했다.

관람차 안에서 둘만 있게 되면 내 감정을 억누를 자신이 없었다.

하지만 아야네는 내 말을 다른 의미로 받아들였는지 "응, 알았어. 다음엔 꼭 타자" 하고 결심했다는 듯이 웃어 보였다.

2학기가 끝났다. 크리스마스이브에는 작년과 똑같이 역 앞에서 라이브 공연이 열리는 모양이었지만, 아야네는 레코드 회사와의 관계도 있어 올해는 참가하지 않았다.

아야네가 데뷔 준비에 쫓기느라 올해 크리스마스이브는 각자 지냈다.

그 대신 새해가 되어 첫 참배를 함께 하러 갔다. 켄 아저씨와 요시 아저씨 그리고 마사후미 삼촌까지 밴드 멤버들도 같이 가서 정초 연휴를 왁자지껄하게 보냈다.

그제야 들었지만, 4월에 도쿄로 가는 사람은 아야네만이 아니었다.

오디션에 보낸 곡에서 각각 기타와 베이스를 담당했던 켄 아저씨와 요시 아저씨도 스카우트되어 아야네의 서포트 멤버로서 도쿄로 가게 되었다고 한다.

겨울방학 동안에는 아야네와 둘이서만 만나기도 했다. 가고 싶은 카페가 옆 동네에 있다고 해서 함께 가주었다. 아야네는 나를 보면 부드러운 표정이 되었다.

다만 만나면 만날수록, 아야네가 웃는 얼굴을 보여주면 보여줄수록, 나는 괴로웠다.

둘이 서로 좋아한다는 사실은 나 혼자만 알고 있다.

자칫 방심하면 감정이 넘쳐흘러 말이 되어 나올지도 모

른다. 하지만 그래서는 안 된다. 아야네는 미련 없이 고향에서의 사랑을 끝내고 깔끔한 기분으로 도쿄에 가는 거다.

드디어 3학기가 시작되었다.

아야네는 본격적으로 바빠져서 학교에 얼굴을 비치지 않게 되었다. 그래도 휴일에는 다른 일정이 없으면 같이 놀러도 가고 우리 집에 오고 싶다고 투정을 부려 놀러 오기도 했다.

그때 할아버지, 할머니와도 만났는데, 서로 엄청 조심하면서도 왠지 즐겁게 이야기를 나눴다. 여태까지 내가 집에 친구를 데려온 적이 한 번도 없었기 때문에 할아버지와 할머니는 무척 좋아하셨다.

2월이 되어 문예대회 결과가 나왔다. 결과는 예상치도 못한 최우수상이었다.

아야네를 비롯해 많은 사람이 축하해주었다.

처음에는 사양하려 했지만 할아버지와 할머니가 강력히 권해서 도쿄에서 열리는 시상식에 참가했다. 신문에도 얼굴과 이름이 실렸다. 내 인생의 하이라이트가 이때였다.

시상식이 끝난 후 수상자들 간담회가 마련되어 있었으나 가정 사정을 이유로 정중히 거절했다. 그날로 돌아가야 해서 신칸센 승강장에 서 열차를 기다리고 있는데 뒤쪽에서 누군가 말을 걸어왔다.

"어머나, 거기 계신 분은 혹시 미즈시마 하루토 선생님 아니신가요?"

일 때문에 이틀 전부터 도쿄에 와 있던 아야네와 함께 돌아가기로 약속했었다.

"다시 한번 축하해. 정말 대단하다. 이제 하루토의 시가 계속 남아 있는 거네."

신칸센 좌석에 나란히 앉아 아야네가 흥분한 표정으로 말했다.

"출간되는 것도 아닌데 거창하게 그러지 마. 금세 사라질 거야."

"그렇지 않아. 확실히 남을 거야, 하루토의 시는. 적어도 내가 기억할 거니까."

아야네는 순수한 눈빛으로 나를 보고 있었다. 그런 그녀도 4월이 되면 가수 활동을 시작한다. 이처럼 편하게 대화할 일도 없어지겠지.

"미팅은 어땠어? 그…… 두 달 후에는 발매되는 거지?"

내가 물어보자 아야네는 살짝 고개를 숙였다.

"아, 응……. 예정대로 되어 가."

아야네와 나의 이별은 어김없이 다가오고 있었다. 서로

잠시 아무 말도 하지 않았다.

"하루토."

나를 부르는 소리에 시선을 아야네에게로 돌렸다.

"추워서 손이 좀 시리네. 손…… 잡아줄래?"

아야네가 데뷔하면 편하게 이야기하거나 나란히 앉기는커녕 손도 잡을 수 없다. 어쩔 수 없네, 라는 분위기를 풍기며 나는 그녀의 말대로 따랐다.

아야네의 손은 조금도 차갑지 않았고, 따뜻하기만 했다.

어느새 겨울이 시작되었나 싶더니 또 어느새 끝났다.

그리고 봄이 왔다. 이별의 계절이, 찾아왔다.

7

졸업식 다음 날, 도쿄로 향한 사람은 아야네 혼자였다.

베이시스트인 요시 아저씨는 이미 도쿄에 아파트를 빌려서 진작 이사했다. 근무하던 설계 사무소를 그만두었다고 했다. 켄 아저씨도 도쿄에 아파트를 빌린 것 같았지만 내일모레 출발한다.

아야네가 떠나는 날 아침에는 켄 아저씨가 자동차로 우리 집까지 데리러 와주었다.

둘이 '뜨라또리아 마사'에서 가장 가까운 역으로 향했다.

켄 아저씨, 요시 아저씨 외의 밴드 멤버들과 마사후미 삼촌 그리고 아야네는 꽤 일찌감치 와 있었는지, 우리가 도착했을 때는 이미 작별 인사를 거의 마친 분위기였다.

"아야네, 건강하게 잘 지내."

"힘들면 언제든 집으로 돌아와, 알겠지?"

밴드 멤버들과 마사후미 삼촌이 아야네에게 마지막으로 한마디씩 하고 먼저 돌아갔다.

고향에 남은 밴드 멤버들은 새로 밴드를 결성해 마사후미 삼촌네 레스토랑에서 연주를 계속할 거라고 했다. 나는 사회인이 된 뒤에도 시간을 내 그들의 연주를 들으러 갈 생각이다.

그 자리에 남겨진 아야네와 마주 보았다. 기분이 이상했다. 눈앞에 있는 그녀가 너무나도 잘 아는 사람인데, 마치 모르는 사람처럼 보였다. 평소와 분위기가 달라서일까. 이별의 날이어서 그런 걸까.

아야네는 아직 나의 마음을 알아채지 못하고 있을 터였다. 이제 오늘, 하루만 잘 넘기면 이것으로 끝난다. 아마도 이제 우리는 쭉 친구로 남을 수 있다.

켄 아저씨가 "차에서 기다리마"라고 말하며 내 어깨를 두드리고 돌아가자 아야네와 둘만 남았다.

"왠지 이런 분위기, 어색하네."

아야네의 말에 애매한 웃음을 흘렸다. 서서 이야기하기도 뭐해서 무인역사로 들어갔다. 나는 입장권이라고 하는, 개찰구를 한 번만 출입할 수 있는 표를 발매기에서 구입했다.

각자 개찰구를 빠져나가 상행 열차 쪽 의자에 나란히 앉았다.

플랫폼에는 아야네와 나 말고는 아무도 없었다.

아주 평범한 무인역사지만 맞은편 플랫폼 뒤편에 벚나무가 심겨 있다.

영원한 무언가를 떠올리게 하듯 벚나무가 꽃잎을 떨어뜨리고 있었다.

다음 열차가 오기까지 20분쯤 남았다.

오늘이라는 날을 나는, 예사로운 이별의 날로 넘겨야만 한다. 아야네에게 새로 살 집에 관해 물었다. 도쿄에는 좀 적응이 되었는지, 자취생활은 어떤지 등 그런 시답잖은 이야깃거리를 골랐다.

아야네는 내 질문에 하나하나 대답해주었다. 가끔 웃기도 했다.

다음에 우리가 언제 만날 수 있을지, 그건 모른다.

아야네가 데뷔하면 편하게 메시지를 주고받을 수도 없다. 아야네의 개인 휴대폰은 회사가 사용을 제한할 거라고 들었다.

문득 휴대폰을 들어 시각을 확인했다. 아직 시간이 남아 있었다.

그다음 화제를 찾으려다가 그만 입을 다물고 말았다.

"하루토."

아무 말 없이 있던 나는 이름을 불리자 그녀에게로 시선을 돌렸다.

"지금까지 정말로, 고마웠어."

아야네는 산뜻한 표정이다. 그래서 안심했다.

그녀는 깔끔하게 고향에서의 일을 과거로 넣어두려 하고 있다. 앞을 향하고 있다.

"나야말로 고마워. 아야네 덕분에 매일 즐거웠어."

웃음을 보이며 대답하자 아야네도 미소를 띠었다.

"하루토를 알고 1년 반 동안은 즐거워서 눈 깜짝할 사이에 시간이 지나갔어. 그리고 그냥 지나간 게 아니라 하루토가 내게 길을 열어줬어. 고맙다는 말로는 부족해."

나는 그 말에 가벼운 농담으로 대꾸하려고 했다.

그럼, 유명해지면 맛있는 걸로 한턱 쏴. 그런 식으로, 가볍게.

하지만 눈이 마주치자 그런 말은 나오지 않았다.

아야네는 눈동자에 눈물을 머금고 있었다. 봄날의 햇살이 반사되어, 그것이 반짝였다.

"아야네……."

"응? 아, 나 왜 이러지…… 울려고 한 게 아닌데. 미안."

그렇게 말하고 아야네는 손수건을 꺼냈다.

나는 어떻게든 가볍게 농담을 건네려고 했다. 하지만 역시 하지 못했다.

아야네는 내가 2학년 크리스마스이브에 선물로 준, 그 손수건을 들고 있었다.

"그거…… 갖고 있었구나."

나도 모르게 손수건을 화제로 꺼내고는 그 순간 바로 후회했다.

그 화제는 별로 좋지 않다. 내 마음에 그때의 감정이 되살아났다.

아야네를 좋아한다는 마음을 처음 깨달았던, 그 크리스

마스이브의 일이…….

"응. 보물이라서 장식해놓을까도 생각했어. 하지만 가까이에 두고 싶어서 소중히 쓰고 있어."

어떤 화제로 돌리면 좋을까. 머뭇거리고 있는데 아야네가 계속 말했다.

"하루토는 그 손수건, 쓰고 있어?"

"아…… 으, 응. 가끔 써."

너무 소중해서 사용하지 못하고 귀하게 모셔놨다고는 말할 수 없었다.

"그렇구나……. 다행이다. 실은, 지금이니까 말하는 건데. 그 선물을 줬을 때는 하루토를, 좋아하고 있었어."

나는 아무 말도 하지 못했다.

적어도 잠자코 있으면 오늘이라는 날을, 쓸데없는 말을 하지 않고 잘 넘길 수 있다.

아야네가 그런 나를 보고 나긋하게 웃었다.

"하루토와 지낸 날들은 전부 좋은 추억이야. 그 여름 바다에서의 일도 나, 잊지 않을 거야. 그때의 추억을 떠올리면서 열심히 할게. 멋진 추억을 만들어줘서 정말 고마워."

나도 애써 웃어 보였다.

"도쿄에서도 열심히 해."

지금 여기서 내 마음을 털어놓는 건 쉽다. 줄곧 좋아했다고.

하지만 그건 그저 내 마음 편하자고 하는 말일 뿐이다. 아야네를 위하는 일이 아니다.

이윽고 역에서 벨이 울렸다. 열차가 들어오고 있다는 안내 방송이 흘러나왔다.

이제 정말로 우리는, 헤어진다.

아야네가 가방을 들고 일어섰다. 개운한 표정이었다.

나도 아무렇지 않은 듯 몸을 일으켰다.

몸이 무겁다. 자칫 잘못하다가는 이 이별에 울어버릴 것만 같다.

역 플랫폼으로 열차가 들어온다. 소리를 내며 문이 열렸다. 아야네가 등을 펴고 당당한 걸음걸이로 문 저편으로 들어간다.

열차 안에서 이쪽을 돌아보고 나와 마주 섰다.

"다녀올게."

아야네가 길을 떠날 때 하는 인사를 건네고 나도 그에 맞춰 대답했다.

"잘 다녀와."

아야네가 눈으로 웃으며 입가에 미소를 띠었다.

아야네의 표정이 순간 뭔가를 깨달은 듯했다.

"아, 미안. 의자에 뭘 놓고 온 것 같아. 확인해줄래?"

"어? 알았어."

조금 전 아야네가 앉아 있던 의자로 황급히 돌아갔다.

그곳에는 편지가 한 통 놓여 있었다.

어떻게 된 일일까. 이게 아야네가 놔두고 온 물건인 건가?

손에 들고 아야네에게 돌아가려 했지만 그땐 이미 문이 닫혀 있었다.

멀거니 아야네를 바라보자 그녀는 창 너머로 무언가를 말하려 하고 있었다.

"사랑해, 하루토."

착각일지도 모른다. 하지만 그렇게, 아야네의 입술이 움직인 것 같았다.

아야네의 눈에는 눈물이 어려 있는 듯했다.

열차가 움직이기 시작하자 아야네가 나를 향해 손을 흔든다.

나는 그녀를 보낸다. 그 자리에 꼼짝 않고 서서 멀어져 가는 열차를 바라보았다.

시야의 끝에서 벚꽃이 끝없이 떨어져 내리고 있다.

봉해진 편지에 시선을 떨궜다. 뒤집었더니 낯익은 아야

네의 글씨가 보였다.

하루토에게. 그렇게 쓰여 있었다.

아야네는 이 편지를 내게 주려고, 힘겹게 한 글자, 한 글자 써 내려간 걸까.

봉투를 열고 안에서 편지를 꺼냈다. 그리고 나는 아야네에게 어떤 고백을 받았다.

하루토가 나를 좋아한다는 걸 눈치채고 있었습니다.

말할 수는 없었지만, 그날 하루토와 켄 아저씨가 하는 말을 들었거든요.

좋아하는 마음만으로는 계속 함께 있을 수 없구나.

하지만 언젠가 하루토와 계속 함께 있을 수 있는 사랑을 하고 싶습니다.

다시 하루토와 만날 날을 나는 꿈꾸고 있어요. 그래도 되겠지?

4월이 되자 도사카 아야네는 '아야네'라는 이름으로 데뷔했다.

화려한 세계에서 데뷔곡을 노래하는 그녀는 청아함이 넘쳤고, 그러면서도 강인했다.

나는 가능한 한 그녀의 활약을 지켜보려고 했다.

하지만 언제부턴가, 왠지 그게 잘 되지 않았다.

멀리 있구나, 하는 느낌이 들었다. 나와 그녀의 거리는 너무나도 멀구나, 하고.

아야네의 마음은 알고 있었고 그녀를 향한 나의 마음도 변함없다. 하지만, 가수로서 활약하는 그녀와 나를 도저히 같은 현실로 생각할 수가 없었다.

그야말로 둘이서 지낸 날들도, 마음도, 사춘기가 보여 준 환상 같은 것이었는지 모른다.

시골에서 공무원이 된 나는 묵묵히 성실하게 그저 열심히 일했다.

아야네를 잊으려고까지 생각했다.

하지만 세상은 나를 그렇게 내버려 두지 않았다. 아야네가 소속된 레코드 회사는 미디어와의 제휴 능력이 뛰어난지 드라마 주제가와 TV 광고 등에서 그녀의 노래를 들을 기회가 늘어났다.

인터넷에서 뭔가를 검색할 때면 아야네에 대한 기사나 평판이 시야에 따라 들어왔다.

직장에서도 마찬가지다. 식당에서는 마치 그녀를 잘 알고 있는 듯 아야네에 관해 열심히 떠드는 다른 과 직원의 말소리가 귀에 들려왔다.

고교 동창생들에게도 연락이 왔다. 굳이 직장까지 찾아오는 사람도 있었다. 모두 내가 아직 아야네와 연락하며 지낼 거라고 생각했다. 개중에는 사귀었다고 오해하는 사람도 있었다.

아야네가 난독증이라는 사실을 소문냈던 그 애들까지 나를 찾아왔다. 3학년 때 같은 반이 되어 아야네에게 시비를 걸던 여학생도 함께였다.

그들은 아야네와 내게 사과하고 싶다고 말했다. 그러더니 앞으로 친하게 지낼 수 없겠느냐고 했다. 그들은 입을 모아 가수인 아야네를 칭찬했다. 나는 그들에게 아야네와는 더 이상 연락하지 않는다고 말했지만 그들은 내 말을 믿지 않았다. 아야네가 고향에 오면 그때는 함께 만나자는 말을 남기고 돌아갔다.

그 모습을 보았는지 직장 선배가 아야네와 동창이었냐며 놀라워했다.

얘기해본 적도 거의 없어요, 하고 대답하자 겉모습만 봐도 우리와는 사는 세계가 다르지, 라며 별 의심 없이 웃었다.

그 말이 맞다. 아야네와 나는 처음부터 사는 세계가 달 랐다.

이렇게 도사카 아야네는, 가수 아야네가 되어 점점 유 명해졌다.

데뷔하고 반년이 지나자 내게는 손에 닿지 않는 사람이 되었다.

제4장

둘이 되기 위한
혼자

1

지금까지 나는 살아오면서 아야네와 함께한 일에 대해 상세히 말한 적이 없다.

고등학교 시절에 있었던 여러 가지 일은 내 가슴속에만 살며시 담아두었다.

조수석에 앉아 있는 사랑해마지않는 '그녀'는 여기까지 내 이야기를 듣더니 크게 숨을 토해냈다.

"그렇구나. 그런 일이 있었구나."

그녀는 이렇게 말하고 나서 맑지도 흐리지도 않은 어중간한 하늘을 올려다본다.

이때 갑자기 운전석 옆 창문을 노크하는 소리가 들렸다.

"둘만의 다정한 시간을 방해해서 미안하지만 말이야, 이제 슬슬 음을 맞춰봐야 할 시간이야."

차 창문을 내리자마자 켄 아저씨에게 그런 말을 듣고 말았다.

예정보다 10분 정도 늦었다. 늦은 데 대해 사과하자 "아무도 신경 안 써"라며 나의 기타 스승 켄 아저씨가 웃음을 터뜨렸다.

그녀와 차에서 내렸다. 내가 뒷좌석에 놓인 기타를 꺼내는 동안, 홀가분해 보이는 그녀는 켄 아저씨와 뭔가 이야기를 나누고 있었다. 여느 때처럼 농담이라도 주고받는 모양이다.

"다정하다는 건요, 아저씨. 이런 걸 말하는 거예요."

무슨 재미있는 얘기가 오갔는지 모르지만 그렇게 말한 그녀가 내게 다가와 팔짱을 꼈다.

"두 사람, 진짜 사이좋네."

그녀에게 팔을 붙들린 채 셋이서 '뜨라또리아 마사'로 향했다.

가게 문을 열고 마사후미 삼촌에게 인사한 뒤 대기실로 쓰는 예전 스태프룸으로 발걸음을 옮겼다.

"어이쿠, 부러우면 지는 건데."

그곳에는 그리운 예전 밴드 멤버들이 모여 있었다. 베이시스트인 요시 아저씨도 참가해주었다. 늦었다고 사과했지만 정말 누구 한 사람 개의치 않았다.

잠시 잡담을 나눈 뒤 리허설을 하기 위해 레스토랑 안에 있는 스테이지로 올라갔다. 보컬인 그녀는 한껏 의욕에 차 있었다. 전체적으로 악기의 음정을 맞추고 진행 확인을 끝냈다. 이제 본무대 공연을 기다리기만 하면 된다.

오늘 켄 아저씨는 출연하지 않는다. 그는 가게 안에서 나의 '활약'을 지켜봐 주기로 했다.

대기실로 돌아가자 밴드 멤버 모두가 마음 편히 수다를 떨기 시작했다.

나는 긴장한 탓인지 나도 모르게 잘 닦인 일렉트릭 어쿠스틱 기타의 표면을 멍하니 바라봤다. 그런 내 상태를 알아차리고 라이브 공연에 익숙한 그녀가 말을 걸어왔다.

"아직 시간 있으니까 밖에서 얘기 좀 더 들려주면 안 돼?"

망설였지만 여기서 긴장한 채로 기다리느니 그게 더 나을 것 같아 그러자고 했다.

레스토랑 뒷문을 통해 밖으로 나가자 하늘이 서서히 진홍빛으로 물들어가고 있었다.

세상이 온통 타오르는 듯한 빛깔을 띠고 있었다.

나는 지나간 날들을 떠올리며 그때의 일을 차분히 이야 기하기 시작했다.

2

아야네가 떠나가도 내 인생은 전혀 달라지지 않을 거라 고 생각했다. 애초에 나의 세계에 그녀는 없었으니까. 그 저 원래대로 돌아갔을 뿐이다.

부모님 대신 나를 길러준 할아버지와 할머니를 돌봐드 리면서 마을 관공서에서 공무원으로 조용하게 살았다. 내 가 그려오던 바로 그런 인생이다.

생각했던 것과 유일하게 달라진 점이라면 음악이 무척 가까이 있다는 사실이었다.

둘째와 넷째 금요일이면 레스토랑 '뜨라또리아 마사'를 찾아가 밴드 멤버들이 연주하는 음악을 들었다. 아야네가 데뷔한 지 1년이 지났을 무렵부터는 서포트 멤버인 켄 아 저씨가 고향으로 돌아오는 일이 잦아졌다. 바쁠 텐데 이 레스토랑에서도 기타를 연주했다.

휴식 삼아서라는 둥, 이곳에 있는 모두를 만나기 위해서라는 둥 여러 이유를 대곤 했다. 그 일환인지 언제부터인가 켄 아저씨는 내게 같이 노래를 만들자며 작사를 의뢰해왔다. 그래서 나는 사회인이 되고 나서는 아야네가 아니라 켄 아저씨와 함께 노래를 만들었다.

아야네는 활약하는 무대를 점점 넓혀가고 있었다. 다양한 매체에서 점점 더 많이 볼 수 있었고 만들어낸 표정이 아닌, 생기 있고 활력 넘치는 모습으로 환히 웃었다.

그녀는 이제, 자신이 옛날에 이 시골 마을에서 태어난 도사카 아야네라는 소녀였다는 사실조차 잊었을지 모른다. 난독증으로 힘들어하고 고민하던 과거조차…….

하지만 그것은 아야네에게 좋은 일일 게 틀림없다. 그리고 지금 이 상황이야말로 내가 원하던 것이다. 나와 그녀의 인생이 설령 두 번 다시 교차하지 못한다 해도…….

나의 일상은 똑같이 되풀이되면서 봄, 여름, 가을, 겨울을 몇 번이나 헤아렸다.

그러는 동안 아야네와는 단 한 번도 만나지 않았다.

공무원이 된 지 3년이 지난 봄의 끝자락에 할머니가 돌아오지 못할 길을 떠나셨다. 장례식을 치른 이틀 뒤가 마침 둘째 주 금요일이었다. 밤에는 켄 아저씨의 라이브 공연이 있었다.

켄 아저씨는 예전 밴드 멤버와 함께 연주하면서 나와 만든 노래를 부른다.

연주뿐만 아니라 그의 노래에도 묘한 매력이 있었다. 아야네가 예전에 여기서 부르던 곡을 편곡해서 구성진 목소리로 노래했다. 켄 아저씨는 이런 식으로 가끔 아야네의 데뷔 전 노래들을 불렀다.

이러한 사실이 차츰 알려지면서 레스토랑은 아야네의 팬들 사이에서 유명해졌다. 라이브 공연이 끝나고 켄 아저씨와 카운터석에 앉아 이제 마실 수 있게 된 술을 한잔했다.

아저씨가 오늘은 둘이서 실컷 마셔보자고 제안했다. 술을 마시고 있는데 여성 두 명이 카운터석으로 다가왔다.

"저기…… 처음 뵙겠습니다! 저, 켄 씨의 왕팬이에요. 오늘 연주도 노래도 너무 좋았어요!"

쾌활해 보이는 쇼트커트 여성이 말을 걸어오자 켄 아저씨가 조금 놀랐다.

"나 같은 아저씨한테까지, 고마워. 조금이라도 즐거웠다면 다행이고."

"아니에요, 켄 씨 완전 젊어요. 저희는 추첨에 당첨되기만 하면 아야네 콘서트에 가서도 켄 씨가 연주하는 모습을 꼭 지켜보는걸요."

나야 평소에 별다른 느낌 없이 대하지만, 켄 아저씨도 꽤 유명인이다. 음악 마니아들 사이에서는 특히 유명해서 이렇게 팬들이 말을 걸어오는 일이 드물지 않았다.

어쩔 수 없이 혼자 말없이 술을 마시고 있는데 나를 쳐다보는 또 다른 여성의 시선이 느껴졌다. 어깨 위까지 내려오는 미디엄 커트가 잘 어울리는 아름다운 여성이었다.

"갑자기 죄송해요."

눈이 마주치자 그렇게 사과했다. 나는 "아뇨" 하고 짧게 대답했다.

켄 아저씨는 우리 대화를 알아차렸는지 눈앞에 있는 두 사람에게 나를 소개했다.

"이 녀석, 하루토라고 해. 내 곡에 가사를 써주고 있지. 문예대회에서 시로 상도 탄 우수한 녀석이야. 옛날에는 아야네랑 같이 곡을 만들곤 했어."

나는 켄 아저씨와 보내는 둘만의 시간을 의외로 좋아했다. 그러나 이날은 네 명이 되고 말았다. 두 사람에게 인사를 하고, 쇼트커트 여성이 켄 아저씨가 얼마나 대단한지 그리고 아야네의 노래가 얼마나 근사한지를 이야기하는 소리에 귀를 기울였다. 여성은 구체적인 곡명까지 들어가며 말했지만 나는 아는 곡이 하나도 없었다.

감상을 묻기에 "실은 별로 들어본 적이 없어서요"라고 대답하자 다들 놀랐다.

"왜 아야네의 노래를 안 들어요? 예전에는 같이 곡도 만들었다면서요?"

"일이 좀 바빠서요."

그렇게 얼버무렸지만 쇼트커트 여자는 아무래도 납득이 되지 않는 모양이었다.

"아아, 그럼 그런 거 아녜요? 좋아하던 밴드가 유명해지면 갑자기 관심이 식는 그런 경우요. 뭐야, 나만 알고 있었는데, 이런 마음처럼요."

불과 몇 년 전의 일이다. 아야네의 음악적 재능은 이 레스토랑의 손님들밖에 알지 못했다. 그러나 지금은 정말로 수많은 사람이 알고 있다.

그러고 나서도 네 사람은 카운터석에 앉아 이런저런 이야기를 나눴다. 쇼트커트 여성은 켄 아저씨와 이야기하는 게 즐거운지 엄청 수다를 떨었다. 이런 말도 했다.

"그러고 보니 요즘, 아야네 열애 기사가 떴던데 그거 진짜예요?"

그 순간 켄 아저씨가 당황해서 내 얼굴을 쳐다본 것 같았다. 그는 대답을 흐렸다.

그 기사는 나도 봤다. 일부러 찾아본 건 아니다. 업무차 확인할 일이 있어 뉴스 사이트를 살펴보다가 기사 제목이 눈에 들어왔을 뿐이다.

아야네와 헤어진 지 3년이라는 세월이 흘렀다.

인간은 감정의 동물이다. 누군가를 좋아하게 되는 건 어쩔 수 없다.

그건 아야네도 분명 그럴 것이다.

좋아하는 마음만으로는 계속 함께 있을 수 없구나.

하지만 언젠가 하루토와 계속 함께 있을 수 있는 사랑을 하고 싶습니다.

술이 들어간 탓일까. 평소에는 생각하지 않고 지냈는데, 헤어지던 날 받은 편지의 글귀가 떠올랐다. 하지만 나는 잘 알고 있다. 그건 그저 감수성이 예민한 사춘기 소녀의 말이다.

아야네가 아직 넓은 세상을 몰랐고, 매력적인 이성과도 만나지 못했을 시절의 이야기다. 나도 그건 잘 알고 있다. 분명히 알고는 있다.

그때 그 자리의 분위기 때문이었을까. 그날 나는 완전히 취하고 말았다.

쇼트커트와 함께 온 여성이 그런 나를 걱정해주었다.

"괜찮으세요?"

"미안해요. 평소엔 이러지 않는데."

"술이 약하시네요."

"……오늘, 알았습니다."

내가 그렇게 대답하자 그녀는 따듯한 미소를 보였다. 그리고 물을 부탁해서 내게 건네주었다. 물을 입에 머금고 잠시 가만히 있었더니 거짓말처럼 편해졌다.

"고맙습니다. 덕분에 괜찮아졌네요."

"다행이에요."

그 일을 계기로 미디엄 커트 여성과 간간이 이야기를 나눴다. 가까운 동네에 살았고 회계 사무실에서 일한다고 했다. 나보다 두 살이 많았다. 음악이 취미라고 한다.

"아 참, 모처럼 이렇게 알게 되었으니까."

그녀는 스마트폰을 꺼내더니 "괜찮으면 연락처 교환하

실례요?" 하고 제안했다.

"저는 아야네 씨의 요즘 노래도 좋아하지만 아까 켄 씨가 부른 데뷔 전의 노래도 좋아해요. 가사가 너무 좋아요."

나도 모르게 눈앞의 미디엄 커트 여성을 바라보았다. 망설인 끝에 연락처를 교환했다.

"아, 하루토春人 씨의 이름, 한자로 '봄春의 사람人'이라고 쓰는군요."

"네. 동급생 중에는 이름이 같지만 멋진 한자를 쓰는 친구도 있었는데, 제 이름은 그러네요."

취기가 좀 가셨기에 적당히 틈을 봐서 나는 자리에서 일어났다.

"하루토, 또 연락할게. 다음 곡, 확실하게 준비해놓을 테니까."

켄 아저씨에게 손을 들어 답하고 주방에서 나온 마사후미 삼촌과 이야기하고는 술값을 계산했다. 집에 도착하니 10시였다.

할아버지가 주무시는 침실을 들여다보고는 정상적으로 숨을 쉬며 잠들어 있는 것을 확인한다. 샤워로 술 냄새를 흘려보낸 뒤 잠자리에 들 준비를 했다.

침대에 누우려다가 스마트폰을 들여다보니 메시지가

와 있었다.

'오늘은 갑자기 죄송했어요. 하지만 즐거웠습니다.'

아까 알게 된 미디엄 커트 그녀였다.

메시지를 몇 번 주고받고 나서, 내가 먼저 이만 자겠다
는 뜻을 전했다.

3

할아버지가 저세상으로 떠난 것은 그로부터 3개월이
지난 여름의 일이었다.

돌아가시기 얼마 전부터 할아버지의 식사량이 눈에 띄
게 줄어들었다.

그래도 그날 아침에는 컨디션이 좋아 보였다. 할아버지
는 계란말이가 먹고 싶다고 하셨다.

최근에는 말하는 것조차 귀찮아하는 듯싶더니 웬일인
가 싶어 기뻤다.

낮에는 간병 요양사가 집으로 와서 돌봐주고 있는데 요
몇 주 동안 그랬듯이 이날도 계속 주무셨다고 한다. 내가
퇴근해 돌아왔을 때도 침실 침대에서 졸고 계셨다.

그냥 내 방으로 들어갈까 하는 순간 "어, 하루토냐!" 하고 할아버지가 내 이름을 부르셨다.

"왠지 오늘은 하루토가 유난히 어른으로 보이는구나."

"그럼 어른이죠. 스물두 살인데."

"우리 하루토가 언제 이렇게 컸나. 처음 만났을 때는 정말 쪼그마했는데."

할아버지의 눈은 어딘가 먼 곳을 보고 있었다. 그러다가 다시 나를 보고 미소 지었다.

"고맙구나. 잘 자라줘서. 그리고 지금까지 같이 있어줘서."

그 순간 내 마음이 조용히 가라앉았다.

"왜 그러셔, 할아버지?"

그렇게 묻자 할아버지는 또 어딘가 먼 곳으로 눈길을 돌렸다. 할머니가 돌아가실 때도 이런 일이 있었다. 얼마후 졸음이 몰려오는지 할아버지의 눈꺼풀이 천천히 내려왔다.

나는 그런 할아버지, 길러준 부모인 그의 얼굴을 한동안 아무 말 없이 바라봤다.

"저야말로 고마워요, 할아버지. 키워주셔서 정말 감사해요."

속삭이듯이 한 그 말이 할아버지에게는 들리지 않았을

거라 생각했다.

그런데 할아버지는 천천히 눈을 뜨더니, 깜짝 놀라는 나를 아랑곳하지 않고 미소를 지었다.

할아버지를 뵙고 나서 방으로 돌아가 옷을 갈아입고 부엌에서 저녁을 준비했다.

식사를 차려 다시 침실로 들어가자 조용했다. 마치 방 안에 아무도 없는 것처럼.

"할아버지?"

가까이 다가가서야 할아버지가 잠들어 있는 것을 알았다. 입가에는 미소가 번져 있었다.

그래서 나는 혹시나 할아버지가 자는 척하는 게 아닐까 생각했다. 하지만 아니었다. 그렇지 않았다.

아흔을 넘은 할아버지는 조용히 잠들어 있었다.

할아버지 장례식 전에 집에서 모실 때에는 고향에 돌아와 있던 켄 아저씨도 참석해주었다. 몇 명 안 되는 나의 친척들은 긴 머리를 한 켄 아저씨를 의아한 눈초리로 쳐다보았다. 하지만 그중에서 몇몇 여성이 켄 아저씨를 알아보았다.

"하루토, 너 이제 어떻게 할래?"

켄 아저씨는 며칠 후 장례식에도 와주었다. 켄 아저씨는 겉으로 봐서는 모르지만 사실 남을 잘 챙겨주는 자상한 성격의 소유자다.

"뭔가 새로운 일을 시작해볼까 하고 막연히 생각하고 있어요. 제 인생은 조부모님을 돌봐드리기 위한 거였는데…… 이제 그것도……."

켄 아저씨는 그렇게 대답하는 나를 아무 말 없이 바라보았다.

할아버지, 할머니가 남긴 낡은 집에서 혼자 사는 생활이 시작되었다.

퇴근하고 돌아와도, 기침을 해도, 감기에 걸려도 혼자다. 마음속에도 아무도 살지 않는다. 그달의 넷째 금요일에는 켄 아저씨가 출연하는 라이브 공연이 열렸다.

레스토랑은 북적거렸지만 카운터석은 비어 있었다. 그곳에 혼자 앉았다.

"안녕하세요."

메뉴를 쳐다보고 있는데 여성이 말을 걸어왔다. 뒤돌아보니 그녀였다.

예전에 켄 아저씨의 팬과 함께 가게에 왔던 미디엄 커

트의 어여쁜 여성.

그때부터 가끔 연락이 와서 몇 번인가 메시지를 주고받았다.

"안녕하세요. 오셨군요."

"네, 오늘은 혼자 왔어요."

"제가 말하는 건 이상하지만, 이 가게가 마음에 드신 것 같아 저도 기쁘네요."

내가 그렇게 말하자 그녀는 조심스럽게 웃었다.

"가게가 마음에 든 것도 맞지만, 다시 만날 수 있을까 해서요."

"켄 아저씨 말인가요?"

"아뇨, 미즈시마 씨요."

뜻밖의 대답에 놀라 약간 눈을 크게 떴다. 혹시 장난치는 걸까?

그런 착각을 하지 않을 만큼 나도 조금은 어른이 되었다.

"저는 테이블석에 자리를 잡았는데요. 저, 연주가 끝나면 또 이야기 나눠도 될까요?"

"아, 네. 괜찮습니다."

대답하자 그녀는 안심했는지 입가에 웃음을 띠었다. "그럼, 이따 봬요" 하고 자신의 자리로 돌아갔다. 그런 그녀를 말없이 바라보았다.

아야네와 헤어진 지 3년 반, 나는 연애를 하지 않았다.

차라리 방금 전 그녀를 좋아해보면 어떨까.

사랑의 시작치고는 불성실할지도 모른다. 하지만 그런 관계라도 지금의 내게는 필요한 게 아닐까. 그 생각을, 나는 하늘의 계시처럼 받아들였다.

그게 좋겠다. 그러자. 아야네도 새로운 사랑을 시작한 게 틀림없다.

스스로 그렇게 다짐할 때마다 왠지 명멸하듯이 아야네의 웃는 얼굴이 떠올랐다.

내 안에서 아야네에 대한 인상과 사고가 어지럽게 뒤얽혔다. 마음속에 줄곧 사라지지 않고 남아 있는 것이 있었다. 그것이 아픔이 되어 무언가를 알려주고 호소해온다.

그때 나는 깨달았다. 어쩔 수 없이 자각하고 말았다.

억지로라도 누군가를 좋아하려 하다가 그제야 겨우…….

내가 아직도 아야네를 좋아하고 있다는 사실을.

결국 미디엄 커트 그녀와는 사랑하는 사이가 되지 못했다. 내게는 아까울 정도로 멋진 여성이었다. 그 후 몇 번인가 '뜨라또리아 마사'에서 만나 마주 웃었다. 그래도 마음을 속일 수는 없었다.

"미즈시마 씨의 마음속에 누군가 소중한 사람이 있다는 건 눈치채고 있었어요."

어느 날 공연 후, 이미 끝난 일로 여기며 그녀가 말했다.

"혹시…… 예전에 함께 노래를 만들었다는 아야네인가요?"

설마 정확히 짚어낼 줄은 생각도 하지 못했다. 나조차 최근에 깨달은 사실이거늘.

나는 고개를 숙이며 그 사실을 인정했다. 신뢰할 수 있는 사람이었기에 나와 아야네의 일을 조금 이야기했다. 푸념하듯이 나약한 속내를 꺼내놓았다.

"한심하지요. 아무리 좋아한다고 해도…… 이러면 안 되는데……."

"정말 그렇게 생각하세요?"

뜻밖의 말에 나도 모르게 얼굴을 들었다.

"아야네는 기다리고 있을지도 몰라요."

무슨 의미일까? 아야네가 대체 뭘 기다린다는 말인가.

"아야네에게는 이미 아야네의 세계가 있어요. 나 같은 사람을 마음에 두고 있을 리가 없죠."

내가 말하자 그녀는 왠지 약간 슬퍼 보였다.

"아야네의 노래를 거의 듣지 않는다고 하셨는데, 콘서트에도 가본 적 없는 거죠?"

내가 수긍하는 대신 아무 말 없이 있자 그녀가 가방에서 무언가를 꺼냈다.

"이거, 받으세요. 추첨에 당첨되었거든요, 아야네의 콘서트."

나는 놀라면서도 그녀가 내게 내민 티켓으로 시선을 옮겼다. 날짜와 장소가 쓰여 있다. 얼마 후 이 지역에서 개최되는 투어 콘서트 티켓인 듯했다.

"아니, 이걸……."

덥석 받기가 망설여졌다. 콘서트에 갈 마음이 없었으니까.

그러자 그녀는 강렬한 눈빛으로 말했다.

"콘서트에 가보지 않으면 알 수 없는 일, 그런 것도 있을 거예요. 그러니 공연이 끝날 때까지 노래를 들어보셨으면 해요. 그게 제가 할 수 있는 최소한의 일일 거예요."

난처해하자 그녀가 내 손에 티켓을 쥐여주었다.

"약속한 거예요. 어기면 저, 미즈시마 씨 미워하게 될지도 몰라요."

그런 말을 남기고 그녀는 웃으며 돌아갔다.

나는 손에 쥔 티켓을 물끄러미 바라봤다. 귀중한 것일 터이다. 그런데 선뜻 내게……. 그녀는 어떤 마음으로 이 티켓을 내게 준 것일까.

내가 콘서트에 가면 뭔가가 바뀌기라도 한다는 걸까. 아야네의 노래를 끝까지 들어보면 나는 뭔가를 찾을 수 있는 걸까.

연락해서 돌려줄까도 생각했지만, 그녀가 돌아갈 때 한 말을 떠올리면 그럴 수도 없었다.

고심 끝에 나는 태어나서 처음으로, 가수가 된 아야네의 콘서트를 보러 가기로 했다.

콘서트 날은 아침부터 긴장했다. 그 많은 관객 가운데서 아야네가 나를 발견하는 우연은 있을 수 없다. 켄 아저씨에게도 말하지 않았으니 아야네와 직접 만날 일도 없을 것이다.

긴장할 필요가 없는데도 줄곧 마음이 진정되지 않았다.

공연장은 만 명을 수용할 수 있을 만큼 시설이 훌륭했다. 관객은 여성과 남성이 반반쯤 되어 보였다. 나는 객석에 앉아 콘서트가 시작되기를 기다렸다.

심장이 아플 정도로 날뛰었다. 환성이 터지고 아야네가 조용히 무대 위에 모습을 드러냈다.

틀림없는 그녀였다. 나와 함께 시골 마을에서 노래를 만들던, 도사카 아야네였다.

그런 그녀가 관객 전체를 향해 웃음을 보이며 노래를 부르기 시작했다.

몇 곡이 끝나자 내게는 기묘한 결핍감이 남았다.

……당연히 아야네가 나를 찾아낼 리는 없다. 콘서트는 순조롭게 진행되었다.

너무 순조로워서인지 이상하게도 쓸쓸한 기분이 들었다.

무대 위에는 켄 아저씨와 요시 아저씨도 올라와 있었다. '뜨라또리아 마사'에서처럼 변함없이 아야네를 도와주고 있었다. 한 곡이 끝나면 아야네가 관객들을 둘러보며 이야기했다.

쿨한 정서의 노래를 많이 부르는 그녀가 어떤 이야기를 할까 궁금했는데, 아야네는 정중한 말투를 쓰면서도 나와 부실에 있을 때처럼 편하게 말했다. 관객들도 웃고 있다.

"그러면 이번에는 콘서트에서밖에 부르지 않는, 제가 가사를 쓴 소중한 노래를 부르겠습니다. 그래 봐야 한 곡밖에 없지만요."

콘서트가 막바지에 접어들었을 때 아야네가 꺼낸 말에

관객들은 열광했다. 나는 놀랐다. 아야네가 작사도 하는 건가…… 그런 사실조차 모르고 있었다.

나는 오늘, 여기에 무언가를 찾으려는 생각으로 왔다. 하지만 찾은 것이라고는 아야네와 나 사이에 가로놓인 메울 수 없는 거리였다. 게다가 아야네는 더욱 성장해서 작사까지 하고 있다. 나야말로 정말 아무짝에도 쓸모없는 인간이다.

"콘서트에서밖에 부르지 않는 이유는 가사가 어설프기도 하거니와 제 이미지와 맞지 않아서이기도 하고 여러 가지가 있는데요…… 보세요, 지금도 켄 아저씨가 묘한 웃음을 짓고 있네요. 하지만 콘서트를 할 때마다 조금씩 나아지고 있는 건 아닐까 하고 생각해요. 연주는 최고니까 가사만은 너그럽게 들어주세요."

나는 그 말을 들으면서, 그래도 오늘 여기에 온 보람은 있다는 생각이 들었다.

당연한 일이지만, 아야네는 내가 없어도 잘하고 있다.

작사까지 도전했고, 그런 아야네의 모습을 관객들도 미소 지으며 바라보고 있었다.

이 노래까지 듣고 나서 돌아가야겠다고 마음먹었다.

내게 티켓을 준 그녀의 진의는 아직도 모른다. 어쩌면

그저 아야네 콘서트에 참가한다는 흔치 않은 기회를 제공해준 것뿐일지도 모른다.

그렇다면 그걸로 좋다. 어쨌든 이게 마지막이다.

이제 아야네라는 존재는 잊는 거다. 그리고 새로운 내 인생을 살아가자. 시간은 걸릴지 모르지만 새로 누군가를 좋아하는 거다. 그렇게 살아가자.

지금까지의 내 인생이 한 편의 영화처럼 떠올랐다.

음악과 함께 엔딩 크레디트가 올라가면서 나는 과거의 나에게 종지부를 찍는다.

아야네와의 추억은 완전히 막을 내리고 새로운 나를 시작하는 거다.

준비를 마친 아야네가 드디어 자신이 가사를 썼다는 곡의 제목을 소개했다.

"그럼 부르겠습니다. '봄春의 사람人'(미즈시마의 이름 하루토春人를 풀어쓴 제목)."

나는 마음먹은 대로 그 노래가 끝나고 자리에서 일어났다. 조용한 곳에서 생각을 정리하고 싶어서 넓은 공연장 건물 한쪽 자동판매기가 놓인 구석 자리를 찾아갔다. 음료를 뽑아 들고 의자에 앉아 한 모금 마셨다.

자욱한 안개가 낀 것처럼 내 사고는 갈 곳을 잃어버렸다.

이런 일이 과연 있을 수 있을까? 조금 전까지의 일이 현실로 느껴지지 않았다.

단념하려고 마음먹은 그 순간 아야네가 부른 노래에 나는 너무나 놀랐다.

가사는 본인이 말했듯이 어설펐다. 하지만 그 대신에 순수했다.

가사에서는 봄이 의인화되어 있었다. 노래의 주인공은 그 봄에게 받은 것을 소중히 여기며 강하게 살아가려 하고 있었다.

'언젠가 다시 봄의 사람과 만날 날을 꿈꾸며'라고.

나는 혼란스러운 자신을 어찌지 못한 채 그곳에서 한동안 멍하니 있었다.

아야네는 정말로 '봄의 사람'과 다시 만날 날을 아직도 꿈꾸고 있는 걸까.

그사이에 콘서트가 끝났는지 사람들의 목소리가 멀리서 웅성웅성 들려왔다.

나는 스마트폰을 꺼내 들고 화면을 가만히 쳐다보았다.

오늘 처음으로 너의 콘서트를 보러 왔어.

그 노래, 들었어.

고등학생 때는 말하지 못했지만, 나는 말이야.

스마트폰 앱을 열고 이렇게 메시지를 쳤다가 지웠다.

나는 이런 식으로 나의 마음을 썼다 지웠다 되풀이하며 인생을 살아가는 걸까.

이 절묘한 타이밍에 켄 아저씨에게 전화가 걸려왔다. 어쩔 줄 몰라 당황하다가 전화를 받았다. 받자마자 다짜고짜 이렇게 묻는 소리가 들려왔다.

"지금 어디야?"

여자 목소리였다. 그리운 누군가의 목소리와 너무도 닮아 있었다.

너무 놀라 말이 나오지 않았다.

"빨리 알려줘."

"자동판매기 앞. 구석에 있는."

"거기서 기다려. 금방 갈 테니까."

내 머리는 사고할 힘을 잃고 그저 사랑하는 사람의 모습만을 떠올렸다.

조금 있자 누군가가 이쪽을 향해 달려오는 소리가 들렸다.

나는 일어났다. 이런 외진 장소에 용건이 있는 사람은,

게다가 뛰어올 사람은 거의 없을 터였다.

후드를 뒤집어쓰고 검은 스태프 점퍼를 입은 누군가의 모습이 보였다.

그런 광경을 바라보면서, 나는 최근에 뛰어본 적이 있었던가 하는 생각이 들었다.

내게는 1초가 아까울 만큼 달려가 만나고 싶은 사람이 없었다.

나도 어느새 통로를 뛰어가고 있었다. 보고 싶어서. 보고 싶어서.

지금 1초가, 아까워서.

우리 사이는 가까워졌고 이윽고 발걸음을 멈췄다. 바로 눈앞에 그녀가 있었다.

아야네가. 내가 너무도 사랑하는 사람이.

두 눈에 눈물을 그렁그렁 담은 그녀가 주저하지 않고 한 발 더 다가오더니 내게 안기며 말했다.

"보고 싶었어. 너무너무. 내내 보고 싶었어."

어떻게 된 일일까. 나는 할머니와 할아버지가 돌아가셨을 때도, 장례식 때도 울지 않았는데.

울지 않고 잘 버텼는데.

아야네 앞에서 나는 나약했다. 스멀거리는 통증이 눈동

자를 자극해 눈물이 흘러내렸다.

"나도, 나도 그랬어……. 너무너무, 보고 싶었어. 너를 쭈욱 좋아했어."

이렇게 아야네와 나는 3년 반 만에 다시 만났다.

언젠가 아야네가 편지에 썼던 것처럼, 계속 함께 있을 수 있는 사랑을 하고 싶다고, 그녀를 가슴에 안고서 간절히 바랐다.

✳

여기까지 이야기하고 나는, 한순간 현재로 돌아왔다.

그때로부터 아무리 세월이 흘러도 그날의 감동은 잊을 수 없다.

아야네라는 한 여성을, 나는 분명 사랑했다.

하지만 지금, 그 아야네는 내 곁에 없다. 나와 그녀는 다시 만났고, 또다시 헤어지고 말았다.

결국은 서로 받아들인 일이기도 했다.

어쩔 수 없지만, 인생에는 받아들여야 하는 일이 헤아릴 수 없이 많다.

그 대신, 재회하고 나서 다시 이별하는 날까지 우리는

줄곧 함께 있었다.

이따금 멀리 떨어져 지낼 때도 마음은 늘 곁에 있었다.

나는 그녀에게 미소를 지어 보인 후, 다시 아야네와의
일을 이야기하기 시작했다.

❋

그날 다시 만난 우리는 할 이야기가 너무나 많았다.

사소한 일, 중요한 일, 3년 반 사이에 달라진 일, 변함없
는 일.

하지만 시간은 한정되어 있었다.

내가 공연장에 있다는 걸 어떻게 알았을까. 아야네에게
묻자 이런 대답이 돌아왔다.

"무대 위에서는 객석이 의외로 잘 보이거든. 액세서리
모양이나 사람들의 표정이 세세할 정도로 잘 보여. 그리고
언젠가 하루토가 와주지 않을까 하고 항상 찾았으니까. 더
구나 우리 고향이라 여기서 투어 콘서트를 할 때면 언제나
눈을 감지 않고 노래를 불러."

만 명이나 되는 관객들 사이에서 나를 발견하는 건 절
대 불가능하다고 생각했다.

그런데 아야네는 나를 찾아주었다. 우연이 아니라 당연하다는 듯이.

나는 더 이상 내 감정을 숨기지 않았다.

"네 인생에 방해되지 않으려고 고등학생 때는 말하지 못했지만…… 나는 줄곧 좋아했어. 계속, 지금도, 너만을."

아야네는 내 말에 깊이 감격하여 당장이라도 울 것 같은 표정이었다.

"내 마음도 늘 같았어. 나는 지금도 하루토를 좋아해. 하루토밖에 없어."

연예계의 복잡한 사정은 잘 모르지만 그 열애 보도도 거짓이었다고 한다. 음악 방송의 뒤풀이가 끝난 자리에서 마치 두 사람만 있는 것처럼 찍혔고, 그 사진을 홍보로 이용하고 싶어 하는 상대 측 회사와 의견이 엇갈리는 바람에 세상에 알려졌다고 한다.

하지만 설명하지 않아도 이렇게 아야네와 직접 만나니 아무 일도 아니라는 걸 알 수 있다.

우리는 이제 더 이상 감정을 억누르지 않고 사귀기로 했다.

"서로 좋아하니까 그게 자연스러운 거 같아. 하루토는 어때?"

그녀가 확인하듯 묻기에 나도 고개를 끄덕였다.

둘 다 그때와는 많은 게 달라져 있었다. 입장도 상황도 바뀌었다. 살아간다는 건 아마도 그런 게 아닐까. 조금은 그녀도 자유로워져 있었다.

"있잖아, 하루토. 다음에는 내 휴대폰으로 연락할 테니까 조금만 기다려줘. 꼭 좋은 소식을 알려줄게."

한창 투어 콘서트 중인 아야네는 너무 바빴다. 지금도 겨우 사정해서 빠져나온 모양이다. 우리는 이 자리에서 일단 헤어져야 한다. 그때 아야네가 말했다.

"오늘 만나러 와줘서 고마워. 이제야 사귀게 되었네."

다음 주부터 나는 다시 아무 일도 없었던 것처럼 관공서 공무원으로 일했다.

그 주에는 아야네가 자신의 휴대폰으로 연락을 해왔다. 자세히 듣지는 못했지만 아야네는 회사와 여러 가지 일을 타협한 모양이다.

우리는 몇 년 만에 다시 전화로 이야기를 나누고 메시지를 주고받기 시작했다.

아야네는 겉모습은 어른스러워졌지만 유명해진 후에도 내면은 그대로였다. 우리는 시시콜콜한 이야기를 나누는 것만으로도 즐거워 어쩔 줄 몰랐다.

"저번에는 하루토와 제대로 얘기 못 했으니까 다음엔 둘이 만나."

서로 일정을 맞춰 아야네의 투어 콘서트가 끝날 무렵에 남몰래 데이트도 했다.

내가 도쿄로 가서 고풍스러운 찻집에서 만나기로 약속했다. 은퇴한 음악 관계자가 운영하는 곳이라 연예인들의 사생활이 지켜지는 모양이었다.

아야네와 사귀기로 한 데다가 오랜만에 만나는 거라서 긴장할까 봐 걱정했다.

"아, 하루토! 먼저 와 있었네. 먼 데까지 이렇게 와줘서 정말 고마워."

하지만 실제로 얼굴을 마주하고 이야기하기 시작하자 나 자신도 놀랄 만큼 금세 편해졌다.

처음에는 둘 다 약간 쑥스러워했지만 시시콜콜한 얘기를 나누다 보니 언제 그랬냐 싶게 자연스러워졌다.

"얼마 전에 아이돌 여자애가 켄 아저씨한테 관심을 보이면서 귀찮게 한 적이 있었거든. 근데 아저씨가 나이를 말했더니 깜짝 놀라면서 자기 아빠랑 비슷한 또래라고 하더래."

긴장하기는커녕 너무 편하고 자연스럽게 대화가 오가

서 웃음이 터졌다.

"우리 둘 다 고등학생 때랑 별로 달라진 게 없네."

"응? 성장하지 못했다는 거야?"

"아니, 표현이 좀 그랬나? 너무 편하고 자연스럽다고."

아야네는 투어 콘서트가 끝난 뒤로도 연말 일정으로 여전히 바빴다.

그해 크리스마스이브에도 함께 지낼 수 없었지만 해가 바뀌고 나서는 많은 곳에서 아야네와 추억을 만들었다. 상대가 가수 아야네라는 특수한 상황이긴 하지만, 장거리 연애 중인 다른 연인들과 거의 비슷했다. 자주 스마트폰으로 연락을 주고받고 시간이 맞으면 이동하기 쉬운 내가 아야네를 만나러 갔다.

여느 연인들과 다른 점은 카메라나 주위 사람들의 시선을 신경 써야 한다는 것 정도였다.

내가 도쿄로 가면 아야네는 내가 묵고 있는 호텔로 놀러 오고 싶어 했다. 하지만 만에 하나, 호텔로 들어서는 순간을 찍히기라도 하면 수많은 관계자에게 폐를 끼치게 된다. 아야네가 살고 있는 도쿄의 아파트도 어디서 누가 보고 있을지 알 수 없다.

괜한 스캔들로 회사에 누를 끼칠 수는 없었기에 만나는

장소를 고를 때는 상당히 조심했다. 야간 아쿠아리움이나 놀이공원 혹은 마니악한 영화를 상영하는 심야영화관, 플라네타륨 등 사람들 눈에 띄지 않는 곳에서 데이트를 했다. 아야네는 변장도 철저히 했다.

그래도 전혀 불편하거나 싫지 않았다. 아야네와 있을 수 있다는 것만으로 충분했다.

그녀와 만나고 있자면 두근두근해서, 이건 꿈이 아닐까 싶을 때도 있었다. 마음이 충만함으로 꽉 찼다.

"왜 그래, 하루토?"

"아니……, 아무것도 아니야. 너무 행복해서 잠깐 생각에 빠졌지 뭐야."

이렇게 말하는 나를, 아야네는 웃으며 바라봤다.

이 행복도 언젠가 잃게 되는 걸까 하고 생각했다.

하지만 여름이 되어도 가을이 되어도, 우리의 관계가 어그러지는 일은 없었다.

둘 다 일을 해야 하니 언제나 계획한 대로 만날 수는 없었다. 그런 일로 부딪힌 적도 있지만 우리는 그때마다 반드시 화해했다.

고등학교 시절에 여러 가지 일을 경험한 우리의 관계는 견고해서 세월을 거쳐 이렇게 다시 만난 지금, 이 관계가 깨질 일은 절대 없다고 생각될 정도였다.

　나는 마음을 감추지 않고 그녀에게 전했다. 고등학생 때는 할 수 없었던 일이다. 아야네 역시 나를 그렇게 대했다. 커플이 되어 손을 잡고 다녔다.

　이런 우리의 교제도 어느새 1년이 지나고 있다. 지금까지 괴롭고 쓰라렸던 일들도 아야네와 보내는 시간으로 전부 보상받은 그런 1년이었다.

　그리고 어른이 되어서 처음으로 크리스마스이브를 아야네와 함께 보내게 되었다.

4

　10대 때 내게 도쿄는 미지의 세계였고 고향에서 멀리 떨어진 곳이었다.

　그랬던 도쿄가 아야네와 사귀면서 차츰 익숙해졌다. 호텔에 체크인하고 짐을 내려놓은 후 아야네와 약속한 장소로 간다. 도쿄의 일루미네이션은 화려했다. 장식되어 있을 뿐만 아니라 치밀하게 계산된 아름다움까지 느낄 수 있었다. 이런 걸 도회적이라고 하는 건지도 모른다.

"하루토, 기다렸어?"

멋진 전구 장식을 보고 있는데 수상쩍은 사람이 말을 걸어왔다.

긴 머리칼을 하나로 모아 모자를 눌러쓰고 선글라스와 마스크를 써서 변장한 아야네다. 이 수상해 보이는 차림새에 익숙해진 내가 우스웠다.

우리는 일루미네이션을 구경하며 걸었다. 오늘은 도쿄에 있는 각양각색의 일루미네이션 스폿을 돌아다니기로 했다. 레스토랑의 개인룸도 예약해두었기에 크리스마스 디너를 맛볼 예정이다.

"이렇게 하루토랑 일루미네이션 보며 걷는 거, 오랜만이네."

"고등학교 2학년 때 이후로 처음이지. 꽤 오래전처럼 느껴져."

"역 앞에서 거리 공연도 하고 즐거웠어. 그러고 나서 하루토와 선물도 교환했잖아."

옛이야기로 꽃을 피우며 아야네와 함께 웃었다. 우리 사이에는 화제가 끊이질 않는다. 한번 말하기 시작하면 꼬리에 꼬리를 물고 이야깃거리가 따라 나온다.

일루미네이션 스폿을 도는 동안, 주변에는 항상 사람이

많았다. 아빠가 아이를 어깨 위에 앉히고는 높은 위치에서 일루미네이션을 보여주는 모습을 보았다. 옆에서 엄마가 스마트폰을 들고 그런 두 사람을 찍고 있다.

그냥 그 광경이 보기 좋았다.

아야네와 이렇게 계속 만나면 우리도 언젠가 저런 그림을 그릴 수 있을까.

예정된 시각이 되어 레스토랑으로 발길을 옮겼다.

큰맘 먹고 예약한 크리스마스 한정 코스 메뉴를 아야네가 무척 좋아했다.

그러고 나서 드디어 버스를 타고 오늘의 메인 스폿으로 이동했다. 도심에서 약간 떨어진 장소에 도쿄 거리를 한눈에 내려다볼 수 있는 관람차가 있었다.

'그치만 언젠가는 관람차 타자. 크리스마스 때라든지.'

고등학생 때 했던 약속을, 나는 이제야 지키려 하고 있었다.

예상했던 대로 그곳은 사람들로 붐볐다. 둘이 함께 줄을 섰다. 농담을 주고받으며 기다리고 있자니 시간이 눈 깜짝할 사이에 지나갔다.

우리 차례가 돌아와 안내 직원의 도움을 받으며 둘이서 관람차에 올라탔다.

마주 보고 앉아 있던 아야네가 주위에 신경 쓰면서도 선글라스와 마스크를 벗었다.

"성공이야, 하루토! 바라고 바라던 크리스마스 관람차!"

"드디어 탔네. 역시 감동이야."

"정말 그래. 얏호! 드디어 탔어!"

"신난다고 너무 흔들면 안 돼!"

천진난만하게 웃으며 좋아하는 그녀는 세상이 말하는 천재 가수가 아니라 과장도, 거짓도 없이 어디서나 볼 수 있는 그저 평범한 여자애였다.

얼마 지나 아야네가 내 옆자리로 옮겨오더니 손을 잡고 바깥 경치를 바라보았다.

아야네와는 지금까지 여러 번 손을 잡았고 옆에 앉은 적도 셀 수 없을 만큼 많았다. 하지만 이렇게 좁은 공간에 둘이서만 있기는 처음이라 나도 모르게 긴장했다.

게다가 바깥을 바라보면 도쿄라는 거리 전체가 일루미네이션으로 화려하게 빛나고 있었다.

옆을 쳐다보자, 비유가 아니라 정말로 눈을 반짝이고 있는 아야네가 있었다.

"너무 황홀해."

"그러네."

"키스라도 할래?"

"안 된다니까. 누가 어디서 보고 있을지 모르잖아?"

"뭐야, 자 그럼 로맨틱한 농담이라도 해봐."

"농담?"

"나는 아야네밖에 모르는 바보다! 라든가?"

"그게 로맨틱한 거야?"

"아야네랑 헤어지고 나면 금방 또 보고 싶어져, 이건 어때?"

"……어쩜 그리 잘 알지?"

"마음은 똑같으니까."

아야네가 잡고 있는 손에 힘을 주었다. 나도 꼬옥 마주 쥐었다.

"레스토랑에 가기 전에 말이야, 일루미네이션을 바라보던 가족이 있었어."

내가 그렇게 말하자 아야네도 보았던지 바로 대답했다.

"목말 태우고 있던 가족?"

"응. …… 왠지, 참 좋아 보이더라. 우리도 언젠가 저렇게 되면 좋겠다 싶었어."

"그거 프러포즈야?"

"아니, 해보는 말이야."

내가 쓴웃음을 지으며 대답했더니 아야네가 만족스러운 듯 입가에 미소를 떠올렸다.

"제법인데? 어디 계속해보거라."

"보거라? 누구 흉내야?"

시간이 관람차처럼 천천히 돌고 있다. 나는 아야네의 장단에 맞춰주면서 쑥스러운 크리스마스의 싱거운 농담을 계속했다. 아야네는 깔깔대며 즐거워했다.

관람차에서 내려 다시 변장한 아야네와 그 주변을 걸었다. 가까이에도 일루미네이션 스폿이 있어서 눈은 여전히 즐거웠다. 농담도 계속되었다.

"있잖아, 하루토. 아이 이름은 뭐라 지을까?"

"이런 대화야말로 영락없는 닭살 커플 느낌인데?"

"크리스마스이브인데 닭살쯤 뭐 어때? 남자아이가 가을에 태어나면 아키토秋人 어때? 이런 식으로 읽어도 되는 거지?"

"그래도 되긴 하는데, 사춘기가 되면 그런 이름 싫어할 걸?"

일루미네이션은 전혀 꺼질 줄 모르고 반짝였지만, 밤은 서서히 깊어갔다.

헤어지기 싫어서 조금만 더, 조금만 더, 하면서 이야기를 이어나갔다.

하지만 12시가 지나자 나는 아야네를 집에 바래다주기로 결심하고 택시 승강장으로 향했다.

시간도 시간이지만 장소가 도심에서 떨어져 있어서인지 사람도 차도 없었다.

"다음에 또 언제 만날 수 있으려나."

택시를 기다리는 동안 아야네는 말수가 적어졌다.

"연말연시라 바쁘지?"

"응……."

"그렇게 풀 죽은 표정 하지 말고. 오늘 정말 즐거웠어."

그렇게 이야기하고 있는데 택시가 우리 쪽으로 오는 것이 보였다. "봐, 왔잖아" 하고 내가 말하는 순간, 아야네가 머리를 내 어깨에 부딪혀왔다.

고개를 숙이고 있어서, 기분 탓인지 흔들흔들하는 것 같기도 했다.

"왜 그래 아야네, 괜찮아?"

"괜찮지, 않은 거 같아."

늦게까지 돌아다니느라 피곤하게 했나 보다. 그렇다면 더더욱 빨리 집에 데려다줘야 한다. 그렇게 생각하고 있는

데 아야네가 아래를 내려다본 채 말을 이었다.

"……잠깐 침대에 누워 있으면 괜찮아질 거 같아."

"알았어. 택시 오고 있으니까 집까지만 조금 참아 봐."

"하지만…… 여기서 꽤 먼걸. 하루토가 묵고 있는 호텔은 가깝지?"

갑자기 이야기의 흐름이 바뀌었다. 나는 당황해서 고개를 끄덕였다.

"응. 뭐, 그렇긴 한데."

아야네가 무슨 말을 하려는 건지 바로 알아차리지 못했다.

하지만 어떤 생각이 머리를 스치자 나는 긴장했다.

아야네가 얼굴을 들었다. 나를 지그시 바라보고 있다. 농담으로 할 수 없는 말이 아야네의 입에서 나왔다.

"크리스마스이브인데 오늘은…… 하루토와 같이 있고 싶어. 괜찮지?"

5

꿈을 꾸었다. 팔을 뻗으면 손에 닿을 것만 같이 얕은 꿈이다.

나는 고등학생이었고 옆에는 아야네가 있다. 문예부실에서 둘이 뭔가 이야기하고 있었다.

아마도 함께 노래를 만들고 있는 것 같다. 아야네가 행복을 그러모으듯이 웃고 있고, 나는 웃는 그 얼굴에서 미래를 보고 있었다.

장면이 바뀌었다. 어른이 된 우리는 어딘가를 걷고 있었다. 가로등이 켜진 밤길이다.

아야네가 앞으로 가더니 뒤를 돌아보며 말한다.

"고마워."

왜일까. 꿈속의 나는 이제 그녀를 만날 수 없을 것 같은 기분이 들었다.

그럴 리가 없는데. 우리는 이제 시작인데.

웃음을 띤 그녀가 점점 희미하게 사라지고 있다……

안녕! 하고 중얼거리며, 나는 눈물을 흘리고 있었다.

어둠 속에서 눈을 떴다. 그 순간, 여기가 어딘지 알 수 없었다. 상체를 일으켜 확인한다. 별다른 특징이 없는 간소한 호텔 방이다.

그랬지. 어젯밤에는 아야네가 졸라서 그대로 함께 호텔

로 돌아와 묵었다.

불현듯, 꿈의 감촉에 사로잡혔다. 내가 잠들어 있는 동안 아야네가 사라진 게 아닐까.

그렇게 생각했다. 하지만 걱정할 일은 없었다. 옆에서 평온한 얼굴로 새근새근 자고 있다.

안도하자 아야네를 만지고 싶어졌다. 머리를 쓰다듬었다.

호텔에 들어올 때는 조심하느라 따로따로 왔다. 그러고 나서 두 사람 사이에 일어난 일은 모든 것이 자연스러웠다. 이런 행복이 내게 찾아오다니 생각지도 못했다.

머리를 쓰다듬자 잠이 깼는지 아야네가 눈을 떴다.

"어라…… 이거 꿈이야?"

그 질문이 우스워서 그만 맞장구를 쳤다.

"맞아. 꿈이야."

"그렇구나. 아쉬워라. 모처럼 하루토와 크리스마스이브를 함께 보냈다고 생각했는데."

"꿈이니까 뭔가 하고 싶은 말이라든가, 하고 싶은 거 있어?"

"키스해줘."

"……아아, 으음."

"꿈속에서도 하루토는 소극적이네."

"꿈에서 깨지 않으려고 현실감을 소중히 하는 거야."

"이렇게 가슴 설레며 지내고 싶어. 나, 그동안 애써왔으니까."

"그래. 정말 애썼어."

내가 노력을 알아주며 머리를 쓰다듬자 아야네가 그 손을 잡았다.

"꿈 아니네. 감촉이 느껴져."

날이 밝아오기 전에, 그래도 조심하느라 둘이 다른 시각에 따로 호텔을 나왔다.

이른 아침의 도쿄는 고요했다. 이따금 자동차가 다닐 정도로 거리에는 사람이 없다.

호텔로 택시를 부르려다가 아야네가 둘이서 조금 걷고 싶다고 말해서 그러기로 했다. 산책하고 싶은 마음도 왠지 알 것 같았다.

마음은 행복으로 가득했지만 이제 또 헤어져야 하는 쓸쓸함에 둘 다 아무 말이 없었다. 크리스마스가 지나면 얼마 안 있어 새로운 해가 시작된다. 내년은 또 어떤 한 해가 될까.

"내가 하고 싶다고 떼쓴 거 다 들어줘서 정말 고마워."

택시 승강장이 가까워지자 아야네가 말했다.

"나야말로. 바쁜데도 시간 내줘서 고마워."

웃으며 대답하자 아야네는 나를 보며 멈춰 섰다.

"왜?"

"아직 같이 있는데도 벌써 쓸쓸해지네."

"새해가 되고 조금 지나면 또 만날 수 있으니까."

"응……. 알았어. 그때까지 참을게."

마침 대기하고 있던 택시에 올라타고 아야네는 차 안에서 손을 흔들었다.

나도 손을 흔들어주고 나서 호텔까지 혼자 되돌아왔다.

이제 두려워할 일은 아무것도 없다는 생각이 들었다.

인생에는 여러 시기가 있다. 불행한 일이 계속되는 시기가 있는가 하면 좋은 일만 가득한 시기도 있다. 내 인생에도 나름대로 여러 가지 일이 있었지만 지금은 충분히 행복하다.

모든 것이 완전하다고는 할 수 없지만 다 잘되어 왔고 이 상태가 앞으로도 계속될 거라고 생각했다.

연말연시에 만나지 못하는 날이 계속되었지만 아야네에게서 좋은 소식이 들려왔다.

봄이 되면 아야네가 데뷔한 지 6년째가 되어 일정에 조금은 여유가 생긴다고 했다. 아야네는 지금까지 업계에서 굉장히 노력해왔고 어느 정도 지위도 쌓았다. 그 결과물이기도 했다.

아야네와 마찬가지로 가수 경력을 쌓고 있는 사람들 가운데는 활동을 잠시 중단하는 경우도 있어서 그런 선택지도 염두에 두려는 것 같다.

새해 초에는 나도 업무가 바빴지만 월말이 되기 전에 안정되었다. 바쁜 일정을 한바탕 소화한 아야네와 1월 말에는 만날 수 있었다. 아야네는 연말연시에 바빴기 때문인지 컨디션이 썩 좋아 보이지 않았다.

"미안해, 감기 기운이 좀 있는 것 같아."

예전부터 자주 이용하던 도심의 고풍스러운 찻집이다. 아야네가 그 가게의 커피를 좋아해서 올 때마다 초콜릿과 함께 주문하곤 했다.

"……역시 몸이 좀 안 좋은가. 무척 기대했는데 하나도 맛있지가 않아."

아야네는 실망한 듯했다. 아야네의 건강이 염려되어 오늘은 그냥 집에 돌아가 쉬는 게 어떠냐고 했지만 "싫어, 하루토랑 있고 싶어"라며 말을 듣지 않는다.

아야네는 새로 음료를 주문하고 그 음료가 나오기 전에 화장을 고치고 온다며 자리에서 일어났다. 나는 아야네가 마시다 만 커피를 한 모금 마셨다.

맛있었다. 이게 맛이 없다면 아야네의 건강이 상당히 좋지 않다는 뜻이다. 미각이 갑자기 변할 리도 없는데. 그렇게 걱정하다가 문득 어떤 생각이 머리를 스쳤다. 자리에 돌아온 아야네에게 나는 긴장해서 물었다.

"저기……. 혹시나 해서 말인데, 임신한 건 아닐까?"

그러자 아야네는 "설마, 말도 안 돼" 하고 놀라더니 배에 손을 갖다 댔다.

원인이 있기에 결과가 있다. 만약 그렇다면 나는 그 결과를 그대로 받아들여야 한다. 쑥스러웠지만 아야네의 얼굴을 마주 바라봤다. 아야네는 이 일을 어떻게 생각하고 있을까.

그녀는 기쁜 듯이 웃으며 "조만간 병원에 다녀올게" 하고 말했다.

그로부터 2주 후, 아야네는 여성 매니저와 함께 병원을 찾았다. 오전 중에 산부인과에서 검사를 받고 오후부터는 건강에 문제가 없는지 정밀검사를 받아본다고 했다.

그날 점심시간, 나는 긴장한 채 아야네의 연락을 기다렸다.

'예정대로 오전에 산부인과 검사 끝났어!'

'뭐래?'

'직접 만나서 얘기하고 싶으니까 시간 좀 내줘. 내가 오랜만에 그쪽으로 가도 좋고.'

메시지를 주고받으며 나는 이미 결과를 짐작했다.

아야네는 스케줄을 미리 짜놓아야 하기 때문에 그 자리에서 바로 다음 주말에 이곳 고향으로 오기로 결정했다. 연휴를 이용해서 사흘 정도 다녀갈 수 있다고 한다.

6

그날이 되었다. 아야네는 낮에 이웃 마을의 번화한 역에서 택시를 타고 우리 집으로 왔다. 운전기사에게 아야네의 짐을 부탁하고 그녀를 집 안으로 들였다.

"여기서 하루토가 혼자 살고 있는 거네."

"그렇지. 어느 사이엔가 익숙해졌어. 그건 그렇고……저, 몸은 괜찮아?"

"아, 응…… . 마음 써줘서 고마워."

왜일까. 기분 탓인지 모르지만 아야네의 웃음이 어딘가 어색해 보였다.

불단에 마련되어 있는 조부모님의 영정에 선향을 올리고 싶다고 해서 안내했다. 그리고 식탁에서 함께 밥을 먹었다. 대단한 요리는 아니지만 정성껏 점심을 준비했다. 아야네는 놀라면서도 내가 만든 음식을 맛있다며 먹었다.

따뜻한 차를 앞에 두고 식탁 의자에 앉아 느긋한 시간을 보냈다. 그러는 사이 나는 그녀에게 산부인과 검진 결과를 물었다.

"그래서, 검사 결과 뭐래?"

물어보자, 아야네가 눈을 마주치지 못하고 가만히 미소 지었다.

"그 이야기…… 말인데."

배에 손을 대며 아야네는 고개를 숙였다.

아무래도 기색이 이상했다. 지금까지의 상황으로 보아 임신은 틀림없다.

그런데 이 반응은…… .

"중요한 일이니까 내일 다시 얘기해도 될까?"

얼굴을 든 아야네가 그렇게 말하기에 나는 고개를 끄덕

279

였다. 한편으론 임신 사실을 알고 난 후에 무슨 일이 있었는지도 모른다는 생각이 들었다. 그다지 좋지 않은 일이.

임신과 관련해서는 기쁜 일만 있는 게 아니다. 때로는 슬픈 일도 생길 수 있다.

"하루토, 이제 짐을 좀 풀고 싶은데."

그 말에 나는 청소해둔 방으로 아야네를 안내했다. 그녀가 짐을 풀고 있는 동안 문득 생각이 나 내 방으로 돌아갔다.

손수건, 시집 그리고 편지.

고등학생 때 아야네에게 받은 선물을 책상 위에 올려놓았었다. 이 기회에 함께 다시 한번 들여다볼까 했지만 지금은 그럴 분위기가 아니다. 아야네는 뭔가 심각한 고민을 안고 있는 것처럼 보였다. 원래 보관하던 곳에 다시 집어넣기 전에, 책상에 놓아둔 선물을 하나씩 들어 바라보았다.

아야네와 헤어져 있던 3년 반 동안, 나는 헤어지던 날 받은 편지를 단 한 번도 다시 펼쳐보지 않았다. 하지만 버리지 못한 채 간직했고 지금은 내 보물이 되었다.

"어라? 잠깐만. 그거 혹시…… 내가 준 편지?"

어느 사이엔가 아야네가 내 방에 들어와 있었다.

갑작스러운 상황에 놀라 손에 들고 있던 편지를 책상 위에 살짝 내려놓았다.

"어, 응. 그런데……. 근데 왜?"

"짐도 다 풀었으니 삼촌한테 인사하러 갈까 하는데…… 그거, 내가 준 거 맞지? 시집도 그렇고 손수건도. 게다가 그 편지."

아야네는 쑥스러운 듯 웃더니 "편지, 부끄러우니까 돌려줘" 하고 말했다.

하지만 평생 남는 거니까 소중히 갖고 있겠다는 내 말에 마지못한 듯 수긍해주었다.

그러는 동안 두 사람 사이에 약간 웃음이 되돌아왔다.

작년에 운전면허증을 딴 나는 아야네를 마사후미 삼촌 댁까지 데려다주기로 했다.

차를 좋아하는 켄 아저씨에게 물려받은 클래식카에 아야네를 태웠다.

"하루토가 운전하는 차에 타다니 뭔가 엄청 기분이 신선해. 게다가 아주 멋진 차네."

"켄 아저씨가 마음에 들어서 수집한 차니까. 수리하기도 간편해서 오래 갖고 계셨었나 봐."

예스러운 디자인의 핸들을 쥐고 운전해 '뜨라또리아 마

사'로 향했다. 마사후미 삼촌에게는 미리 연락해둔 모양이었다. 점심 영업을 마친 뒤 기다리고 있다고 했다.

두 사람이 따로 하고 싶은 이야기가 있을 거라고 생각했기에 아야네를 데려다준 뒤 나는 일단 집으로 돌아왔다. 저녁에 아야네에게 연락을 받고 다시 데리러 갔다.

가게에 도착했을 때 마침 마사후미 삼촌과 아야네가 레스토랑에서 나오고 있었다.

왠지 삼촌 표정이 심각해 보였다.

다음 날은 아야네의 제안으로 점심때가 지나서 동네를 드라이브했다.

"그러고 보니 학교에 있던 그 낡은 문예부실, 지금은 어떻게 됐을까?"

여기저기 돌아보고 난 후 아야네가 궁금해하기에 한번 가보기로 했다. 차를 학교로 향했다.

일요일이어서 학생들의 모습은 별로 보이지 않았다. 교무실에 인사하러 들렀는데 출근해 있던 교사 중에 아는 분은 한 명도 없었다. 졸업생이라고 설명하니 운동복을 입은 선생님이 아야네를 보고선 눈이 휘둥그레졌다.

"우리 학교 졸업생이라는 말을 듣긴 했지만 진짜였군

요. 와아, 놀랐네."

그 선생님에게 옛 문예부실 열쇠를 빌렸다.

아쉽게도 내년에는 낡은 그 동아리 건물이 철거된다고
한다. 정들었던 부실 앞에 서서 열쇠를 넣어 돌리고는 문
손잡이를 잡았다.

"참, 쥐 없나 확인해볼 테니 잠깐 기다려."

내가 말하자 아야네가 웃었다.

확인을 마치고 밖에 있는 그녀를 부르자 아야네가 부실
로 들어왔다.

아야네는 감개무량한 듯이 실내를 둘러봤다. 나는 창문
을 열어 신선한 공기를 들여왔다.

이곳에 마지막으로 왔던 날과 조금도 달라지지 않았다.

그러고 보니 아야네와의 날들은 여기서 시작되었다. 우
리는 이곳에서 많은 것을 함께했다.

노래를 만들고 때로는 싸우고, 그러면서도 함께 웃었다.

"하루토와의 날들이 여기서 시작되었는데."

똑같은 생각을 했는지 아야네가 그렇게 말했다. 나는
고개를 끄덕였다.

"그랬지. 어른이 되어 다시 이렇게 아야네와 올 수 있어
서…… 기뻐. 졸업식 끝나고 둘이서 여기 청소할 때 말이

야, 나는 이제 아야네와의 날들은 끝날 거라고 생각했어. 하지만 지금, 이렇게 계속되고 있어. 분명, 앞으로도……."

내가 감격스러워하자 아야네의 표정이 순간 일그러졌다. 아니, 순간이 아니다. 확실히 아야네는 괴로워하고 있었다.

"아야네?"

일깨우듯이 이름을 부르자 아야네가 시선을 아래로 떨구었다.

"중요한 일…… 어제, 바로 말하지 못해서 미안해."

갑자기 아야네가 사과했다. 나는 무의식중에 긴장하고 들을 준비를 했다.

아야네는 아마도 임신에 관해 얘기할 것이다.

"산부인과 검사 결과 말인데."

"응."

"하루토 말대로, 임신이야."

아야네는 애써 웃어 보이며 내게 알려주었다.

그렇다면 나도 웃는 얼굴로 대답해야 한다.

설령 그 뒤에 뭔가 슬픈 이야기가 기다리고 있다 해도.

"그렇구나. 응……. 이럴 때 무슨 말을 해야 할지 모르겠어."

행여 아야네에게 상처를 주지 않도록 최대한 신중하게 말을 골랐다.

그러자 아야네는 더욱 괴로운 듯이 미소를 띠었다.

"같이 병원에 간 매니저 언니도 기뻐해줬어. 임신 사실을 회사에 알리고 활동을 잠시 중단한다든가 여러 가지를 상의해서 결정하자고 하더라고. 무척 기뻤어."

목소리가 떨렸지만 아야네는 애써 거기까지 말했다.

하지만 한계였는지 그 단정한 얼굴을 비통하게 일그러뜨렸다.

"그런데, 그런데 말이지……. 오후에 내 몸을, 정밀검사를 했는데."

나는 아야네를 마주하고 마음과 몸을 바짝 긴장시켰다.

그 정밀검사 결과에서 뭔가 슬픈 일이 있었던 게 틀림없다.

혹시나 아야네의 몸에는 배 속의 아기를 키울 힘이 없는 건지도 모른다.

그런 경우도 있다고 직장에서 들은 적이 있다.

"나, 나 말이야……."

아이를 낳을 수 없다고 해도 그런 일로 괴로워할 필요는 없어.

결혼하자. 그래도 나는 네 곁에 항상 있을 거니까. 네가 만약 그 일로 상처받는다면 계속 옆에 있으면서 그 괴로움도 옅어지게 해줄게.

사랑해, 아야네. 진심으로.

하지만 아야네가 그다음에 꺼낸 말은, 내가 전혀 예상하지 못했던 다른 이야기였다.

"나 있지, 1년 반 후에 죽는대. 병이 있었어."

제5장

이제는 사랑이라는
이름으로

1

이야기는 아야네와의 재회를 거쳐 이별에까지 이르려 하고 있다.

이제부터의 일은 이야기하는 사람에게도, 듣는 사람에게도 각오가 필요하다.

"……그다음 이야기도 듣고 싶다면 공연이 끝난 뒤에 할까?"

내가 제안하자 옆에서 가만히 귀를 기울이고 있던 '그녀'가 고개를 끄덕였다. 두 사람 사이에는 심각한 분위기가 감돌았지만 그녀는 되레 밝은 모습을 보이려는 듯 말했다.

"알았어. 우선은 오늘 공연을 성공시키자고. 잘 리드해

줘야 해!"

기타를 맹훈련하기는 했지만 내게는 너무 어려운 주문이다.

쓴웃음을 지으며 고개를 끄덕였다. 공연 시간이 다가오고 있었다.

대기실로 돌아와 준비하고 있는데 요시 아저씨가 격려해줬다.

"처음이라 긴장되겠지만 마음껏 즐기면서 해봐. 전체적인 음악의 흐름은 우리가 잡아줄 테니까."

마음이 든든해서 기뻤다. "잘 부탁드립니다" 하며 고개를 숙였다.

이 모습이 부러웠는지 그녀는 요시 아저씨에게 졸라대기 시작했다.

"있잖아요, 요시 아저씨. 저한테는 조언해주실 거 없어요?"

"새삼스럽게? 없는데."

"너무해!"

"아, 있다 있어. 하루토에게 너무 신경 써주면서 하지 말라는 거?"

다른 밴드 멤버들도 어느새 대화에 끼어들어 왁자지껄

소란스러워졌다.

"어쨌든 오늘로 공연도 마지막이네. 두 사람 모두 아쉬움이 남지 않게 잘해봐."

요시 아저씨가 그렇게 말을 매듭짓자 나와 그녀는 얼굴을 마주 보았다.

드디어 라이브 공연 시간이 되었다.

각자 필요한 것을 손에 들고 대기실에서 무대 위로 향했다. 객석 사이를 지나자 가벼운 환성이 들려왔다. 스테이지에서 내가 설 위치는 그녀가 볼 때 오른쪽 뒤다.

기타에 케이블을 연결하고 살짝 음을 내본다. 앰프의 메모리를 확인했더니 문제없다.

이제 그녀가 **그것**을 하기만 하면 된다.

가냘픈 그녀의 뒷모습을 지켜본다. 크게 숨을 토해내는 것을 알 수 있었다.

그녀가 허리춤 뒤로 손을 들어 신호를 보냈다. 드디어 시작되었다.

머릿속이 한순간 하얘졌다.

긴장 때문이 아니다. 그녀의 노랫소리 때문이다. 평소에는 관객으로서 앞에서 받아들였는데, 뒤에서도 이렇게 전율이 느껴지다니.

한순간 정신을 빼앗겼지만 손가락은 멈추지 않았다. 반복해서 연습한 덕분이다. 필사적으로 모두에게 맞춰가며 연주했다.

…… 아야네는, 지금의 내 모습을 상상이나 했을까.

이 세계에 딱 붙어 지내며, 지금도 죽을힘을 다해 살아가고 있다. 아야네에게 기초를 배우고 켄 아저씨에게 훈련받아 여기서 이렇게 서툰 기타 솜씨를 선보이면서.

첫 번째 곡이 끝나고 그녀가 밴드 멤버를 한 명씩 소개하기 시작한다.

이렇게 소개되는 줄 미처 몰랐기에 순간 당황했지만 기타를 퉁기며 소개말에 맞춰 인사했다.

첫 곡에 이어 그녀가 만든 자작곡을 계속 연주해나갔다.

약간 마음에 여유가 생겨 객석을 바라보았더니 팔짱을 낀 켄 아저씨가 흐뭇한 미소를 띤 채 우리를 보고 있다. 언젠가 그는 내 앞에서 대성통곡한 적이 있다. 그 기억도 꽤 먼 옛날 일처럼 아득하게 느껴졌다.

마사후미 삼촌도 주방에서 나와 감개무량한 표정으로 무대를 바라보고 있다.

객석을 둘러보니 아는 얼굴들이 보였다. 아야네가 이곳

에서 노래를 부르던 시절부터 지금까지 오는 사람도 있다. 오늘 밤, 내 서툰 연주를 너그럽게 들어줄까.

공연이 계속되었다. 기타가 울리고 베이스가 흔들리고 드럼이 쿵쾅거린다. 피아노 소리가 퍼져 나간다.

그리고 그녀가 노래를 불렀다.

우리는 이렇게 지금도, 이 세상에서 살아가고 있다. 아야네가 살고 싶어 했던 세상을.

"감사합니다!"

문득 정신을 차려보니 공연이 끝나 있었다. 숨이 차고 땀이 솟아났다.

객석에서는 갈채와 같은 박수가 쏟아졌다.

나는 얼른 숨을 고르고 어깨에 메고 있던 아야네의 기타로 시선을 떨어뜨렸다.

감정이 고조되어 그만 손에 든 채 바라보고 있다.

표면이 거울처럼 닦여 있는 기타에, 누군가의 얼굴이 비쳤다.

그것은 사랑하는 사람을 잃고도 계속 살아온, 그 무렵보다 나이 든 내 얼굴이다.

"잘했어. 아빠!"

그런 내게 막 노래를 끝낸 사랑해마지않는 '그녀'가, 내 딸이 다정하게 말을 건넸다.

공연을 마친 우리는 레스토랑에 모두 모여 떠들썩하게 저녁을 먹고 인사를 한 뒤 집으로 돌아왔다. 시각은 밤 9시 쯤 되었다.

식탁 의자에 앉아 한숨 돌리고 나니 딸아이가 따뜻한 커피를 끓이기 시작했다.

"애기 마저 듣고 싶어."

그렇게 말하며 딸이 내민 커피를 받아들었다. 나는 고개를 끄덕였다.

2

아야네에게 남은 수명이 길지 않다는 말을 전해 들었을 때, 나는 아무 생각도 나지 않았다.

멍해 있는 내가 알아들을 수 있도록 아야네는 눈물을 쏟으며 차근차근 말해주었다.

아야네의 병은 면역과 관련된 심각한 질환이었다. 눈에 띄는 자각 증상이 없기에 건강검진에서 우연히 발견하거나, 증상이 나타나는 말기가 되어서야 알게 되는 경우가 많다고 한다.

아야네는 그나마 다행히 말기가 되기 전에 발견했다. 그러면 치료하면 된다. 나는 그렇게 생각했다. 하지만 그리 간단한 문제가 아닌 모양이다. 원인도 알 수 없고 치료법도 개발되어 있지 않은, 난치병이라고 한다.

지금도 세상에는 많은 사람이 이 병으로 고통받고 있다. 그리고 이로 인해 그들의 인생이 무너져내리고 있다고 한다. 분명 지금 우리의 인생이 무너지려 하듯이.

"내, 탓이야……."

중얼거리듯이 말하자 아야네가 걱정스러운 눈빛으로 나를 보았다.

"내가, 네게 가수가 되라고 권해서. 너는 계속 바쁘게 사느라 그게 원인이 돼서……."

"그렇지 않아."

내 말을 아야네는 단호히 부정했다.

"매니저 언니도 책임을 느꼈는지 내 앞에서 의사에게 이것저것 질문했어. 하지만 그런 건 관계없대. ……걸리는 사람은 그런 거랑 상관없이 걸린다고. 그래서 나는 가수가 되었든 되지 않았든 이 병에 걸릴 가능성이 있었던 거야."

가수가 되었든, 되지 않았든이라니. 그러면 운명이라는 말인가.

이 사실을 마주하고 나는 내 감정을 어디에 두어야 할지 전혀 알 수 없었다. 어떻게 정리하고 받아들여야 할지 도무지 알 수가 없었다.

다만…… 왜 하필 이 사람인 걸까, 라는 생각으로 머릿속이 꽉 찼다.

왜, 왜 아야네인가. 그녀일 필요가 어디에 있단 말인가.

그렇다면 나여도 좋다. 바꿔줘. 제발 부탁이야.

그녀는 많은 사람에게 사랑받고 있다. 많은 사람의 마음속에 있다.

그게 어떤 의미인지 하늘은 알고나 있는 것일까.

많은 사람이 탄식하고 슬퍼할 것이다. 마음에 휑하니 구멍이 뚫릴 것이다.

그런데, 그런데 어째서인가……. 도대체 왜…….

"왜, 너야!"

마음에 담아두려고 했던 말이 입에서 새어 나왔다.

떨리고 있었다. 마음과 몸이. 마치 차갑게 얼어붙은 세상에 놓인 것처럼.

그런 세상에서 아야네는, 있는 힘을 다해 웃어 보이려

하고 있다.

그러지 마. 그런 얼굴로 웃어 보이지 마.

분명 너 슬플 거야. 슬플 텐데, 웃지 말아줘.

"나라서 다행이야."

그렇게 말하면서도 아야네의 목소리는 떨리고 있었다.

"만약 하루토였다면…… 나는 견디지 못했을 거야. 삼촌이라도, 켄 아저씨라도 그리고 신세 지고 있는 다른 사람들이라도, 분명 상처받았을 거야. 하지만 내 일이라면 견딜 수 있어."

그렇게 말하는 아야네를, 나는 아무 말도 하지 못한 채마주 바라보았다.

나는 지금까지 내가 원하는 것을 말하거나 어리광을 부려본 적이 없는 인간이다.

할아버지와 할머니에게도, 선생님에게도, 상사에게도 항상 문제없는 인간이라는 것을 보여왔다. 운명에도 늘 순응했다.

"싫어."

하지만 이번에는 처음으로 내가 원하는 대로 말했다.

"나는 싫어. 그런 거 나는 인정 못 해!"

태어나 처음으로 억지를 부렸다. 싫다고, 그런 건 싫다고. 어른인데. 알면서도. 세상에는 아무리 싫다고 말해도 바뀌지 않는 일이 있다는 걸 알면서도.

아야네는 그런 나를 보고, 또 웃었다. 당연히 슬플 텐데도 웃고 있다.

"하루토를 만나서 행복했어."

과거형으로 말하지 마.

"하루토를 만났기에 나는 가수가 될 수 있었어. 노래 부르며 살 수 있어서 인생이 멋지다는 것도 알았어."

그러니까, 과거형으로 말하지 말아줘.

만약 네가 그렇게 느끼고 있다면 그걸 앞으로도 계속하는 거야.

앞으로 더욱 행복해지는 거야. 더욱 멋진 인생이 될 거야.

미래가 있어. 아야네, 응? 미래를 얘기하자고.

그게 안 된다면 시시한 이야기라도 좋아. 내게 마음 내키는 대로 어리광 부려도 좋아.

작사도, 거리 공연도, 공부도, 놀이공원도, 손잡는 것도, 키스도.

뭐든지 내가 다 해줄게.

불현듯 서로 알기 전 고등학교 시절의 아야네가 떠올랐다.

철의 여인이라 불리며 긴장된 표정으로 혼자 하늘을 올려다보고 있다.

그런 그녀와 내가 평생 서로 얽히는 일은 없을 거라고 생각했다.

우연히 고등학교 시절이라는 한정된 시간을 함께하고, 그 시기가 지나면 두 번 다시 얼굴을 마주할 일은 없을 거라고 여겼다.

'미즈시마, 너 시 써?'

그런데 네가 말을 걸었어. 함께 노래를 만들고 내게 여러 가지 표정을 보여주었어.

기뻤고 즐거웠어.

나에게 기쁨은 시밖에 없었다. 그것으로 좋았다. 나는 다른 사람들이 모르는 보석을 시에서 찾고 있었다. 그걸로 충분하다고 생각했다.

하지만 너와 맞닿으면서 알게 되었지.

그보다도 훨씬 빛나고 아름다운 것이 있다는 사실을.

결코 말하지 않았지만 느끼고 있었어.

곁에 있는 너라는 존재에게서, 그 빛을.

"왜, 어째서냐고!"

오열이 터져 나왔다. 놀랐다. 내 안에서 울음이 터지자,

목에서 기묘한 소리가 나왔다.

사랑하는 사람의 죽음을 앞에 두자 내 몸은 체면이고 뭐고 아무것도 상관없었다.

"도저히 믿을 수가 없어."

눈물을 훔치는 나를 아야네가 슬픈 눈빛으로 바라보았다. 아야네는 이렇게 살아 있는데. 그렇게 열심히 살아왔는데.

나를 금세 놀리고, 자꾸만 표정을 바꾸고, 움직이고, 노래하고, 연주하고.

즐거워하며 웃고…….

그런 일조차 할 수 없게 되는 게, 죽음이었다.

그 어떤 것도 회복할 수 없는 게 죽음이라는 현상이었다.

가슴이 후들거렸다. 눈물을 담은 오열도, 떨고 있었다.

그런 거, 용납할 수 없다. 있어서는 안 될 일이다. 나는 화가 났다. 거의 화를 내지 않는 내가 하늘에 대고 화를 내고 있었다. 하지만 아무것도 할 수 없었다. 그저 간절히 빌었다.

제발 부탁이에요. 이제 저는 그 어떤 것도 바라지 않겠습니다.

아야네와 멀리 떨어져 살아도 좋습니다. 그녀가 살아만

있어 준다면.

그러니 거짓이라고 해주세요. 사랑하고 있어요. 진심으로 그녀를.

"정말로, 죽는다고?"

그런 바람도 덧없이, 한참 뜸을 들인 후에 아야네는 내 물음에 대답했다.

"응…… 미안해. 진짜야. ……죽는 거야."

✻

운명이라는 말로 쉽게 정리할 수 있는 문제도, 단념할 수 있는 관계도 아니었다.

다만 하나의 사실로서 아야네는 난치병에 걸렸다. 그리고 임신도 했다.

그저 슬퍼하고만 있을 게 아니라 받아들이고 앞으로의 일을 생각해야 했다.

그 뒤에 일어난 일들은, 아야네가 남긴 것을 함께 보면 더 상상하기 쉬울지 모른다. 이렇게 생각한 나는 딸아이 앞에 무언가를 내밀었다.

"이게 뭐야?"

"엄마가 생전에 쓴 거야."

거기에는 아야네가 직접 쓴, 글자가 엮여 있었다.

딸은 그것을 손에 들고 가슴이 벅차다는 듯 바라보았다. 잠시 후 물었다.

"……이거, 내 얘기지?"

딸이 손가락으로 가리킨 곳에는 조목조목 이런 글귀가 적혀 있었다.

- 하루토와의 아기를 낳는다.

버킷리스트라고 하는 모양이다. 아야네는 자신이 죽기 전에 하고 싶은 일을 이렇게 종이에 적어 정리해놓았다. 유품 형태로 나중에 보게 되었는데, 당시 나는 아야네가 이런 리스트를 작성하고 있다는 사실을 알지 못했다.

아마도 나와 얘기하고 나서 도쿄로 돌아간 그즈음부터 적기 시작한 것 같다.

"응. 무엇보다도 가장 먼저 아야네는 그 말을 적었어."

내가 대답하자 딸은 한참 동안 글씨를 들여다보더니 눈물이 그렁그렁해서는 내게 물었다.

"여기 적혀 있는 리스트 내용, 자세히 물어봐도 돼?"

나는 그렇다고 대답하고 딸과 함께 리스트를 보면서 이야기를 계속 이어갔다.

✳

아야네의 병을 알게 된 뒤로도 세상은 아무것도 모르는 척 변함없이 돌아갔다. 그녀에게 남은 시간이 2년도 채 되지 않는다는 사실을 대부분의 사람은 알지 못한다.

집으로 돌아온 우리는 되도록 아무렇지 않게 지내려 했지만 쉽지 않았다. 밥도 잘 넘어가지 않았다.

"오늘은 하루토도 여러 가지로 피곤했을 거야. 서로 다른 방에서 일찍 잘까?"

아야네가 나를 배려하느라 그렇게 말했다. 나는 방으로 돌아가 잠자리에 누웠다.

시간이 흐른다. 머릿속은 한없이 헤매고만 있다. 아무리 시간이 지나도 잠이 오지 않았다.

하지만 이렇게 내가 슬픔에 싸여 있는 동안에도 아기는 자라고 있다. 우리는 그런 이야기를 해야 했다. 문득 아야네는 무엇을 하고 있을까 하는 생각이 들었다. 그녀는 강한 사람이었다. 한심하게도 내가 흐느껴 울 때, 그녀는 눈물을 참아내고 있었다.

이미 잠들었을지도 모른다고 생각해 발소리를 죽여가
며 1층 손님방으로 갔다.

아아, 나란 인간! 난 얼마나 멍청한 놈이란 말인가.

방 안에서 아야네가 흐느껴 우는 소리가 새어 나오고
있었다. 내 이름을 부르는 것 같기도 했다. 당연한 일이었
다. 병에 걸린 당사자는 아야네다. 그녀가 가장 불안할 터
였다. 나는 지금 이 어둠 속에 그녀를 혼자 내버려 두고 있
었던 것이다.

문을 힘껏 두드렸다. 코를 훌쩍이는 소리가 울렸다.

"하루토?"

"응. 지금 잠깐, 들어가도 돼?"

다시 콧물을 훌쩍거리는 소리가 들려왔다.

"괜찮아. 근데 조금만 기다려줘. 아, 물 좀 가져다줄래?"

아야네는 필사적으로 자신을 추스르려는 것 같았다. 물
이 든 컵을 들고 가자 그녀는 빨갛게 부어오른 눈을 한 채
나를 방 안으로 들여보내 주었다.

"지금 이 얼굴 보여줄 수 없으니까 불 끈 채로 있을게."

아야네가 커튼을 젖히자 희푸른 달빛이 방 안으로 따라
들어왔다.

창 쪽 바닥에 둘이 앉았다. 컵을 가까이에 놓자 물이 깊은 바다 빛으로 물들었다.

혼자 있을 때는 그렇게 불안했는데 아야네와 함께 있으니 그 불안도 조금은 엷어졌다. 이 사람을 내가 너무나도 필요로 하고 있는 거라고 느꼈다.

그런 사람을, 나는 잃어버리게 되는 걸까.

아무 말 없이 있으려니 아야네가 내 손을 잡았다. 그 손을 마주 쥐었다.

손을 꼭 쥐고서 앞으로의 일을 이야기해야겠다고 생각하고 말을 찾았다.

하지만 조금 지나서 그것도 그만두었다.

인간은 합리적인 생물이다. 머리를 사용하면 금세 계산을 한다. 그래서 나는 내 마음에 솔직해지자고 생각했다. 마음으로 이야기하기로 했다.

"이제 떨어져 있지 않을 거야. 언제까지나."

이것이 내 마음이 내린 해답이었다. 설령 아야네가 병에 걸렸다 해도. 세상을 떠난다 해도. 항상 곁에 있을 것이다. 그리고…….

내 말을 듣고 아야네는 몸이 굳어졌다.

"안타깝지만 그럴 수는 없어. 계속 같이 있을 수는 없어."

"그래도 가능한 한 함께 있자. 너랑 나랑 그리고…….'

이야기를 이어나가며 아야네의 배 쪽으로 살짝 시선을 돌렸다.

아야네는, 어떻게 하고 싶어?

신중하게 생각할 필요는 있었지만 그런 식으로 묻는 건 남자로서 가장 못나고 비열한 것 같았다. 그래서 나는 먼저 내 생각을 말하기로 했다.

"몸이 받는 부담이라든가, 병의 진행 상황이라든가, 의사 선생님을 만나서 확실하게 상담해봐야겠지만, 그래도 만약 가능하다면 나는 낳고 싶어."

아야네는 아무 말이 없었다.

"내 병에 관한 전문의 선생님이 도쿄에 계셔서 실은 이미 상담했어. ……이런 사례가 없어서 단정할 순 없지만 출산은 가능하대. 약이 배 속의 아기에게 나쁜 영향은 미치지 않는다고.'

고요한 방 안에서 고요한 눈빛을 한 아야네와 시선을 맞췄다.

그러다가 아야네가 물었다. 떨리는 목소리로.

"그렇지만, 낳으면 하루토에게 부담이 되지 않을까?"

"왜?"

"내가…… 죽으니까. 낳더라도 아기만 남겨두고 죽는 거야."

"앞일 같은 건 생각할 필요 없어."

"앞일이라는 건, 내가 죽은 뒤의 일?"

무거운 것이 가슴에 콱 꽂혔다. 눈에 보이지 않는 통증을 누르며 나는 솔직히 말했다.

"응. 지금의 아야네가 어떻게 하고 싶은지만 생각해."

그러자 아야네는 망설이지 않고 분명히 말했다.

"낳고 싶어."

"그럼, 결혼하자."

"아이를 힘들 게 하는 건 아닐까?"

"그럴지도 모르지."

내가 회피하지 않고 그렇게 대답하자 아야네는 아무 말도 하지 않았다.

"하지만, 그래서 내가 있는 거니까 아무 걱정하지 마."

나는 어렸을 때를 떠올리며 말을 이어나갔다.

"네가 없으면 그로 인해 아이가 당혹스러워할 일도 생길지 몰라. 슬플 때도 있을 거야. 하지만 나는 부모님이 다 안 계셨으니까, 그런 아이의 마음을 조금은 알아. 내가 곁에서 함께해줄 수 있을 거야."

　나 또한 초등학교, 중학교 때부터 지금처럼 의연했던 건 아니다. 상처도 많이 받았고 포기도 했다. 나를 이해해 주는 사람은 세상에 한 명도 없다며 마구 비뚤어진 적도 있다. 말로는 다 할 수 없는 외침을 시로 표현하기도 했다.

　그럼에도 누군가가, 그런 나의 마음을 알아주기를 진심으로 바랐다. 너의 그런 사소한 고민 같은 건 누구나 다 경험하는 일이라고, 내 머리칼을 손으로 마구 헝클이며 쓰다듬어주길 바랐다.

　"내가 그랬으니까 아이의 마음을 알아주고 어리광도 받아주면서 고민을 함께 넘길 수 있을지도 몰라. 아니, 분명히 할 수 있어. 난 사랑할 거야. 아야네와 나의 아이를. 만일 엄마가 없더라도, 병과 싸워가며 자신을 낳아준 데 감사하고 자랑스럽게 여기는 그런 따뜻하고 올곧은 아이로 키울 거야."

　내가 간절하고 분명하게 의지를 전하자, 어둠 속에서 무언가가 반짝이다 떨어졌다.

　"그러니까 아야네는 지금의 마음을 소중히 여기면 돼."

　아야네의 눈동자에서 눈물이 하염없이 흘러내렸다. 그러면서도 힘을 다해 말했다.

"나…… 낳고 싶어. 하루토와 나의 아기. 그래서 태어나
면, 태어나줘서 고맙다고 수없이 말해주고 싶어. 내가 듣
고 싶었던 말을…… 아이에게 들려주고 싶어."

우리는 이렇게 아기를 낳기로 결정했다.

아야네와 나는 각자의 인생을 살아오며 제각각 많은 일
을 경험했다.

그러나 이때부터는 새로운 생명을 만들어내는 일이 우
리 두 사람에게 가장 중요했다. 그 전에 아야네는 가수 활
동에 일단락을 지어야 했다. 그녀도 그러길 원했다. 아야
네가 남긴 버킷리스트에도 죽기 전에 하고 싶은 일이 이렇
게 적혀 있었다.

- 은퇴 콘서트를 열어 팬들에게 감사의 마음을 전한다.
- 그 곡을 완성해 콘서트에서 부른다.

가수 아야네의 은퇴 발표회는 우리가 아기를 낳기로 결정한 지 3주 후에 열렸다. 은퇴 이유도 공표했다. 병에 걸렸다는 것과 이제 남은 인생이 1년 반이라는 사실까지도.

온갖 미디어가 앞다퉈 보도하는 바람에 이 화제로 온통 떠들썩했다.

팬들은 혼란스러워했다. 충격을 받았고 사실이라는 것을 알자 슬퍼했다.

사실 병에 대해 공표하면서 가수 활동을 끝낼 수도 있었다. 팬들도 아쉽기는 하겠지만 이해해줄 것이다.

"그치만 나는 팬들이 지지하고 응원해준 덕분에 계속 활동할 수 있었으니까……. 떠나기 전에 고맙다는 인사를 하고 싶어. 그 곡도 완성해서 마지막에 부르고 싶고."

그 곡이란 아야네가 직접 작사한 〈봄의 사람〉을 말한다.

은퇴를 발표하기 전부터 아야네가 소속되어 있는 레코드 회사는 은퇴 콘서트를 준비하고 있었다. 아야네가 고집을 부린 게 아니라 회사도 이 방법으로 마무리하기를 원했기 때문이다.

그 곡을 완성하고 싶다는 아야네의 소망도 찬성해주

었다.

다만 이 곡의 완성은 함께 일해온 작사가에게 의뢰하지 않고 내가 맡기로 했다. 아야네가 옛날처럼 함께 노래를 만들고 싶어 했기 때문이다.

그 노래는 원래 아야네가 나에게 닿기를 바라며 만든 곡이었다. 지금 이대로는 개인을 향한 메시지가 너무 강했다. 함께 의논해서 그런 부분부터 고쳐나갔다.

이 작업을 하면서 문득 신기한 운명을 떠올렸다.

아야네가 처음 부른 노래의 작사를 내가 했고, 이렇게 또 마지막 노래도 내가 만지고 있다.

"하루토와 다시 이렇게 노래를 만들 수 있으리라곤 생각도 못 했어."

아기를 낳기로 결심하자 아야네는 결코 뒤돌아보지 않았다.

은퇴와 관련해서도 할 일이 많아 콘서트를 마칠 때까지는 도쿄에 있기로 하고 아야네는 도쿄로 돌아갔다. 나는 고향에 계속 남아 있었다. 그래도 서로 마음은 이어져 있었다. 스마트폰으로 얼굴을 마주 보며 함께 노래를 만들었다.

이 노래는 나와 아야네의 집대성이라고 할 수 있다. 최고의 곡으로 탄생시켜야 한다.

여러 차례 수정을 거친 끝에 만족스러운 곡이 완성되었다. 안목 높은 레코드 회사의 관계자들에게 보이려니 솔직히 긴장되었다. 다행히 아야네도 회사 관계자들도 모두 마음에 들어 했다.

"난 지금까지 다양한 가사를 불러왔지만, 역시 하루토가 쓴 가사가 좋아. 진짜 내 노래라는 느낌이 들어. 이 노래를 부를 날이 무척 기다려져."

그 무렵에는 아직, 아야네도 건강했다.

콘서트 준비로 바쁘게 지냈지만 얼굴을 마주할 때면 즐겁게 웃었다.

죽음의 그림자 같은 건, 어디에도 보이지 않았다.

한편 아야네의 은퇴와 병을 발표한 후 세상은 이 일로 한참 뒤숭숭했다. 내 주변에까지 영향이 미쳤는데, 실제로 후배 여직원 중에는 충격으로 휴가를 낸 사람도 있었다. 그깟 일로 휴가를 낸다고 상사가 어이없어했지만 그 비슷한 일이 여기저기서 일어나고 있을 것이다. 팬들을 위해서도 깔끔하게 가수 활동을 마무리하는 은퇴 콘서트를 성공시켜야만 했다.

입덧으로 아야네의 몸 상태가 좋지 않을 때도 있었지만

무사히 은퇴 콘서트 날을 맞이했다. 그녀는 여러 도시를 돌며 투어 콘서트를 열어 전국의 팬에게 인사하고 싶어 했다. 그러나 임신 초기인 데다 병 상태를 고려해 도쿄에서 단 하루만 개최하기로 했다.

아야네는 그 마지막 무대에서 은퇴 곡을 발표하고 임신했다는 사실도 보고할 생각이다. 그리고 팬들에게 작별 인사를 하는 거다. 나는 관계자석에서 콘서트를 지켜보았다. 임시로 가게 문을 닫고 달려온 마사후미 삼촌도 함께였다.

이렇게 많은 사람이 한자리에 모인 광경을 태어나서 처음 보았다.

5만여 명을 수용할 수 있는 돔이 관객으로 꽉 차 있다. 콘서트가 시작되자 아야네가 폭발적인 환호성 속에서 등장해 첫 번째 곡을 노래했다.

서포트 멤버로 무대에 선 켄 아저씨와 요시 아저씨의 모습도 보였다. 테크닉이 뛰어난 기교파 뮤지션인 그들이 평소와 달리 울부짖듯 거친 소리로 악기를 울렸고, 보통 사람 같으면 손가락이 저릴 정도의 현란한 손놀림으로 현을 퉁겼다.

두 사람에게는 물론 고향의 지인들에게도 아야네와 내가 함께 결정한 일을 털어놓았다. 그들은 평정심을 잃지 않았다. 어려운 일이 있으면 언제든지 의논 상대가 되어주겠다고 말했다.

켄 아저씨만이 줄곧 넋을 잃고 있었는데, 그 모습이 인상에 강하게 남아 있다.

두 번째 곡이 시작되기 전에 아야네가 관객 모두의 앞에서 자신의 병을 알렸다.

아야네가 자신의 입으로 직접 말하기는 처음이었다. 어떤 병인지도 설명했다. 팬들은 목소리를 높여 그녀를 위로했다. 그 무렵부터 벌써 공연장 내에서 고맙다는 소리가 들려왔다.

이윽고 두 번째 곡이 시작되었다. 가수 아야네가 걸어온 인생을 돌아보기라도 하듯이 히트곡이 차례로 흘러나왔다.

시선을 공연장 내로 돌리다 문득 앞쪽을 바라보니, 멍하니 선 채 울고 있는 팬이 여럿 있었다. 아야네는 많은 사람의 마음속에 있었다. 그 모습이 그녀가 살아온 증거였다.

콘서트가 계속되었다. 아야네는 노래와 노래 사이에 마이크를 잡고 관객들을 웃기기도 하고, 지금까지의 일을 이야기하며 눈물을 글썽이기도 했다.

이렇게 아야네는 한 시간이 넘는 공연을 완성해가고 있

었다.

그리고 피날레에, 그 곡이 기다리고 있다. 늘 그렇듯이 즐거운 시간은 눈 깜짝할 새에 지나간다.

"이제 마지막 곡입니다. 지금까지 콘서트에서만 불러온 노래가, 제가 부르는 마지막 노래가 될 거예요. 드디어 저도 봄을 만났습니다. 그에 맞춰 제목과 가사를 새롭게 손봤습니다. 그럼 들어주세요. '봄春의 노래歌'."

켄 아저씨가 섬세한 선율로 곡의 첫머리를 열었다. 팬들이 아야네를 회상할 수 있도록 전주 부분을 길게 넣어달라고 레코드 회사가 특별히 부탁했다.

대형 스크린에 아야네의 얼굴이 다양한 각도로 비쳤다.

마지막 곡이 시작되었다.

계절에 맞춰 아야네의 인생을 노래한 곡이다. 난독증인 소녀가 괴로워하면서도 자신이 살아갈 길을 찾아내고 꽃을 피우고 꿋꿋이 자라난다. 하지만 병이라는 불온한 초겨울의 찬바람이 불어온다. 죽음이라는 겨울이 다가오고 있음을 예감한다.

그렇게 살아가는 동안에도 봄 같은 희망은 있다.

언젠가 봄은 찾아온다.

병에 걸린 아야네가 마지막으로 부른 곡은 그런 희망의

노래였다. 희망은 아기를 의미하기도 한다. 앞으로 태어날 아기를 손꼽아 기다리는 노래이기도 했다.

함께 상의해가며 만든 그 노래를, 아야네는 눈을 감지 않고 불렀다. 팬 한 사람 한 사람을 기억에 아로새기려는 듯 공연장을 쭈욱 둘러보았다.

아야네가 남긴 희망의 노래가 공연장에 가득 울려 퍼졌다.

앙코르는 하지 않겠다고 약속되어 있었다. 그 아름다운 노랫소리가 그치면, 아야네는 정말로 은퇴한다. 누구나 분명 바라고 있을 것이다. 계속 노래해주기를. 언제까지나 그 모습을 보고 싶다고.

하지만 그 바람은 이루어지지 않는다.

몸이, 생명이, 이제 1년 반이 지나면 사라지고 말 테니까.

노래의 끝을 예감했는지 열광하던 팬들의 목소리가 잦아들었다.

노래가 끝나고 공연장이 박수 소리로 가득 찼다. 그리고 정적이 찾아왔다.

아야네는 잠시 숨을 고른 뒤 팬들을 향해 입을 열었다.

"지금까지 저의 노래를 들어주셔서 정말로 감사했습니다."

그리고 그녀는 말을 이었다. 지금 자신의 심경. 성장 과정. 가장 사랑하는 사람과 재회한 일.

아기가 생겼고, 이제 죽기 전에 낳으려고 한다는 것을.

"저는 지금…… 내일이 기대됩니다. 아기를 만나게 될 내일이."

아야네는 있는 힘을 다해 미소 짓고 내일의 희망을 이야기했다.

"그리고 동시에 조금은 두렵기도 합니다. 이 세상에서 사라질 날이, 다가오는 내일이."

거짓 없는 본심도.

"2년 후 세상에, 저는 없을 겁니다. 울어도 웃어도 2년은 넘길 수 없어요. 그래도 저는 살아 있는 한, 웃고 싶습니다. 여러분과 함께한 지금까지의 날들을 떠올리면서. 여러분의 내일이 오늘보다 더 좋은 날이 되기를 기원하면서."

마지막으로 그녀가 고개를 숙였다.

"지금까지 제 노래를 들어주셔서 정말 고맙습니다."

이렇게 아야네는 가수 아야네로서의 역할을 마쳤다.

그녀가 머리를 들었을 때는 우레와 같은 박수가 돔을 가득 메웠다.

팬들 모두가 제각각 마음을 표현하느라 소리치고 있

었다.

공연장 여기저기에 팬들이 만들어 온 특대 사이즈 플래카드가 펼쳐져 있다.

고마워요, 아야네.

거기에는 하나같이 그런 감사의 말이 쓰여 있었다.

커다란 글자다. 분명 그 마음이 그녀에게도 닿는다. 그것을 본 아야네가 손으로 입을 막았다. 수없이 쏟아지는 감사의 말에 둘러싸인 그날, 아야네는 활동을 마쳤다.

3

• 하루토와 마지막 날까지 함께 있는다.
• 결혼식을 올리고 싶다.

아야네가 고향으로 돌아와 우리는 함께 생활하기 시작했다. 혼인신고서를 제출하고 아야네의 소망대로 조촐한 결혼식을 올렸다.

참석자는 많지 않았지만 행복한 결혼식이었다. 시골에서 올리는 결혼식에는 시골만이 갖는 장점이 있다. 바다가 내려다보이는 언덕 위에 교회가 있어 그곳에서 새하얀 웨딩드레스를 입은 아야네와 반지를 주고받았다. 켄 아저씨와 요시 아저씨, 밴드 멤버들과 마사후미 삼촌 그리고 레스토랑의 단골손님들이 우리를 축복해주었다.

결혼식 직전에 나는 다니던 관공서를 그만두었다. 미련이 없다고 하면 거짓말이지만, 내게 가장 소중한 건 아야네의 곁에 있는 일이었다.

둘이서 가구를 고르고 할아버지와 할머니가 남겨준 집의 일부를 개조해 함께 지내기 시작했다.

아침 햇살과 함께 눈을 뜨고 인사를 나누고, 느긋하게 하고 싶은 일을 했다. 우리를 등 떠미는 일은 하나도 없었다. 그렇게 고즈넉한 나날을 보냈다.

도쿄의 전문의에게 소개장을 받아 가까운 병원에서 수속을 마쳤다. 병은 서서히 진행되고 있었지만 증상은 나타나지 않아서 아야네는 평온하게 지냈다.

"이렇게 여유롭고 편한 나날을 하루토와 함께 보낼 거라고는 생각도 못 했어."

"지금까지 넌 쉬지 못했으니까. 그만큼 이제는 느긋하게 지내자."

아야네와는 많은 일을 함께했다.

나중에 알았지만, 그것도 전부 그녀가 리스트에 적어놓은 일들이었다.

　낚시를 하고 싶다고 하면 둘이서 바다로 갔고, 온천에 가고 싶다고 하면 자동차를 타고 이웃 지역까지 달려갔다.

　아야네는 항상 웃었다. 병 같은 건 애초에 존재하지 않은 걸지도 모른다고 생각했다.

　적어도 그 시점에서 우리 두 사람 사이에 난치병 같은 방해물은 없었다.

　그것도 아직 아야네의 증세가 심각해지지 않고 배도 불러오기 전의 일이었다.

　임신 6개월째로 접어들어 배가 눈에 띄게 불러오자 아야네는 몸이 안 좋아졌다. 아기가 쑥쑥 성장하는 시기여서 엄마인 아야네의 몸에 부담이 되는 거라고 했다.

　병을 갖고 있는 아야네의 경우, 무언가가 원인이 되어 엄마와 아기 모두 위험한 상태에 빠질 수도 있었다. 그래서 입원해 검사를 받기로 했다.

　나는 갑작스러운 변화에 당황했다. 바로 얼마 전까지만 해도 아야네는 몸도 괜찮았고 기분도 좋았었다. 옛날 밴드 멤버들과 다시 무대에 서고 싶다고까지 말했다.

　"미안해, 하루토. 걱정 끼쳐서."

병원 침대에 몸을 누인 아야네가 미안한 표정으로 사과했다.

"무슨 그런 생각을 해. 금세 원래 상태로 돌아올 거야."

"응. 아직도 하루토랑 하고 싶은 게 너무 많은걸. 같이 해줄 거지?"

그 말대로 나는 그녀가 하고 싶다는 일은 모두 다 함께 했다. 입원 중에도 할 수 있는 일이 몇 가지 있었다.

아야네는 소망을 글자로 남겨놓았다.

• 하루토에게 기타를 가르쳐준다.

기타를 가르쳐주고 싶다는 그녀의 소망대로 병원 옥상에서 기초를 배웠다. 소질이 있다고 칭찬도 받았다. 아야네가 오래전부터 사용하던 일렉트릭 어쿠스틱 기타를 받아 집에 돌아가서도 혼자 연습했다.

아야네는 언젠가 내 연주에 맞춰 노래를 부르고 싶다고 말했다.

뭐든지 다 해줄 생각이었다. 프로로 계속 활동하고 있는 켄 아저씨가 고향에 다녀갈 때마다 부탁해서 밤에 특별 훈련을 받았다.

"너, 사랑하는 사람을 위해서 기타를 배우려는 거구나."

잠시 쉬던 중 갑자기 그런 말을 들었다. 객관적으로 보면 그럴지도 모른다.

"하루토도 이제 어엿한 로커네."

멋쩍어 웃고 말았다. 그러고 나서 스스럼없이 물었다.

"켄 아저씨도 사랑하는 사람을 위해서 기타를 치고 그러셨어요?"

이 질문으로 뜻하지 않게 켄 아저씨의 비밀을 알게 되었다.

"그럴지도 모르지. 아내도 아이도 죽고 난 후에는 줄곧 목적을 잃어버렸지만."

"네? 부인이 계셨군요. 아이도……."

베이시스트인 요시 아저씨에게는 가족이 있었지만, 켄 아저씨는 결혼이나 가정에 관심이 없는 사람이라고 마음 대로 추측하고 있었다. 부인과 아이가 세상을 떠났다는 사실도 전혀 모르고서.

"출산 때 사고였지. 아이를 안아보기도 전에 두 사람 다 가버렸어. 꽤 오래전 일이야……. 미안하네, 괜히 부정 탈 소리를 했어. 자자, 다시 연습하자고."

켄 아저씨는 아무렇지 않은 듯 그리 말하고는 다시 기

타 치는 법을 열심히 가르쳐주었다.

한창 연습에 몰두하다 말고 그가 불쑥 중얼거렸다.

"나야 이런 것밖에 해줄 수 없지만 말이다. 만약 무슨 일이 있으면 어려워 말고 얘기해. 뭐든지. 반드시 힘이 되어줄 테니까."

켄 아저씨의 도움으로 나도 나름대로 기타를 칠 수 있게 되었다.

그런 사실에 아야네는 놀라면서도 기뻐했다. 그녀는 그렇게, 리스트에 적은 내용을 하나씩 이루어갔다. 하지만 아쉽게도 그중에는 이루지 못한 소망이 몇 개 있었던 것 같다.

• 하루토와 핀란드에 간다.

아야네는 핀란드를 좋아한다고 말했다. 그 초록색 고깔 모자를 쓴 캐릭터가 탄생한 나라다. 당시에도 직항 항공편으로 약 한나절이면 갈 수 있었지만, 아야네는 한번 입원하면 좀처럼 퇴원하지 못했다.

"빨리 퇴원해서 다시 집에서 하루토와 여유롭게 지내고 싶어."

병원 생활이 따분했는지 아야네는 그런 말을 자주 되뇌었다.

하지만 현실은 녹록지 않았다. 서서히 많은 것이 바뀌었다. 그다지, 좋지 않은 방향으로.

아야네는 즐겁게 이야기하다가 갑자기 고통스러워하기도 했다. 그러고는 필사적으로 웃는 얼굴을 보이며 괜찮다고 말했다.

하지만 그 빈도가 늘어갔다. 얼마 지나 담당 의사가 나한테만 설명해준 적이 있다. 아야네의 상태가 안정되지 않고 계속 악화될 경우에는 전문 병원으로 옮겨 대형 장비로 치료받는 방법도 검토해야 한다고 말이다.

장비니 검토니 그런 심각한 말들이 주는 무게에 멈칫했다. 이렇게 변해가는 일상에 나의 현실감각이 농락당하는 느낌이었다.

그렇게 생기 있던 아야네가 눈앞에서 수없이 고통스러워했다.

"괜찮아? 간호사 부를까?"

의자에서 일어나며 물어보자 아야네가 고개를 옆으로 저었다.

"괜, 찮, 아. 대신 손 좀, 잡아줄래? 그럼 안심이 되거든."

손을 내밀자 그녀는 입가에 미소를 보이며 내 손을 잡았다. 심호흡을 하더니 다소 안정이 되는 모양이었다.

"미안해. 놀랐지?"

"내가 마음 쓸까 봐 너무 참는 거 같아. 그럴 필요 없다니까."

내 말에 쓸쓸한 표정으로 살짝 웃는다. 그녀의 시선이 맞잡은 손으로 향했다.

"있잖아, 하루토…… 처음 손잡은 날 기억나?"

"처음? 아, 고3 때 귀신의 집에서였나?"

"땡! 틀렸습니다. 처음 거리 공연하던 날, 경찰한테서 도망칠 때였습니다!"

"맞아, 그런 일이 있었네. 근데 내가 잡은 건 손목 아니었어?"

약간 쑥스럽기는 했지만 옛 추억으로 이야기꽃을 피우면서 마주 웃었다.

아야네는 피곤했는지 얼마 안 있어 깜빡깜빡 졸기 시작했다. 졸면서도 손을 놓으려 하지 않더니 어느새 잠이 들어 있었다.

병원 침대에 누워 있는 아야네를 물끄러미 바라보았다.

병은 여전히 그녀 안에 존재하고 있다. 앞으로도 고비

는 찾아오겠지.

불현듯 만약의 일을 상상해보았다.

만약에 아기를 낳기로 한 우리의 선택이 잘못된 거라면?

여기에는 세 개의 생명이 있는데, 혹시라도 하나가 된다면?

앞으로 아야네의 상태가 급격히 악화되는 일이 없을 거라고 장담할 수도 없다.

어쩌면 중환자실이라는, 격리된 장소로 옮겨지는 일도 생길지 모른다.

그때를 마지막으로 만나지 못하게 될 수도…….

그렇게 된 세상에서, 나는 살아갈 수 있을까.

암울한 생각에 사로잡혀 있느라 시간이 한참 흘러가는 것도 몰랐다. 바깥은 새빨갛게 타오르고 있었다. 아야네가 눈을 뜨고 언제부터인지 나를 보고 있었다.

"하루토, 괜찮아?"

"으응, 일어났구나, 아야네."

"울 것 같은 표정인데?"

"행복해서 그래."

그렇게 말하고 내 얼굴이 보이지 않도록 아야네의 배에 귀를 갖다 댔다. 이렇게 해도 실은 아기의 심장 고동 소리는 들리지 않는다. 그래도 계속 귀를 대고 있었다.

살아줘. 그렇게 간절히 바랐다.

아야네도, 배 속의 아기도 계속, 계속 행복하게, 오래 살아줘.

내가 가진 거라면 뭐든지 줄 테니까, 살아 있어 줘.

마음속으로 간절하게 기도하고 있는데 아야네가 내 머리에 손을 얹었다.

가만히 쓰다듬으며 "미안해" 하고 속삭였다.

내 몸이 굳어졌다.

정말로 아야네가 죽는다는 걸, 이제 와 새삼 절감했다.

저쪽 세상으로 가버릴 그녀가, 이쪽 세상에 남겨질 나를 위로하려 한다. 나는 원래대로 몸을 세우고 아야네를 지그시 바라보았다.

눈물이 저절로 배어 나왔다. 하지만 우는 건 이번이 마지막이라고 생각했다.

아무리 쓸쓸하지 않다고 말해도, 또다시 쓸쓸해진다.

이것이 내가 실감한 인생이다. 아마 앞으로도 나는, 쓸쓸해지고 괴로워지겠지.

하지만 이제, 우는 건 이걸로 끝내자.

내가 울면, 정말로 울고 싶은 그녀가 울지 못할 테니까.

안심하고, 아기를 낳아야 하니까.

"행복해지자."

떨리는 목소리로 말하고는 몰래 마지막 눈물을 닦았다.

4

• 하루토와 별이 가득한 하늘을 보러 간다.

아야네의 몸이 임신이라는 상황에 조금씩 적응했는지, 집에 돌아오지는 못했지만 한 차례 외출 허가가 떨어졌다. 아야네는 기왕이면 로맨틱한 걸 하고 싶다고 말했다.

우리가 사는 마을에는 산이 있는데, 그곳에 별이 총총히 빛나는 밤하늘을 볼 수 있는 자리가 있다. 도시의 플라네타륨에서 보던 별을 실제로 아야네와 보러 가기로 했다.

그 시기에는 비가 계속 이어졌지만 주말에는 맑게 갠다고 해서 사전에 외출 허가를 신청했다.

아야네는 언젠가 내 연주에 맞춰 노래하고 싶다고 전부터 말해왔다.

그렇다면 이번 주말 외출이 좋은 기회일 것이라 생각하

고 나는 기타 연습에 몰두했다.

여러 가지 불안한 일들이 떠올라서 손이 멈춰질 때도 있었지만, 외출일까지 한 곡을 전부 연주할 수 있게 되었다.

내 자신이 살짝 자랑스러웠다. 밤이 되어 아야네와 둘이 자동차를 타고 나갔다.

"너무 근사해. 이렇게 예쁜 별이 보이는 데가 있다니!"

여러 날 동안 내린 비가 하늘을 깨끗이 씻어줬는지 맑고 아름다운 밤하늘이 끝도 없이 펼쳐졌다.

"사실은 기타를 가져왔어. 그 곡도 칠 수 있으니까 괜찮으면 노래 불러볼래?"

그 곡이란, 아야네의 은퇴 곡이다. 아야네가 내 말에 놀라더니 고개를 끄덕였다.

은모래가 알알이 박힌 듯 반짝이는 밤하늘 아래서 나는 기타를 쳤다. 아야네가 노래를 불렀다.

……병은 아직 그렇게까지 진행되지 않았을 터였다. 그런데 확실히 아야네의 체력이 많이 떨어져 있다. 풍성해야 할 그녀의 성량이 약해져 있었다.

마음처럼 노래 부르지 못하고 있다는 현실은 본인인 아야네가 가장 잘 알고 있을 것이다.

지금까지 아야네가 노래하는 모습을 수없이 봐왔지만

노래를 마친 후에 이렇게 쓸쓸해 하는 모습은 처음이었다.

"하루토, 엄청 잘하는데?"

그런데도 아야네는 내게 애써 웃어 보였다.

"하고 싶은 일을 또 하나 이뤘어."

그렇게 말하고는 예전에 그랬듯이, 슬플 텐데도 웃었다.

내가 어색하게 마주 웃자 아야네가 밤하늘을 올려다보며 말했다.

"하루토. 날 뒤에서 안아줄래? 그리고 함께 별을 보는 거야."

나는 아야네가 원하는 대로 했다. 같은 시선으로 별을 바라본다.

아야네와 몸이 닿아 그녀의 심장 고동이 내게도 전해져 왔다. 그녀는 아직 분명히 살아 있었다. 심장이 계속 뛰고 있다. 생명은 그곳에, 아야네 안에 있다.

이렇게 가까이 있으면 아야네가 내 몸처럼 느껴진다.

그런데 현실은 다르다. 나는 어쩔 수 없이 나이고, 그녀는 어쩔 수 없이 그녀였다.

그 사실이 몹시도 슬펐다.

• 하루토에게 될 수 있으면 폐를 끼치지 않는다.

아야네의 상태는 좋아질 때가 있는가 하면 나빠질 때도 있었다.

최선을 다해주는 의사와 간호사들 덕분에 전문 병원으로 옮기지 않고 어떻게든 힘든 시기를 넘겼다. 하지만 몸 상태가 안정되었다고 느낄 즈음에는 정신적으로 불안정해졌다.

느닷없이 아야네가 병실에서 눈물을 터뜨렸다.

"왜 그래, 아야네?"

"미안. 왠지 불안한 생각이 들어서……. 나, 무사히 낳을 수 있겠지? 괜찮은 거지? 아직 아기의 움직임이 배에서 느껴지지가 않아."

"의사 선생님이 순조롭게 잘 크고 있다고 하셨잖아. 문제없어."

"그렇지만 왠지…… 불안해."

아야네는 고개를 떨구더니 다시 눈물을 쏟았다.

나는 그 모습을 차마 보고 있을 수가 없어 아야네 곁으로 다가가 살며시 손을 잡았다.

지금까지 말로 하지 못했던 마음을 토해내듯이, 아야네가 울면서 말했다.

"살고 싶어, 하루토랑 이 아기랑."

"응."

"하고 싶은 일이 너무 많아. 아기가 태어나면 많이 안아
주고 싶어. 사진도 찍고 싶어. 걸음마를 하게 되면 공원에
서 셋이 산책도 하고 싶고 놀이공원에도 동물원에도 함께
가고 싶어. 하루토랑 아기가 낮잠 자는 모습을 보면서 말
할 수 없이 행복한 기분을 느껴보고 싶어."

눈물은 그칠 줄 모르고 그녀의 뺨을 적셨다.

"셋이 같이 있고 싶어. 계속 같이. 아이가 자라나는 모
습을 하루토와 함께 지켜보고 싶어. 많이 많이 사랑해주고
싶어. 셋이 좋아. 세 사람이어야 좋은데."

나는 아야네를 끌어안았다.

"셋이지. 우린 세 사람이야."

"나는 죽을 거잖아."

"죽지 않아, 살아 있잖아."

"그래도 죽게 돼. 그날이 오는 게…… 지금은 견딜 수 없
이 두려워. 나 무서워, 하루토. 혼자 두지 마. 계속 함께 있
어 줘. 부탁이야. 혼자 있기 싫어. 이렇게 결혼했는데."

무섭다. 생각해보면 아야네는 그 마음을 줄곧 내게 드
러내지 않고 혼자 견뎌왔을 것이다. 간신히 지금, 거짓 없
는 본심을 내게 드러내 주어서 기뻤다.

"나도 두려워. 아야네가 사라지는 날이. 하지만 나도 너
도 아직 살아 있잖아."

그리고 나는 눈물로 얼굴을 적시고 있는 아야네와 눈을
마주했다.

"나도 너도 죽을 때까지는 힘껏 살자. 봐봐, 아기가 태
어나면 하고 싶은 일이 많잖아? 이제 얼마 안 남았어. 힘내
자. 괴로우면 지금처럼 내게 다 토해내면 돼. 나는 네 남편
이니까. 사랑해. 뭐든지 말해줘."

병과 불안과 슬픔, 아야네는 많은 것과 싸우고 있었다.

혼자서 감당하기에 그것들은 너무 크다. 나는 조금이라
도 그 고통을 나눠 짊어지고 싶었다.

인간은 결국, 어디까지나 혼자인 것인지도 모른다.

하지만 우리는 인생을 함께할 부부였다. 자신이라는 껍
질을 깨고 나와서 문제를 둘이 공유했다. 그것이야말로 결
혼해서 살아가는 의미임이 틀림없다.

폐를 끼치고 싶지 않다는 아야네를 나는 수없이 설득
했다. 약해진 마음과 걱정거리를 모두 토해내게 했다. 그
과정을 통해 우리는 마침내 부부가 되었다. 그렇게 느껴
졌다.

- 아기의 이름을 짓는다.

　병과 싸우며 아기를 낳는다. 그 중압감은 쉽게 상상할
수 없다.

　하지만 조금씩 불안을 토해내면서 아야네는 차츰 정신
적으로 안정되었다. 그리고 일반적인 경우보다는 늦은 것
같았지만, 어느 시기부터 배 속에서 움직이는 아기의 존재
를 느끼기 시작했다. 정신적으로도 괴로운 시기를 어떻게
든 극복하고 나자 아야네는 조금씩 기운을 되찾았다.

　"나, 죽고 싶지 않아."

　어떤 때는 분명하게 말해서 나를 놀라게 했다.

　"응. 너는 살아 있어."

　내가 웃으며 대답하면 그녀는 활짝 웃었다.

　배 속에서 아기가 확실히 움직이기 시작하자 아야네는
아기에게 매일 인사를 하고 대화를 나눴다.

　"빨리 태어나주지 않으려나. 만나고 싶어, 내 딸을."

　"이제 곧 만날 수 있어. 슬슬 이름도 정해야겠다."

　그 무렵이 되자 성별도 확실히 알게 되었다.

　함께 아기의 이름을 생각하는 일이 아야네에게 긍정적
인 영향을 줄 거라고 여겨 여러 번 의논했고 그중에서 후

보를 몇 개 골랐다.

하지만 그날, 아야네가 무언가 생각난 듯이 종이에 쓴 것은 전혀 다른, 새로운 이름이었다.

종이에는 우리에게 희망을 주는 이름이 적혀 있었다.

"어때, 이 이름? 태어날 계절이 가을이어서인지, 지금까지는 후보에 오르지 않았지만."

"그러게. 왜 지금까지 생각하지 못했나 싶을 정도로, 딱 맞는 이름이네."

몇 번을 봐도 딸의 이름은 그 외에는 없을 거라는 생각이 들었다.

"응. 흔할지도 모르지만, 좋은 이름이야. 우리의 희망이 담겨 있는 이름이야."

내가 그렇게 말하자 아야네가 만면에 기쁨을 드러내며 웃었다.

"이 아기는 내 희망 그 자체이기도 하니까."

"생명뿐만 아니라 이름도 이렇게 확실히 줄 수 있어서 기뻐."

"그러게. 하지만 우리가 생명을 이 아이에게 준 게 아니라, 이 아이가 생명을 받아줬어. 왠지 그런 마음이 들어."

준 게 아니라, 아이가 받아주었다.

그것은 어머니만이 할 수 있는 말인지도 모른다.

검사 시간이 되었기에 나는 병실에서 나왔다. 켄 아저씨가 병실 쪽 벽에 기대서 있었다. 괴로운 듯 고개를 숙이고 있었다.

"……어째서 나 같은 늙다리가 아니라 저 녀석인 거냐."

나는 뭐라고 대답하려 했지만 켄 아저씨는 "다시 올게" 하더니 가버렸다.

어째서 우리가 아니라 그녀인 걸까. 그 대답은 지금도 찾지 못했다.

가끔 생각한다.

인생에 의미가 없다면, 삶에도 죽음에도 의미는 없다.

이 지구에서 제멋대로 자리 잡고 살기 시작해 지식을 발달시키고 언어를 만들어낸 인류는 사랑이니 애정이니, 의미가 있느니 없느니 하면서 목청만 높이고 있다.

아야네의 죽음이 너무나도 슬퍼서 나는 그런 무의미의 소용돌이에 사로잡힐 때가 있다.

하지만 그때마다 아야네의 말을 되풀이해 떠올렸다.

'우리가 생명을 이 아이에게 준 게 아니라, 이 아이가 생명을 받아줬어. 왠지 그런 마음이 들어.'

신기하게도 그 말만 떠올리면 이 인생을 긍정할 마음이 들었다.

그리고 지금, 그 생명을 받아준 아기가 자라서, 이렇게 나와 함께 아야네가 남긴 글을 보고 있다는 사실이 이루 말할 수 없이 기쁘다.

버킷리스트는 아직 계속되고 있다.

아야네가 무슨 일이 있어도 꼭 이루고 싶어 한 항목이 눈앞에 놓여 있었다.

• 태어나줘서 고맙다고 말한다.

딸아이에게 시선을 돌리자 다음에 나올 내용을 예감했는지 리스트를 가만히 바라보고 있다. 나는 당시의 일을 떠올리면서 다시 입을 열었다.

5

아야네에게 닥친 여러 난관을 차례차례 극복하면서 출산 예정일이 다가왔다.

예정일을 사흘 앞둔 날, 낮에 양수가 터져 저녁부터 본격적인 진통이 시작되었다. 옷을 갈아입은 아야네가 분만 대기실에서 체온과 혈압을 재고 있는 동안 나는 밖으로 나왔다. 그쯤, 연락을 받은 켄 아저씨와 마사후미 삼촌이 한달음에 달려왔다.

"이거 아야네에게 전해줘."

그렇게 말하며 켄 아저씨가 내민 것을 보고 나는 깜짝 놀랐다.

순산을 기원하는 부적이었다.

"예전에는 쑥스러워서 하늘에 빈다거나 부적 같은 거 갖고 다니지 못했어. 하지만 이번만큼은 후회하고 싶지 않아서 말이야. 우리 몫까지 행복해라."

아마도 혼자 교외의 유명한 신사까지 찾아가서 사 온 모양이다.

분명 예전 기억이 떠올라 괴로웠을 텐데…….

그렇게까지 해주다니 왈칵 눈물이 터지려 했다.

"이러지 마세요, 울지 않겠다고 맹세했는데."

그러면서 부적을 받아들자 아저씨는 웃으며 나를 바라봤다.

"다음에 만날 때는 하루토도 아버지네."

마사후미 삼촌에게 가볍게 고개를 끄덕이고, 두 사람에게 인사한 뒤 분만 대기실로 돌아갔다.

진통이 가볍지만은 않았지만 다행히 출산은 짧은 시간 안에 이루어졌다.

분만할 때 입회하기를 원한 나는 아야네 곁에 바짝 붙어서 분만실로 들어갔다. 그녀와 함께 부적을 꼭 쥐고 기운을 북돋아 주었다.

"곧 공주님이 태어날 거예요."

조산사가 일러주고 나서 이윽고…… 갓난아기의 첫 울음소리가 방 안에 가득 퍼졌다.

아야네에게 산소를 받던 아기가 폐를 펴고 스스로 호흡을 한다. 우리 딸이 이 세상에 태어났음을 알리는 생명의 외침이었다.

의사와 조산사가 후속 조치를 하는 동안 나는 감동해서 현기증이 일 것만 같았다.

이 순간이 오기까지 정말로 수많은 일이 있었다.

아기가 무사히 태어나주었고 엄마와 아기가 모두 건강했다. 그 모든 사실에 감사하는 마음은 뭐라 표현할 수가 없을 정도였다. 하지만 언제까지나 감격에 젖어 있을 때가 아니다.

냉정하게 마음을 다잡고 아야네를 바라봤다.

아야네는…… 눈을 살포시 감고 있었다. 가만히, 움직이지 않는다.

순간 머릿속이 하얘졌다.

"아야네? 아야네!!"

바로 그때 아야네가 크게 숨을 쉬었다. 가쁜 숨을 토하듯 크게 내쉬었다.

눈을 뜨고 약간 몽롱한 표정으로 나를 본다.

"나, 나…… 낳은 거야? 정말, 낳은 거야?"

"맞아. 네가 생명을 낳았어. 정말 애썼어. 우리 딸이야."

"정말? 정말이지?"

"들리지? 혼자 숨을 쉬고 있어."

잠시 후 조산사가 조치를 마치고 갓난아기를 가까이 데려왔다.

"어느 분이 먼저 안아보시겠어요?"

그렇게 묻기에 나는 망설이지 않고 아야네에게 안겨달

라고 했다. 조산사가 침대에 누워 있는 아야네의 가슴에 이제 막 태어난 아기를 뉘었다.

엄마가 된 아야네가 그 손으로 아기를 안았다.

그러자 아야네의 눈동자에 눈물이 차오르더니 결국 넘쳐나 뺨을 타고 흘러내렸다.

그 모습을 보자 가슴이 옥죄어들어 숨을 잘 쉴 수 없었다. 하지만 나는 아야네의 남편으로서 그녀를 독려해야 했다.

지금이기에 할 수 있는 한마디를, 그녀가 말할 수 있게.

"아야네. 아기에게 하고 싶은 말 있지? 어서 말해줘."

아야네는 내 말의 의도를 알아차리고 "응" 하고 대답했다. 표정이 살짝 일그러지더니 울음을 참지 못하고 흐느꼈다.

그래도 아야네는 말했다. 자신의 아기를 향해서.

"……정말로, 고마워. 태어나줘서…… 정말, 정말…… 고마워."

새로 태어난 생명 곁에서 아야네는 이내 큰 소리로 울었다.

그 후의 날들을, 우리는 세 식구로 살았다.

출산 후 몸 상태가 안정을 되찾아서 아야네는 오랜만에 집으로 돌아왔다.

그날부터는 우리 가족의 시간이었다.

셋이서 많은 걸 함께했다. 내일 죽어도 좋을 만큼 하루하루를 행복하게 지냈다.

아야네는 많이 웃었다. 아기도 기쁜 모양이었다.

"봐봐, 이 사진."

아기를 낳고 반년 후, 우리는 집 거실에 있었다.

아야네는 퇴원 후에 다루기 쉬운 카메라를 사서 사진을 수없이 찍고 출력했다.

그녀가 내민 사진에는 딸과 내가 찍혀 있었다. 생후 3개월 무렵의 사진이다. 아이가 조그마한 손을 내밀고 내가 그 손을 둘째 손가락으로 받치고 있다.

"이거 정말 잘 찍었는데?"

"그치? 이거 말고도 많아. 아, 이것도 난 마음에 들어."

최근 반년 동안 아야네가 촬영한 사진을 함께 들여다보았다.

그 중심에는 언제나 우리의 아기가 있었다.

켄 아저씨와 요시 아저씨 그리고 밴드 멤버들이 찍힌 사진도 있다. 마사후미 삼촌도 있었고 켄 아저씨가 우리

아기를 안고 대성통곡하는 사진도 있었다.

그 밖에 우리 세 식구가 함께 찍힌 사진도 있다.

거기에는 어떤 죽음의 그림자도 보이지 않는다. 분명 어디서나 볼 수 있는 흔한 가족사진이다.

"정말로 셋이서 많이도 다녔네."

내가 가슴이 벅차서 말하자 아야네가 바로 대답했다.

"아직 멀었어. 이 정도로는 어림없다니까."

"응?"

"앞으로도 여기저기 많이 다닐 거야. 셋이서 많은 걸 해보자."

아야네의 웃는 얼굴이 눈부셔서 나는 눈물이 날 것만 같았다.

시한부 선고를 받은 1년 반의 시간. 그날이 다가오고 있었다.

아야네의 병은 진행을 멈추지 않고 지금도 그녀를 해치고 있다. 투약으로 겨우겨우 생명을 붙들고 있는 상태다. 병원도 빠짐없이 다니고 있다.

아마도 매일, 죽을 만큼 고통스러울 것이다. 그런데도 아야네는 웃고 있다.

"이 아이가 한 살이 되면 바다도 가자. 그때쯤이면 괜찮대. 파도를 느끼게 해주고 싶어."

앞으로 반년…… 아야네의 생명은 버틸 수 있을까.

그런 생각이 들었지만 필사적으로 지워버렸다. 애써 웃음을 띠고 대답했다.

"응. 그래. 셋이서 바다에 가자. 우리 추억이 담겨 있는 바닷가로, 셋이서."

우리는 그 후에도 셋이서 지금까지처럼 지내려고 했다.

하지만 그 이면에는 헤아릴 수 없는 눈물이 있었다.

아야네의 병이 진행되어 어느 시기부터는 또다시 집에서 지낼 수 없게 되었다.

입원과 퇴원을 되풀이했고 그때마다 아야네의 생명은 스러져갔다.

출산하고 1년 후.

우리는 가족끼리 가까운 바닷가에 왔다.

아이는 무럭무럭 잘 자랐고 이제는 혼자 걷기 시작했다. 파도가 몰려오는 모래사장에서 활짝 웃으며 아야네와 놀고 있다.

아야네는 지금도 살아 있다. 자신의 아이를 사랑하고,

키우고, 애지중지했다.

바닷가에서 노는 두 사람을 나는 멀리서 바라보았다.

그런 나를 알아채고는 아야네가 손을 흔든다. 딸아이도 엄마를 따라서 손을 흔든다.

나는 두 사람을 향해 힘껏 손을 흔들어 대답했다. 그러자 아이도 따라서 또 손을 흔든다.

아야네가 그 모습을 보며 웃고 있다.

이것은 몸 상태가 잠깐 좋아졌던 아야네가 마지막으로 보여준, 건강한 모습이었다.

행복했다는 말을 건네고 그로부터 열흘 뒤 나의 아내는 우리 곁을 떠났다.

그리고 내 안에서 영원히 살아가기 시작했다.

종장

네가 남기고 간
노래

내 딸에게 아야네와의 사이에서 있었던 일을 모두 이야기해주었다.

시계를 보니 밤 열두 시가 다 되어가고 있다.

얼마 전 고등학교를 졸업한 그녀, 나와 아야네의 딸은 매일매일 즐겁게 지내고 있다.

때로는 자기 맘대로 고집을 부려 난처해지는 일도 있고 싸움을 할 때도 있다.

하지만 우리는 중요한 것을 공유하고 있다. 내가 그녀를 사랑한다는 것. 그리고 나를 비롯한 많은 사람에게 그녀가 사랑받고 있다는 사실이다.

한 부모 가정이다 보니 힘든 일도 있었을 것이다.

딸아이가 한 살이 된 지 얼마 안 되어 엄마인 아야네가 먼 세상으로 떠났다.

지금의 그녀에게는 엄마와 함께 지낸 기억이 거의 없을 것이다.

그런 딸에게 초등학교를 졸업할 때까지 생일날마다 아야네가 보낸 영상 편지가 도착했다. 아야네가 살아 있을 때 모두가 협력해서 완성한 영상이었다. 성인이 될 때까지 계속해도 좋겠다고 생각했지만 아야네가 딸에게 부담이 될까 염려해 그 시기까지로 정했다.

어린 딸에게 아야네는 그렇게 생일 때마다 영상으로 만날 수 있는 엄마였으며, 마찬가지로 화면 저편에서 예쁜 모습으로 노래 부르는 특별한 존재였다.

마사후미 삼촌이 아야네가 과거에 출연한 방송이나 콘서트 영상을 보관하고 있어서 켄 아저씨와 밴드 멤버들이 우리 집에 오면 딸과 함께 보곤 했다.

그런 딸아이도 유치원 상급반 정도 되자 엄마가 없는 데서 오는 외로움을 느끼기 시작했다. 다시 취직하여 관공서에 다니던 내가 퇴근길에 데리러 가면 엄마와 함께 돌아가는 친구들을 물끄러미 바라보기도 했다. 그럴 때 손을 잡으면 아이는 힘주어 내 손을 꼭 쥐곤 했다.

초등학교에 들어갈 무렵에는 생일 때마다 영상 편지가

데려다주는 엄마와 실제로 만날 수 없다는 사실을, 어렴풋이 이해했던 것 같다.

그래도 네가 많은 사람에게 사랑받고 있는 건 변함없단다. 이 사실을 말과 행동으로 수없이 전했다.

반항하던 시기도 있었다. 어리광을 부리고 떼를 써서 나를 난처하게 하기도 했다.

그 쓸쓸함과 고독을, 나는 가능한 한 애정으로 감싸주려고 노력했다.

그렇게 딸아이는 서서히, 엄마의 부재를 받아들였다.

할 수 있다면 아야네도 함께 아이의 성장을 지켜보고 싶었겠지.

허나 안타깝게도 그 소망은 이루지 못했다.

그 대신, 우리가 얼마나 아이를 소중히 여겼는지 기억하고 있다.

얼마나 사랑했는지를 기억하고 있다.

엄마는 난치병이 있었지만 누구보다도 널 만나고 싶어 했고 사랑했단다.

그렇게 이해를 구해가는 동안, 나와 딸아이는 진정한 부녀가 될 수 있었다.

어디서 알았는지 초등학교 3학년 때 딸아이는 탁상용

액자를 갖고 싶다고 했다. 그러고는 직접 아야네의 사진을 찾아내더니 그 액자에 끼워 장식해놓았다. 아마도 애니메이션이나 드라마에서 보았겠지. 하지만 그런 습관이 사람을 만든다.

액자 속의 엄마에게 딸아이는 매일 자신이 먼저 인사를 하게 되었다.

어느 사이엔가 아야네와 함께 살아가고 있었다.

"엄마와의 추억, 얘기해줘서 고마워."

눈동자를 눈물로 반짝이며 딸이 뭔가 후련하다는 표정으로 말했다.

"이제…… 집을 떠나도, 도쿄에서 열심히 할 수 있을 것 같아."

딸은 다음 달인 4월에 가수로 데뷔한다. 그녀 스스로 원한 길이다. 엄마와 같은 길을 걸어가고 싶다고. 그렇게 해서 엄마를 느끼고 싶다고.

딸은 음악에 재능이 있었다. 기타는 초등학생 때부터 켄 아저씨가 훈련시켰고 중학생 무렵에는 밴드를 결성해 '뜨라또리아 마사'에서 노래를 부르기 시작했다.

고등학교 3학년 여름에는 아야네의 딸이라는 사실을

감추고 엄마가 소속되어 있던 레코드 회사의 오디션에 참가해 합격했다. 하지만 아야네의 모습을 쏙 빼닮았기에 얼마 못 가 그 사실이 밝혀지고 말았다. 그녀는 아야네의 딸로서 대대적으로 데뷔하기로 결정되었다.

"이제 와서 묻기도 그렇지만, 아빠는 내가 없어도 쓸쓸하지 않겠어?"

마음을 써주는 딸아이에게 나는 솔직히 대답했다.

"쓸쓸하지. 그것도 아주 많이."

아무리 쓸쓸하지 않다고 말해도 또 쓸쓸해진다. 그것이 인생이다.

하지만 그 쓸쓸함마저도 시각을 바꾸면 따뜻하다.

"하지만 기쁘기도 하거든. 함께 무대에 서보고 알았지만 넌 정말로 대단해. 데뷔하면 분명 많은 사람이 팬이 될 거야."

헤어지기 전에 함께 라이브 공연을 하고 싶다고 말한 사람은 그녀였다.

마지막으로 아빠와 함께 공연을 해보고 싶다고. 그 장소에서, 아빠와 엄마가 함께 곡을 만들어 선보였던 마사후미 삼촌네 레스토랑에서.

기타를 치는 건 오랜만이었지만 그래도 나는 있는 힘을

다해 노력했다.

"분명히 너는 많은 사람의 가슴속에서 살아갈 수 있을
거야. 엄마처럼."

딸은 내 말에 수줍은 표정을 보였지만 꼬옥 다문 입술
을 떼며 말했다.

"응. 열심히 해볼게. 응원해줘."

시간이 흘러 딸의 데뷔 날이 돌아왔다.

진정성 있는 노래와 매력적인 목소리가 장점인 그녀는
그날 생방송으로 진행되는 유명한 음악 프로그램에서 데
뷔곡을 발표하기로 되어 있었다. 방송 맨 마지막 순서에
노래를 부르는 중요한 역할도 맡았다.

'뜨라또리아 마사'에서는 특별히 스크린을 설치해 함께
했던 멤버들 그리고 손님들과 함께 그녀의 활약을 지켜보
기로 했다. 은퇴한 켄 아저씨와 요시 아저씨도 함께.

딸의 화려한 데뷔 무대지만 나는 집에서 혼자 조용히
보기로 했다.

시간이 되자 방송이 시작되었다. 출연자들 속에 섞여
있는 그녀가 보였다.

조금도 주눅 들지 않고 누구보다 침착해 보였다.

아야네에게도 오늘 그녀의 모습을 보여주고 싶었다.

모두에게 도움을 받으며 어떻게든 나는 딸을 키워냈다.

그것은 스스로에게 한 맹세이기도 했다. 아기를 낳기로 결정한 그날부터.

'난 사랑할 거야. 아야네와 나의 아이를. 만일 엄마가 없더라도, 병과 싸워가며 자신을 낳아준 데 감사하고 자랑스럽게 여기는 그런 따뜻하고 올곧은 아이로 키울 거야.'

나는 그렇게 내가 해야 할 일, 내가 하고 싶었던 일을 이루어냈다.

버킷리스트를 써 내려가던 아야네가 그랬던 것처럼…….

이때 문득 생각이 나, 딸의 순서를 기다리는 동안 나는 무언가를 가지고 왔다.

요전번에 딸과 함께 본 것이다. 아야네가 죽기 전에 하고 싶어 한 일들이 적혀 있다.

다만 버킷리스트는 아야네가 남기고 싶어 한 것의 일부에 지나지 않았다.

아야네가 우리에게 남기려 한 것은, 편지였다.

그리고 그 편지는 아야네의 생명과 함께 있었다.

매일매일 시간을 들여 쓴 모양이다. 군데군데 글자의 느낌도 다르다. 보통 사람에게는 별것 아닌 분량이겠지만,

아야네는 있는 힘을 다해 써서 남기려 했던 것이리라.

그것도…… 죽음의 예감이 눈앞에 닥쳐온 그 순간까지.

아야네가 남기고 간 편지를, 나는 맨 앞에서부터 다시 읽었다.

다시 언젠가 하루토와 만날 날을 꿈꾸고 있습니다.

이렇게 편지를 쓴 적이 있었네요.

그로부터 꽤 많은 시간이 흘렀습니다.

설마 하루토와 부부가 될 줄은 생각도 못 했어요. 기쁘고 놀라워요.

느닷없지만, 지금 죽기 전에 하고 싶은 일을 생각하고 있습니다.

그러자 제일 먼저, 편지를 남겨야겠다는 생각이 떠올랐어요.

하루토가 내 편지를 소중히 간직하고 있어서, 부끄러웠지만 역시 기뻤으니까. 고마워요.

그리고 이렇게 편지를 남기는 일 말고도, 나는 하고 싶은 일이 있습니다.

그 일들을 생각하고 실천하면서 이 편지에 써나가려고 합니다.

얼마나 쓸 수 있을까. 얼마나 생각해낼 수 있으려나. 무척
기대가 돼요.

하지만 첫 번째 항목은 정해져 있습니다.

- 하루토와의 아기를 낳는다.
- 은퇴 콘서트를 열어 팬들에게 감사의 마음을 전한다.
- 그 곡을 완성해 콘서트에서 부른다.
- 매니저 언니와 신세 진 사람들에게 감사 인사를 한다.
- 하루토와 신칸센을 타고 고향으로 돌아간다.
- 하루토와 마지막 날까지 함께 있는다.
- 결혼식을 올리고 싶다.
- 웨딩 부케를 켄 아저씨에게 던져서 모두를 웃게 한다.
- 하루토의 할아버지와 할머니에게 가능하면 매일 인사
  를 드린다.
- 낚시를 하러 간다.
- 변장하지 않고 하루토와 손잡고 걷는다.
- 온천 여행을 하고 싶다.
- 켄 아저씨에게 슬쩍 고맙다고 말한다.
- 삼촌에게 달려가 안겨 어리광을 부린다.

- 요시 아저씨에게 부인과 아이들을 아껴주라고 말한다.

- 고향 밴드 멤버들과 이야기를 나눈다.

- 옛날 밴드 멤버 모두와 무대에 선다.

- 하루토에게 기타를 가르쳐준다.

- 하루토의 기타 연주로 노래한다.

- 고등학교 때 신세를 진 선생님에게 전화를 건다.

- 빨리 퇴원한다.

- 하루토와 핀란드에 간다.

- 하루토와 별이 가득한 하늘을 보러 간다.

- 살아 있는 동안 웃는 얼굴로 지낸다.

- 하루토에게 될 수 있으면 폐를 끼치지 않는다.

- 아기의 이름을 짓는다.

- 아기에게 매일 인사한다.

- 태어나줘서 고맙다고 말한다.

- 셋이서 사진을 잔뜩 찍어 남긴다.

- 셋이서 여기저기 많이 다닌다.

- 하루토와 아기가 자고 있을 때 뽀뽀한다.

- 하루토와 아기의 인생 사진을 많이 찍는다.

- 딸과 커플룩을 입는다.

- 딸이 한 살이 되면 바다에 간다.

- 딸이 한 살이 될 때까지 살아 있는다. 절대로.
- 딸에게 영상 편지를 남긴다.
- 괴로워도 괴로운 표정을 보이지 않는다.
- 괴로울 때는 솔직하게 말한다(하루토와의 약속).
- 딸을 매일 안아준다. 사랑한다고 말한다.

하고 싶었던 일, 많이 이루게 해줘서 고마워요.

어제 갔던 바다도 즐거웠어요. 하루토가 있어서 나는 언제나 행복했습니다.

아마도 머지않아 나는 죽게 될 거예요.

괴롭긴 하지만, 그래도 이제 무섭지는 않아요.

나는 사랑하는 가족과 함께 있으니까.

추신.

하루토의 시, 언제까지나 기억하려고 했는데, 죽게 되어 미안해.

두 사람 모두, 사랑해.

당시의 일을 다시 떠올리며 읽다 보니 그 기억들이 눈

물샘을 건드려 눈동자 안쪽이 시렸다.

간신히 눈물을 거두고 마음속에 줄곧 살아 있는 아야네에게 가만히 말을 건넨다.

"나도 네가 있어서 행복했어."

편지에서 얼굴을 들었을 때는 방송이 꽤 진행되어 있었다.

화면을 보자 마침 딸이 비치고 있다. 조금 빠른 듯했지만 순서가 된 모양이다.

곡 소개가 끝나고 노래를 부르기 시작했다. 딸은 아야네와 똑같이 눈을 내리감고서 노래를 불렀다.

화면에는 '천재 가수 아야네의 딸 데뷔!'라는 자막이 나타나 있다.

지금은 아야네의 이름도 과거가 되어버렸다. 그래도 딸의 실력은 진짜였다. 그녀는 데뷔 무대에 걸맞게 그 자리를 휘어잡는 노랫소리를 시청자들에게 들려주고 있었다.

아야네…… 우리의 아이가 노래를 부르고 있어. 너처럼 가수가 되었거든.

너와 같은 길을 걷고 너를 느끼고 싶다고 아이가 스스로 선택했어.

마지막 순서인 그녀가 데뷔곡을 선보이고 나면 음악 방

송은 끝난다.

그리고 딸의 새로운 인생이 시작되려 하고 있다.

그 인생이 행복으로 넘쳐나기를 바라마지않았다.

독립해 품에서 떠나가는 우리 아이를 지켜보며 나는 텔레비전의 전원을 끄려고 했다.

그런데 예기치 못한 일이 방송에서 일어나고 있었다.

"마지막으로 한 곡 더 들어주세요. 이 곡을 돌아가신, 제가 너무도 사랑하는 어머니와 분명 지금도 저를 지켜보고 계실 아버지에게 바칩니다. 두 분이 함께 만든 노래입니다."

……그 순간, 무슨 일이 일어나고 있는 건지 알 수가 없었다.

딸아이가 방송을 망친 건가 했지만, 아니었다.

그 증거로 음악 방송의 진행을 맡은 여성이 이야기하고 있었다.

"다음 곡은 어머니인 아야네 씨가 은퇴 콘서트에서 발표한 곡입니다. 작곡은 어머니인 아야네 씨가 하고 작사는 아버지가 하셨다는 의미 깊은 곡이기도 합니다"라는 말을.

드디어 귀에 익숙한 전주가 흘러나왔다.

아야네의 은퇴 콘서트에서 켄 아저씨가 연주하던 것과 완전히 똑같은 멜로디였다.

'뜨라또리아 마사'에 있어야 할 그 켄 아저씨가 지금, 어떻게 된 일인지 생방송 무대에 서서 기타를 켜고 있었다. 베이스 기타를 든 요시 아저씨도 있다.

두 사람뿐만이 아니다. 고향의 밴드 맴버들도 연주하고 있다.

그 옛날에 아야네와 함께 밴드를 꾸렸던 사람들 모두가 모여 있었다.

- 옛날 밴드 멤버 모두와 무대에 선다.

우연인 걸까.

그 소망은 아야네의 버킷리스트에 쓰여 있었지만, 입원한 후 이룰 수 없었던 일이다.

전주가 연주되는 동안 화면에 딸이 비쳤다. 그녀는 미소를 지었다. 천천히 입이 움직이면서 화면 너머로 무언가를 전하려 하고 있다.

그 음성은 마이크에는 잡히지 않는다.

그래도 나는 그 말을, 똑바로 알아들을 수 있었다.

"확실히 남을 거야, 아빠의 시는."

역시 딸은 아야네의 편지 내용을 기억하고 있었던 것

이다.

딸의 그 말이 언젠가 아야네가 했던 그 말과 겹쳐졌다.

이러면 안 되는데, 하고 생각한 순간에는 이미 추억 속으로 끌려 들어가 있다.

아야네와 함께 보냈던 모든 날이, 폭풍우에 떨어지는 벚꽃잎처럼 휘감겨 올라온다.

'미즈시마, 너 시 써?'

기억 속에는 내 시를 처음 들은 후의 무뚝뚝한 그녀가 있었다.

'확실히 남을 거야, 하루토의 시는. 적어도 내가 기억할 거니까.'

그리고 다음 순간에는 내가 상을 탔을 때 기뻐하던 그녀로 바뀐다.

그런 약속을 한 그녀도, 지금은 없다. 하지만…….

계속 남아 있는 것도 분명히 있었다.

시야가 점점 흐려졌다. 울지 않겠다고 결심했었다. 이제는 울지 않겠다고.

내가 정신 차리지 않으면 아야네가 안심하고 아기를 낳을 수 없다고 생각했으니까.

내가 울고 있으면 아야네가 마음 놓고 떠날 수 없을 거라고 생각했으니까.

아무리 쓸쓸해도, 슬퍼도, 딸의 아빠로서 나는 그 역할을 다해야 하니까.

하지만 지금, 나는 모든 것을 끝냈다.

이제 더는, 참을 필요가 없다. 감정이 향하는 대로, 울어도 좋다.

어느새 눈물이 흘러넘치고 있었다. 멈출 수가 없었다.

언제부터 이 투명한 것이 내 안에 잠들어 있었던 것일까.

슬펐다, 기뻤다, 따뜻했다, 불안했다. 그래도 두 사람을, 사랑했다.

시야가 뿌연 빛으로 덮였다.

이런 상황에서도 화면에 표시된 자막은 확실히 읽을 수 있었다.

거기에는 우리가 남긴 노래가 있었다.

그 노래를, 우리가 남긴 딸이 부르려 하고 있다.

봄의 노래 春の歌

작곡: 도사카 아야네

작사: 미즈시마 하루토

길게 이어진 전주가 끝나고 표시되어 있던 자막이 사라졌다. 하루카春歌(봄의 노래라는 뜻)가 세상을 향해 노래하고 있다. 우리의 딸이, 우리의 추억이 담긴 희망의 노래를 부른다.

네가 남기고 간 노래가, 꽃을 피우듯이 끝없이 세상에 울려 퍼지고 있다.

하늘을 바라보는 걸 좋아합니다. 특히 비행기구름이 나와 있는 고요하고 맑은 하늘을 좋아하지요.

그 광경은 왠지 가슴에 다가와 나를 쓸쓸하게 하는데, 그 쓸쓸함 속에 음악이 있다고 느낄 때가 있습니다. 그런 감동을 시로 표현하는 소년을 주인공으로 해야겠다는 생각에서 이 이야기가 탄생했습니다.

제가 쓰는 작품은 어떤 고비의 '연속'을 살아가는 이야기가 많습니다. 인생에는 여러 가지 고비가 있습니다. 극적인 경우가 있는가 하면 담백한 것도 있지요. 눈물을 흘리는 상황도 있고 눈물을 참아야만 하는 상황도 있습니다.

그 어떤 상황에도 공통적으로 말할 수 있는 것은, 영화로 말하자면 엔딩 크레디트가 흐르는 장면이 지나도 인생은 계속된다는 점입니다.

인생은 아름답기만 하지 않으며, 때로는 잔혹하고 때로는 괴롭습니다. 그래도 자신의 내면에 담은 아름다운 기억은 지난날의 환상이 아니라 자신과 함께 존재하고 계속 남아 있을 것입니다. 시간이 지나면서 퇴색된다고 느껴지기도 하지만 그것은 확실히 존재하고 있습니다.

그렇기에 사람은 또다시 앞을 보며 살아갈 수 있는 건지도 모릅니다. 최근에는 그렇게 생각하고 있습니다.

이 책은 미디어워크스 문고에서 출간한 두 번째 책입니다. 이번에도 출간까지 많은 분의 도움을 받았습니다.

담당 편집자님께 끈기 있게 원고를 봐주셔서 감사하는 말씀을 드립니다. 표지를 담당해주신 고이치 씨, 이번에도 멋진 작품을 만들어주셔서 감사합니다.

그리고 이 책을 손에 든 독자 여러분께.

한 분 한 분께 직접 감사 인사를 드릴 수 없으니 이번에도 대신 여기서 머리 숙여 인사드립니다. 이 책을 읽어주셔서 정말 감사합니다. 또 언젠가 어디에선가 만나요.

이치조 미사키

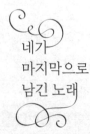

네가
마지막으로
남긴 노래

초판 1쇄 발행 2021년 12월 3일
초판 27쇄 발행 2024년 12월 30일

지은이 이치조 미사키
옮긴이 김윤경

책임편집 안희주
디자인 어나더페이퍼
책임마케팅 최혜령, 박지수, 도우리
마케팅 콘텐츠 IP 사업본부
경영지원 백선희, 권영환, 이기경
제작 제이오

펴낸이 서현동
펴낸곳 ㈜오팬하우스
출판등록 2024년 5월 16일 제2024-000141호
주소 서울특별시 강남구 테헤란로 419, 11층 (삼성동, 강남파이낸스플라자)
이메일 info@ofh.co.kr

ⓒ 이치조 미사키

ISBN 979-11-91043-53-2 (03830)

모모는 ㈜오팬하우스의 출판브랜드입니다.